Peter Schwindt

Justin Time
Zeitsprung

Rowohlt Taschenbuch Verlag

Veröffentlicht im Rowohlt Taschenbuch Verlag,
Reinbek bei Hamburg, Mai 2007

Umschlaggestaltung any.way, Andreas Pufal,
unter Verwendung des Originalumschlags
der Loewe Verlag GmbH, Bindlach
(Illustration: Frauke Weldin)
Vignetten Frauke Weldin
Gesamtherstellung Clausen & Bosse, Leck
Printed in Germany
ISBN 978 3 499 21393 9

Für Andrea

Time travel will be the death of man
Only the devil fools with the best laid plans
The best laid plans best left unplanned
Time travel will be the death of man

Never give up the fight

(Zeitreisen sind der Menschheit Tod
Nur der Teufel spielt mit perfekt durchdachten Plänen
Perfekt durchdachte Pläne bleiben am besten ungeplant
Zeitreisen sind der Menschheit Tod

Gebt den Kampf niemals auf)

The Coral – Time Travel
erschienen auf SMI SSQ (Sony)

Prolog

Der Traum ist stets derselbe: Der kleine rothaarige Junge sitzt auf einem Stuhl inmitten eines Raumes voller seltsamer Geräte. Der merkwürdigste Apparat steht in der Mitte. Es ist ein Schrank, an dem Hunderte bunter Lämpchen in einem verwirrenden Takt blinken. Mehrere armdicke Kabel führen zu einer Plattform, über der eine schwarze Kugel schwebt. Etwas Lebendiges ist in ihrem Inneren gefangen. Etwas, das darauf lauert, endlich ausbrechen zu dürfen, um alles zu verschlingen. Es fällt dem Jungen schwer, seinen Blick von diesem Ungeheuer zu lösen, das ihn hypnotisieren will. Erst als er sich mit aller Macht anstrengt, gelingt es ihm. Er schaut sich weiter um und bemerkt nun, dass er nicht allein ist. Männer und Frauen in weißen Anzügen drücken Knöpfe an diesem Schrank mit den bunten Lichtern. Doch außer seinem Onkel kennt er niemanden.

Wo sind seine Eltern? Der Junge rutscht ängstlich auf seinem Stuhl hin und her. Er schaut und schaut, aber er kann sie nirgendwo entdecken. Plötzlich gleitet eine Tür auf, und seine Mutter steht im Raum.

Sie ist wunderschön.

Normalerweise lächelt sie, wenn sie den kleinen Jungen sieht. Doch heute lächelt sie nicht. Sie beugt sich zu ihm hinab und blickt ihn lange an. Plötzlich ist auch der Vater da.

Er legt der Mutter die Hand auf die Schulter. Sie streicht dem Jungen ein letztes Mal über die Wange. Dann richtet sie sich auf und geht mit dem Vater zu diesem eingesperrten schwarzen Tier.

Der Junge schreit. Ein Mann mit langem Bart will den Jungen hinausschicken, doch dazu ist es zu spät. Mit einem lauten Knall, der dem Jungen die Sprache verschlägt, sind seine Eltern plötzlich verschwunden. Entsetzt dreht er sich zu den anderen um, doch keiner scheint beunruhigt zu sein.

Stille. Nur ein entferntes Surren ist zu hören. Die Blicke sind auf eine große Uhr gerichtet. Erst nach einer Weile werden die Männer und Frauen unruhig. Sie beginnen zu murmeln, dann zu rufen, und schließlich laufen sie wild umher.

Etwas Schreckliches ist geschehen. Der Junge spürt es, als sein Onkel ihn auf den Arm nimmt und ihn hinaustragen will.

Er beginnt wieder zu schreien. Er wird seine Eltern nicht wiedersehen. Das weiß er jetzt.

Und er wünscht, das dunkle Ungeheuer hätte auch ihn gefressen.

2385
Die Gegenwart

I.

Das Thaddeus-Birch-Internat in Brighton war eine klassische britische Erziehungsanstalt: vornehm, teuer und ausgesprochen traditionsbewusst. Bevor das Herrenhaus von Preston Manor 2186 in eine Privatschule umgewandelt worden war, beherbergte es ein Museum, das von den Bewohnern der Stadt herzlichst ignoriert wurde. Nur einige Touristen, die Brighton jedes Jahr besuchten, verirrten sich zu dem Haus. Beflissene Eltern und gelangweilte Kinder schlurften über das knarzende Parkett und ließen sich mit mäßigem Interesse von aristokratisch näselnden Führern allerlei belangloses Zeug über die Zeit König Edwards erzählen.

Die meisten gaben wenig auf Geschichte. Der Museumsbesuch war für sie nur so etwas wie eine Pflichtübung im Urlaub. Wen interessierte es schon, wer wann wo gelebt hatte? Die Vergangenheit war vergangen, und so sollte es auch bleiben, selbst wenn bei den meisten Menschen die Erinnerungen an irgendwelche gute alte Zeiten mit zunehmendem Alter immer rosiger wurden.

Im Jahre 2184 wurde das Museum schließlich mangels Nachfrage geschlossen. Und nur knapp zwei Jahre später eröffnete Thaddeus Birch ein Internat, das schon bald zu einer Institution im Land wurde. Birch gehörte zu den zahlreichen neureichen Emporkömmlingen, die Mitte des 21. Jahrhunderts in die industrielle Nutzung des Mondes investiert und sich damit eine goldene Nase verdient hatten. Er war ein altmodischer Zeitgenosse und ein erklärter Feind aller Neuerungen. Mit fassungslosem Entsetzen verurteilte er die Tatsache, dass im Jahre 2085 die britische Monarchie durch eine simple Volksabstimmung sang- und klanglos abgeschafft wurde, und war überzeugt, dass eine solidere Bildung der Bürger diese Katastrophe verhindert hätte.

Kein Alkohol, keine Zigarren, kein Fleisch, jeden Morgen – auch im Winter – ein Bad im Meer. Dank dieser enthaltsamen Lebensführung erreichte Birch ein biblisches Alter von 124 Jahren.

Nun – fast 200 Jahre später – wurden nach seinem Erziehungsideal im Thaddeus-Birch-Internat Kinder für teures Geld auf das Leben vorbereitet.

Auf das morgendliche Bad im Meer wurde jedoch glücklicherweise verzichtet.

Justin Time war vermutlich der einzige Schüler des Internats, der sich nicht auf den Beginn der Ferien freute. Während seine Schulkameraden ihre Koffer auf den Campus schleppten, wo die Eltern bereits die Auffahrt mit ihren Hovercars verstopften, lehnte er am Zaun des Gärtnerhauses und beobachtete die Abfahrt der anderen.

Wer in diesem Jahr etwas auf sich hielt, machte einen Hirtenurlaub in der Inneren Mongolei, döste am Strand auf einer der Aleuteninseln oder reiste mit seinen Eltern nach Europa. Damit war natürlich nicht das Festland gemeint, sondern der gleichnamige Jupitermond, auf dem ganz Begüterte ein Ferienhaus hatten.

Justin Time ging seit über sieben Jahren auf das Thaddeus-Birch-Internat. Er trug freiwillig die seltsame Uniform, die aus einem braunen Tweedjackett, ein paar Knickerbockern aus demselben Stoff und einer in den Farben der Schule gehaltenen Krawatte bestand. Er begeisterte sich für den Unterricht, bereitete sich gründlich auf die Stunden vor, machte freiwillig seine Hausaufgaben und war in Sport eine Niete.

Langweiliger Streber, dachten die Neuankömmlinge, wenn sie Justin in den ersten Schultagen vorgestellt wurden. Und wurden bald eines Besseren belehrt. Denn Justin stellte jedes Vorurteil auf den Kopf. Er war einer der beliebtesten Jungen im Thaddeus-Birch-Internat.

Doch das half ihm wenig, wenn er zum siebten Mal endlos lange Sommerferien allein in Preston Manor verbringen musste.

Seufzend gab er seinen Beobachtungsposten am Gartenzaun auf und ging mit langen Schritten zum

Gärtnerhaus, in dem der Kapitän wohnte. Es war eine gepflegte, mit Rosen bewachsene Erweiterung des Hauptgebäudes und glich eher dem Ruhesitz einer alten Dame als dem eines ehemaligen finnischen Seemanns. Justin zog an der Klingel.

„Justin, bist du das?“, rief eine Stimme durch die Gegensprechanlage. „Komm nach hinten. Ich bin in der Werkstatt!“ Justin öffnete ein kleines Tor und betrat den Garten, der mindestens genauso gepflegt war wie die Vorderseite des Hauses. Ein großer Apfelbaum, unter dem eine alte Bank stand, spendete großzügigen Schatten, und auch hier blühten überall Rosen. Die Tür des Schuppens war angelehnt.

„Immer nur herein mit dir!“, rief eine Stimme.

Wer erwartet hatte, dass sich die Ordnung des Gartens im Schuppen fortsetzte, wurde überrascht. Im ganzen Raum verstreut lagen Hämmer, Zangen, Schraubenzieher und Ersatzteile, deren Ursprung und Zweck Justin nicht kannte. Auf einem Tisch unter dem Fenster befand sich ein alter, auseinandergenommener Warmwasserboiler, dessen Tank zwei faustgroße Rostlöcher aufwies. Aus der Schule war er nicht, da diese schon seit gut hundert Jahren ihr eigenes Heizkraftwerk hatte, das neben der nötigen Wärme auch heißes Wasser produzierte. Justin fragte sich schon lange nicht mehr, wozu der Kapitän all dieses Zeug benötigte. Offensichtlich konnte sich der Mann nur schwer von Dingen trennen.

Als Justin eintrat, musste er husten. Dicker Pfeifenqualm nebelte alles mit einem süßlichen Geruch ein. Der Kapitän, Hausmeister am Thaddeus-Birch-Internat und Justins bester Freund, schaute kurz von der Werkbank auf.

„Ich hab schon auf dich gewartet. Sieh mal!" Vor ihm lag ein eigentümlicher, olivgrüner Kasten mit einer langen Antenne und zwei Tragegurten. Irgendwie sah er anders aus als der Schrott, an dem der Kapitän sonst herumbastelte.

„Was ist denn das für ein seltsamer Apparat?", fragte Justin.

Der Kapitän grinste. „Wonach sieht es denn aus?"

Justin kratzte sich am Kopf. Irgendwo hatte er so etwas schon einmal gesehen. „Keine Ahnung. Wenn ich raten müsste, würde ich auf ein altes Funkgerät tippen."

Der Kapitän schaute Justin überrascht an. „Respekt! Ich habe es in einem Antiquitätenladen in den Kensington Gardens gefunden. Dafür, dass es bereits 450 Jahre alt ist, befindet es sich in einem tadellosen Zustand. Die Radioröhren sind natürlich durchgebrannt. Jetzt verbringe ich die meiste Zeit damit, einen Ersatz für sie zu finden. Ein Bauplan fehlt mir auch noch, aber ich habe einen antiquarischen Buchladen gefunden, der die ausgefallensten Dinge führt."

„Und wozu braucht man so etwas?", fragte Justin skeptisch.

Der Kapitän schmunzelte. „Vielleicht kann man ja mit dem Gerät Nachrichten aus der Vergangenheit empfangen, wer weiß?" Er wischte sich die Hände an einem alten Lappen ab. „Was ist los? Du siehst nicht so aus, als würdest du dich auf die kommenden zwei Monate freuen.“

Justin zog das Jackett aus. In dem Schuppen war es noch heißer als draußen. Er vergrub missmutig die Hände in seinen Hosentaschen und kickte eine Schraube weg, die auf dem Boden lag.

„Na ja, verstehen Sie mich nicht falsch. Es ist nicht so, dass es mir mit Ihnen keinen Spaß machen würde. Aber ich würde gerne mal etwas erleben. Die anderen fahren zu den Uranus-Ringen, und ich repariere hier alte Dieselgeneratoren und Motorräder. Sommer für Sommer.“

Der Kapitän nickte bedächtig, während er sich seine Pfeife stopfte. Er kannte Justins Geschichte besser als manch anderer. Justins Eltern Avery und Annie Time waren führende Mitglieder einer Projektgruppe namens AION gewesen, bei der es um die Erforschung von Zeitreisen ging. Sie hatten sich freiwillig zu einem ersten Experiment bereit erklärt und waren dabei verschwunden. Das war vor sieben Jahren gewesen, und gleich darauf hatte man ihren Sohn, die berühmte „Zeitwaise“, hinter die Mauern des exklusiven Internats abgeschoben. So war Justin vor der Presse und den Neugierigen geschützt, jedoch nicht vor der Langeweile, die das dauerhafte Eingesperrtsein mit sich brachte.

Der Kapitän wollte gerade zu einer Erwiderung ansetzen, doch Justin winkte ab. „Ja, ich weiß schon. Sparen Sie sich die Mühe. Ich werd’s überstehen.

Wie jedes Jahr." Er wandte dem Kapitän den Rücken zu und kramte in einem Haufen alter Kabelteile herum. Er mochte den Kapitän sehr gerne, deswegen sollte sein Freund nicht sehen, wie wenig begeistert er bei der Sache war. „Egal", sagte er mit fester Stimme und versuchte, sich auf die vor ihm liegenden Teile zu konzentrieren. „Womit fangen wir an?"

Drei Stunden später war auch der letzte Schüler abgereist. Justin, der vor dem Abendessen noch unter die Dusche wollte, konnte sie schon wieder spüren: diese eigentümliche, grässliche Stimmung, die den Sommer ausmachte.

Während draußen die Sonne schien, die Vögel zwitscherten und die Menschen den Feierabend bei einem Glas Bier am West Pier genossen, hallten seine Schritte in dieser Gruft wider. Lebendig eingemauert, mit drei Mahlzeiten am Tag – in den Ferien Selbstbedienung. Er war allein im Schlafsaal, wo sonst fünfzig Jungen schliefen und in dem Privatsphäre so knapp war wie Sauerstoff auf dem Mond. Ein langer Abend lag vor ihm, und es blieb ihm wohl nichts anderes übrig, als zeitig ins Bett zu gehen.

Er wollte gerade sein Hemd über den Kopf streifen, als plötzlich sein Terminal auf dem Nachttischschrank piepte.

Justin hätte nicht überraschter sein können. Eine Nachricht! Für ihn! Nervös drückte er den Empfangsknopf und las den Brief.

Lieber Justin, vielleicht wird es dich wundern, von mir zu hören. Aber ich muss zugeben, dass mich das schlechte Gewissen geplagt hat. Um es kurz zu machen: Ich möchte dich fragen, ob du nicht vielleicht deine Ferien bei mir verbringen möchtest. Ich hoffe, dass ich in den wenigen Wochen einiges von dem wiedergutmachen kann, was ich in den letzten Jahren versäumt habe. Mit den besten Grüßen, dein Onkel Chester.

PS: Mach dir wegen der Reisekosten keine Gedanken. Mit dieser Nachricht wurde deinem Konto genügend Geld gutgeschrieben, mit dem auch das ausstehende Schulgeld beglichen sein dürfte.

Justin las die Nachricht noch zweimal, so verblüfft war er. Seit Jahren hatte er nichts mehr von seinem Onkel Chester gehört. Wenn er ehrlich war, konnte er sich kaum noch an ihn erinnern. Er wusste nur, dass Chester damals mit seinen Eltern an dem AION-Zeitreise-Projekt mitgearbeitet hatte.

Hektisch schaute Justin auf die Uhr: Es war kurz vor sieben. Vielleicht konnte er die Direktorin im Speisesaal abfangen. Er zog eine Papierkopie der Nachricht aus dem Terminal, sprintete durch den Schlafsaal, rannte die Treppe hinunter, wirbelte in der Eingangshalle herum – und wäre beinahe mit Frau Zimmerli zusammengestoßen.

„Justin! Ich habe gedacht, du wärst noch beim Kapitän. Was ist denn los? Du bist ja ganz aufgeregt."

Atemlos hielt er ihr die Nachricht unter die Nase.

„Was soll das sein?" Sie setzte eine altertümliche

Lesebrille auf, die an einer dünnen Kette um ihren Hals hing.

„Eine Einladung von meinem Onkel Chester. Er bittet mich, die Ferien bei ihm zu verbringen!"

Frau Zimmerli überflog die Zeilen und runzelte die Stirn. „Und diese Nachricht hast du heute erhalten?"

Justin nickte. Die Direktorin setzte ihre Brille wieder ab und schaute Justin ernst an. „Findest du es nicht ein wenig seltsam, dass dein Onkel diese Einladung nicht telefonisch ausgesprochen hat? Ganz zu schweigen von einem persönlichen Besuch in Brighton."

„Vielleicht hat er zu viel zu tun? Ich weiß es nicht. Überprüfen Sie doch einfach den Kontostand!"

Dr. Babette Zimmerli hatte die Tür zu ihrem Büro bereits abgeschlossen – offensichtlich wollte sie gerade zum Essen gehen – und musste erst nach ihrem Schlüsselbund suchen. Sie drehte den Schlüssel um und stieß die Tür auf. Wie jeden Abend um diese Zeit waren die Jalousien bereits herabgelassen.

„Vielleicht hat Onkel Chester ja wirklich ein schlechtes Gewissen", sagte Justin. „Immerhin bin ich sein einziger Neffe. Soviel ich weiß, gibt es sonst keine Verwandten mehr."

Dr. Zimmerli setzte sich an ihren Schreibtisch und schaltete ihr Terminal ein. „Zimmerli, Babette. Identifizierung Delta 001."

„Stimmmuster bestätigt", erwiderte der Bildschirm.

„So, dann wollen wir mal sehen. Tedeschi, Thorvald ... Ah ja, hier: Time." Plötzlich wurden ihre Augen groß. „Du weißt, dass dein Schulgeld nie ein Problem für uns war. Ich denke, eine Schule, die Kinder solch reicher Eltern erzieht, sollte es sich auch leisten können, weniger betuchte Schüler zu unterrichten. Aber das hier wundert mich nun doch: Man hat nicht nur deine Schulden beglichen, sondern auch die Gebühren für die kommenden fünf Jahre überwiesen." Sie schaute Justin überrascht an. „Wenn man die Gutschrift mit allen Kosten verrechnet, bleibt dir ein ziemlich großzügiges Taschengeld. Ich benötige deine ID-Karte."

Justin kramte die Plastikscheibe aus den Tiefen seiner Innentasche hervor. Frau Zimmerli nahm sie ihm aus der Hand, ohne hinzuschauen. „Ich soll dir den überschüssigen Betrag aushändigen." Sie steckte die Scheibe in einen Schlitz und sicherte den Transfer durch einen Code, den sie mit ihrem Daumenabdruck bestätigte.

Justin aktivierte das Display seiner ID und erschrak. Er schaute Frau Zimmerli entgeistert an. „So viel?"

Die Direktorin zuckte mit den Schultern. „Offensichtlich ist das schlechte Gewissen deines Onkels so groß wie die Summe, die er dir überwiesen hat. *Wenn* er es war, der es überwiesen hat."

„Aber wer sollte es denn sonst gewesen sein?" Justin verstand nicht, warum die Direktorin so zurückhaltend war. Schließlich ging es um seine Ferien!

„Ich habe keine Ahnung", sagte Frau Dr. Zimmerli bestimmt. „Aber bevor wir das nicht geklärt haben, werde ich dir nicht erlauben, deinen Onkel in London zu besuchen."

Justin sprang auf. „Das ist nicht fair! Zum ersten Mal habe ich die Gelegenheit, im Sommer etwas anderes als diese ... diese Schule zu sehen, und Sie verbieten es ohne jede Begründung."

„Es tut mir leid", sagte sie, und man sah, dass sie es damit ernst meinte. „Aber du musst verstehen, dass es zu gefährlich für dich ist."

„Was denn? Etwa wegen dieser Geschichte mit meinen Eltern?"

„Ja. Aber nicht nur."

Justin warf hilflos die Arme in die Luft. „Wen interessiert das denn noch? Das ist doch alles schon so lange her!"

„Nun, für manche nicht. Es tut mir leid", wiederholte sie, und diesmal klang es fast hilflos. „Ich fürchte, du musst dich noch ein wenig gedulden."

Als Justin hinauf in den Schlafsaal ging, nagten Wut und Enttäuschung an ihm. Noch nie hatte er sich so ungerecht behandelt gefühlt. Dabei mochte er Frau Zimmerli eigentlich. Sie hatte die Schule übernommen, kurz bevor Justin auf das Internat gekommen war. Und trotz ihrer manchmal etwas umständlichen Art und Weise hatte sie schon oft ein Auge zugedrückt, wenn er mit seinen Freunden gegen die Schulordnung verstoßen hatte.

Justin setzte sich auf sein Bett im menschenleeren

Schlafsaal und dachte nach. Und je länger er das tat, desto mehr hatte er das Gefühl, man verwehrte ihm etwas, das ihm zustand. Sein Blick fiel auf seine persönliche Kiste am Fuß des Bettes. Er zog sie zu sich heran, öffnete sie und sah auf seine wenigen Habseligkeiten. Er wusste, dass die Kiste keine Fotos oder Hologramme von Onkel Chester und seinen Eltern enthielt, nur ein paar Andenken, die er sorgsam hütete.

Es waren stets seltsame Bilder, die er sah, wenn er sich an seine Eltern zu erinnern versuchte. Sein Vater war nicht mehr als eine große Gestalt ohne Gesicht. Die Erinnerung an seine Mutter hingegen war lebhafter. Selbst der Klang ihrer Stimme war ihm noch gegenwärtig, obwohl er sie nicht mit Worten verbinden konnte, die sie vielleicht irgendwann einmal zu ihm gesprochen hatte.

Und über allem lag ein dunkler Schatten.

Nein, Schatten war eine falsche Beschreibung für diese Bedrohung, die wie ein träger, machtvoller Mahlstrom alles in sich hineinsog, verzerrte, verdrehte und auflöste. Vielmehr verfolgten ihn die Ereignisse, nie fühlte sich Justin richtig frei, und manchmal hatte er sogar den Eindruck, man beobachtete ihn. Doch diese Beklemmung stieg nur in ihm hoch, wenn er sich wieder einmal fehl am Platz fühlte. Das tat er immer, wenn er sich bewusst machte, dass er keine richtige Familie hatte. Vor sieben Jahren, so dachte Justin, hatte sein Leben einen Weg eingeschlagen, der ihm nicht vorbestimmt war. Doch konnte er nichts daran ändern, dessen war er sich sicher. Oder vielleicht doch? Schließlich hatte er ja noch Onkel Chester.

Kurz entschlossen holte er eine Tasche aus der Kammer neben dem Schlafsaal. Schnell begann er zu packen: eine weitere Schuluniform, zwei Hemden, eine Extrakrawatte, Unterwäsche und Socken. Schließlich schrieb er eine Nachricht, in der er mitteilte, dass er trotz des Verbotes nach London gefahren sei und man ihn pünktlich zum Ende der Ferien zurückerwarten könne. Dann stellte er den Wecker auf sechs Uhr morgens.

Erst als er im Bett lag und vor lauter Aufregung nicht einschlafen konnte, wurde ihm bewusst, was er vorhatte: Er würde tatsächlich fortgehen. Justin hatte sich zwar das eine oder andere Mal mit seinen Freunden vom Schulgelände gestohlen, war aber stets in Brighton geblieben. Das, was er jetzt plante, war etwas ganz anderes.

Wenige Stunden später schreckte ihn ein Knall aus dem Schlaf. Es war Viertel vor sechs. Der Wecker würde erst in fünfzehn Minuten klingeln. Kurz vor dem Schlafengehen hatte Justin noch ein Fenster geöffnet, damit es etwas kühler würde. Vermutlich hatte der Luftzug die Tür zum Schlafsaal zugeschlagen. Justin benötigte einen Moment, um sich zurechtzufinden. Er schaute an sich hinab. Irgendwie war er gestern Abend eingeschlafen, ohne sich vorher auszuziehen. Sein Hemd klebte schweißnass am Leib. Er rieb sich die Augen. Etwas hatte er geträumt, doch löste sich die Erinnerung daran bereits wie flüchtiger Rauch auf. Nur ein Bild konnte er aus dem Schlaf herüberretten, und es machte ihm Angst: Es hatte die Gestalt einer dunklen Kugel, nicht sehr groß, dafür aber erschreckend lebendig. Irgendwie erinnerte sie ihn an eine schwarze Sonne. Schattenhafte Tentakel waren wie Protuberanzen hervorgestoßen, um dann in sich zusammenzustürzen.

Ächzend stand Justin auf. Er zog seine verschwitzte Kleidung aus, und nachdem er sich beinahe eine Viertelstunde vom lauwarmen Wasser der Dusche hatte berieseln lassen, ging es ihm besser. Justin überprüfte noch einmal seine gepackte Tasche. Dabei überlegte er, ob er sich in der Küche etwas Reiseproviant zubereiten sollte, schüttelte dann aber nach einem Blick auf die Uhr den Kopf. Er musste sich beeilen, wollte er nicht den ersten Express nach London verpassen.

Vorsichtig trat er hinaus in den Flur und schlich hinab ins Erdgeschoss. Der Haupteingang war verschlossen, aber alle Fenster ließen sich von innen öffnen. Er kletterte auf den Hof und schaute sich verstohlen um.

Der Kapitän war schon wach und arbeitete in seiner Werkstatt. Justin fluchte leise. Eigentlich hatte er vorgehabt, sich durch die kleine Pforte hinter dem Schuppen hinauszuschleichen. Sie war zwar mit einer Kette versperrt, aber Justin und seine Freunde hatten mehr als einmal das elektronische Schloss geknackt. Jetzt blieb nur der Haupteingang, doch der war videoüberwacht.

Plötzlich hörte Justin, wie die Tür zur Werkstatt geöffnet wurde. Der Kapitän trat heraus, zündete sich umständlich eine Pfeife an, schlenderte zu seinem Lieferwagen und stieg ein. Mit einem Surren sprangen die Hover-Aggregate an, und der Wagen schwebte zehn Zentimeter über dem Boden. Das war die Gelegenheit! Eine Freifahrt in die Stadt. Justin verließ seine Deckung, war in drei Sprüngen über den Parkplatz und ließ sich auf die Ladefläche gleiten, wo er eine Plane über sich zog. Bange Sekunden verstrichen. Mit klopfendem Herzen wartete Justin unter der stickigen Plastikdecke und lauschte ängstlich. Schritte näherten sich, wurden wieder leiser. Eine Tür klappte. Endlich fuhr der Wagen los.

In der Einfahrt steckte der Kapitän seine ID-Karte in einen Schlitz, und das Tor öffnete sich lautlos. Sie fädelten sich in den fließenden Verkehr ein. Justin konnte nicht sehen, wohin die Fahrt ging, doch nach zehn Minuten blieb der Wagen stehen, und er hörte, wie die Türen zugeschlagen wurden.

Justin hielt den Atem an. Hoffentlich brauchte der Kapitän nichts von der Ladefläche. Vorsichtig lugte Justin unter der Plane hervor und konnte gerade noch sehen, wie der Kapitän in einem Buchladen verschwand. Er war wohl noch immer auf der Suche nach dem Bauplan für das Funkgerät.

Justin griff nach seiner Tasche, sprang vom Wagen und rannte zu einem Taxistand. Er hatte ein schlechtes Gewissen, vor allem dem Kapitän gegenüber, aber nun gab es kein Zurück mehr. Freundschaft hin oder her – ihm hatte Justin kaum Bescheid sagen können. Er hätte Frau Dr. Zimmerli informiert – und was dann passiert wäre, mochte sich Justin lieber nicht ausmalen.

Am Brightoner Bahnhof warf Justin einen Blick auf die Uhr; trotz allem war er spät dran. Immer zwei Stufen auf einmal nehmend, rannte er die Treppen hinab. Zu seinem Glück fuhren die Expresszüge auf den ersten Gleisen ab. Die Karte konnte er immer noch während der Fahrt lösen. Gerade rechtzeitig schlüpfte er durch die Türen, bevor sie sich zischend schlossen.

Wäre er nicht so in Eile gewesen, dann hätte er am Bahnhofskiosk vielleicht einen Blick auf die Schlagzeilen der Tageszeitungen geworfen. Und dann hätte Justin verstanden, warum Frau Dr. Zimmerli ihn nicht hatte gehen lassen wollen.

Nachdem Brighton im Jahr 2275 im Zuge der großen Gebietsreform dem Greater District of London zugesprochen worden war, verbesserte sich die Verkehrsanbindung an die Kapitale. Neben dem alten Fernschienennetz, an das die Seestadt schon seit Ende des 19. Jahrhunderts angeschlossen war, wurde eine Expressstrecke gebaut, mit der die Fahrt nach London auf gut zehn Minuten reduziert wurde. Die

Ingenieure waren sich seit dem 20. Jahrhundert der Tatsache bewusst, dass einem weiteren Anstieg der Geschwindigkeit nur eines entgegenstand, nämlich die Luft. Je schneller ein Zug fuhr, desto anfälliger wurde er für Seitenwinde und Turbulenzen. Außerdem konnte der Luftwiderstand selbst durch die schnittigsten Designs nicht weiter ausgeglichen werden. Es dauerte zweihundert Jahre, bis sie eine Lösung für das Problem fanden: Man vergrub Röhren in der Erde, pumpte die Luft aus ihnen heraus und ließ die Züge im Vakuum fahren. Bahnhöfe wurden mit einem komplexen System von Luftschleusen ausgestattet, damit es nicht zu plötzlichen Implosionen kam – was in den Anfangsjahren ab und zu geschah, sodass zum bekannten Krankheitsbild der Flugangst nun noch das der Fahrangst dazukam. Die Preise für eine Fahrt in solch einer Hochgeschwindigkeits-U-Bahn waren schließlich so moderat, dass sich die Struktur aller Großstädte der Welt veränderte: In Nordamerika wuchsen die Städte Boston, New York und Washington zu einem Kunstgebilde namens Bonywash zusammen, Berlin und Warschau waren auf einmal Nachbarstädte. Auf der anderen Seite wurde durch die allgemeine Verkürzung der Reisezeiten das Wachstum gigantischer Metropolen wie Peking, São Paulo, Archangelsk und London nicht nur gestoppt, es kam sogar zu einer Städteflucht, von der auch Brighton profitierte.

Mit knapp 35 Millionen Einwohnern war London, die ehemalige britische Hauptstadt, jedoch immer noch eine der bevölkerungsreichsten Städte Europas. Nur Paris war größer, was die Briten den Franzosen persönlich übelnahmen. Dennoch hatten es die Planer geschafft, dass die Stadt an der Themse lebenswert blieb. Auch im 24. Jahrhundert verdiente sie die Bezeichnung Swinging London, allerdings swingte es sich sehr exklusiv. Die Mieten waren unmoralisch hoch, und wer nicht im Finanzdistrikt beschäftigt war, Anteile an extraterrestrischen Ressourcengesellschaften besaß oder sonst einen schnellen Euro gemacht hatte, der zog hinaus – vorzugsweise in Städte mit Expressbahnanschluss.

Als der Zug mit dem Namen „The Hovering Hove" in Londons Victoria Station einlief, war niemand da, der Justin abholte. Er versuchte zwar, seinen Onkel über einen der öffentlichen Terminals anzurufen. Auf dem Monitor erschien eine computeranimierte dralle Blondine, die etwas davon flötete, dass zurzeit leider niemand ein Gespräch entgegennehmen könne. Man würde sich aber in jedem Fall über eine Nachricht nach dem Piepston freuen.

Justin seufzte und klappte den Bildschirm nach unten. Also musste er sich irgendwie allein durchschlagen, und das würde nicht einfach werden, denn die Victoria Station schien ihm ein ziemlich großer Bahnhof zu sein. Fünfundzwanzig Gleise waren für die Expresszüge eingerichtet worden. Und dies war erst das dritte Untergeschoss! Justin holte den Zettel hervor, auf dem er sich die Adresse seines Onkels notiert hatte. Chesters Haus befand sich in den

Docklands, genauer gesagt in der Canary Wharf. Blieb die Frage, wo das war und wie er da hinkam. Zwischen zwei Bahnsteigen befanden sich Informationstafeln. Ein bunter Plan zeigte das Netz der London Underground an. Im Osten entdeckte Justin tatsächlich eine U-Bahn-Station mit dem Namen Canary Wharf. Früher – so entnahm er einem Hinweis – hatte man einmal mit der erweiterten Jubilee Line direkt durchfahren können. Da diese seit zwölf Jahren generalüberholt wurde, musste er hinauf ins erste Untergeschoss, mit der District Line zum Tower Gateway fahren und dort in die Docklands Light Railway umsteigen. Na also.

Er nahm die nächste Rolltreppe und orientierte sich an den farbigen Schildern.

Justin war fasziniert. Es war das erste Mal, dass er in solch einer Stadt war. Zwar hatte er bisher noch nicht viel von ihr gesehen, aber wenn sie sich solch ein Bahnsystem leisten konnte, musste sie einfach großartig sein.

Doch es war interessant: Je höher er kam, desto älter wurden die Bauabschnitte. Es war wie eine Art umgekehrte Archäologie. Als er schließlich das erste Untergeschoss über eine Treppe erreichte (keine der Rolltreppen schien hier mehr zu funktionieren), war jegliche Begeisterung verflogen. Hier sah es aus, als hätte man seit 350 Jahren keinen Pinsel mehr geschwungen. Und auch der Zug, der nach langer Wartezeit rumpelnd in die Station einfuhr, konnte ohne Zweifel als Museumsbahn durchgehen.

Am schlimmsten jedoch war die bedrückende Enge. Justin konnte kaum glauben, dass alle Menschen, die auf dem vollbepackten Bahnsteig standen, auch wirklich in die Waggons passten, in denen es eigentümlich nach verschmortem Kabel, abgestandenem Schweiß und Teer roch. Als ihn der Strom der Passagiere in den Wagen drückte, zweifelte er ernstlich daran, sein Reiseziel lebendig zu erreichen.

Kaum hatte er eine der Haltestangen umklammern können, setzte sich der Zug infernalisch kreischend in Bewegung, und dies mit einem Satz, der einige der Passagiere von den Füßen holte. Acht Stationen musste Justin zurücklegen, bis er umsteigen durfte. Es war unangenehm heiß und stickig. Justin lockerte die Krawatte und öffnete den obersten Hemdknopf, doch das verschaffte ihm kaum die nötige Erleichterung.

Seine mitreisenden Fahrgäste schienen sich zum größten Teil an die Zustände in diesem altertümlichen Fortbewegungsmittel gewöhnt zu haben und stierten mit leerem Blick auf ihr Spiegelbild im Fenster. Ein Touristenpaar mit kurzen Hosen, Sandalen und albernen Hütchen, die bei St. James's Park zugestiegen waren, hatte trotzdem seinen Spaß an der holprigen Fahrt. Justin schaute hinauf zum Routenplan, der über einer der Türen knapp unter der Decke hing. Die Fahrt mit der U-Bahn würde länger dauern als seine Reise von Brighton nach London. Justin seufzte. Dabei machte ihn die Luft schon jetzt ganz müde. Er setzte sich auf einen der frei gewordenen Plätze und fiel wie die anderen Fahrgäste in eine Art meditativen Halbschlaf.

Eine Dreiviertelstunde und vier unfreiwillige Stopps auf offener Strecke später schleppte Justin seinen Koffer die Stufen zur Canary Wharf hinauf. Das hier war die weiteste Reise seines Lebens, und wenn es nach ihm ginge, hatte er die Nase voll. Wenigstens würde er nach all den Strapazen endlich ein Stück von London sehen.

Doch als er die Bahnstation verließ, wurde er aufs Neue enttäuscht. Um ihn herum standen Hochhäuser aus Glas und Stahl, errichtet in jenem schrecklichen Architekturstil, der bis weit ins 21. Jahrhundert so beliebt war. In den meisten Fällen hatte man diese Bausünden längst gesprengt und dem Erdboden gleichgemacht, nur hier hatte sich wohl ein komplettes Viertel erhalten. Justin sank der Mut. Wenn sein Onkel wirklich hier wohnen sollte, konnten das ja prächtige Ferien werden.

Er musste fünf Minuten laufen, bis er 33 Canada Square erreichte. Es war ein gläserner, beinahe transparenter Würfel, der durch ein flaches Hinterhaus gestützt wurde. Ein paar dürftige Bäume umsäumten den kahlen Vorplatz, auf dem sich erstaunlich viele Menschen aufhielten. Viele von ihnen trugen einen Ausweis am Jackenrevers und hatten Kameras dabei. Presse, vermutete Justin. Er wechselte seine Tasche von einer Hand in die andere und schloss sich neugierig dem Strom der Korrespondenten an, die in das Gebäude strebten.

Die Enge in der Vorhalle war fast so unangenehm wie die in der U-Bahn, aber wenigstens war die Luft besser. Da Justin beinahe zwei Köpfe kleiner war als alle anderen Besucher, übersahen ihn die ungeduldig drängelnden Reporter. Als er schließlich das dritte Mal über den Haufen gerannt wurde, beschloss er wütend, sich zurück zum Eingang durchzukämpfen. Dort würde er warten, bis sich der Aufruhr gelegt hatte und er in Ruhe den Aufzug zu Onkel Chesters Wohnung suchen konnte.

Er überlegte gerade, wie er herausfinden konnte, ob er hier wirklich richtig war, als plötzlich ein Gong ertönte. Justin reckte den Kopf, konnte aber noch immer nicht erkennen, was weiter vorn geschah. Ein Knacken ertönte, gefolgt von einer fiependen Rückkopplung. Dann pustete und klopfte jemand gegen ein Mikro, und eine Stimme erfüllte die Halle.

„Eins-zwei, eins-zwei. Kann mich jeder hören? Ja? Auch Sie da hinten? Sehr gut. Zunächst einmal möchte ich mich bei Ihnen vorstellen: Mein Name ist Chester Time, und ich bedanke mich bei Ihnen, dass Sie so zahlreich erschienen sind."

Onkel Chester? Aber wieso stand er da vorn und hielt eine Rede vor der Presse? Justin musste unbedingt mehr sehen.

„Sie können sich wahrscheinlich denken, dass heute nicht nur für meine Mitarbeiter und mich ein ganz besonderes Datum ist ..."

Justin schaute sich um. Zunächst dachte er daran, sich einen der Mülleimer zu schnappen, um sich daraufzustellen. Dann fiel ihm die lange Theke der Rezeption ins Auge. Wenn er es schaffte, sich bis dorthin durchzuschlagen, konnte er vielleicht unbemerkt daraufklettern. Schließlich schaute ohnehin jeder nach vorn.

„Auch für Sie dürfte dieser Tag ein besonderes Ereignis sein, auf das Sie lange Jahre warten mussten“, ertönte Chesters Stimme über das Mikrofon. „Jahre, in denen wir nicht nur hart an den erforderlichen Verbesserungen arbeiteten, sondern auch die nötigen Sicherheitsvorkehrungen entwickelt haben.“

„Entschuldigung“ und „Verzeihung“ brummelnd, quetschte sich Justin durch die dichtgedrängten Zuschauer, bis er schließlich den Empfang erreichte.

„Wir können Ihnen versichern, dass sich die Ereignisse des Jahres 2377 nicht wiederholen werden. Ganz einfach weil sie sich nicht wiederholen können. Lassen Sie mich es kurz machen ...“

Verstohlen schaute sich Justin um. Keiner achtete auf ihn. Vorsichtig kletterte er auf das Schleiflackungetüm, hinter dem eine Empfangsdame mit hochtoupierten Haaren stand, die sich den Hals verrenkte, um etwas von dieser Rede mitzubekommen. Von hier oben konnte er direkt auf die Treppe zur Galerie blicken.

Und dort auf dem Absatz stand ein großer, massiger Mann. Genau wie Justin hatte er rote Haare, aber da endete auch schon die Familienähnlichkeit. Während Justin für sein Alter klein und schlank, eigentlich fast mager zu nennen war, stellte Chester das genaue Gegenteil dar.

Justin sah ihm ins Gesicht und versuchte, etwas Bekanntes, Vertrautes zu entdecken, doch nur die buschigen Augenbrauen und der gewaltige Schnauzbart weckten eine leise Erinnerung an seinen Onkel.

Onkel Chester knetete sichtlich aufgeregt die Hände und atmete tief durch. Dann sprach er nach vorn gebeugt in das viel zu niedrig angebrachte Mikrofon: „Ich freue mich, Ihnen allen hier mitteilen zu können, dass am heutigen Tag mit der Chrono Travel Incorporated das erste und einzige Zeitreisebüro seine Pforten geöffnet hat. Unser erster Kunde konnte vor zehn Minuten seine Reise antreten."

„Was?" Vor Schreck wäre Justin beinahe von seinem Aussichtspunkt gestürzt. Plötzlich drehten sich alle Anwesenden zu ihm um. Auch Chesters Blick fiel auf seinen Neffen. Schlagartig verschwand die aufgeregte Röte aus seinem Gesicht und machte aschfahlem Entsetzen Platz. War er schon während der Rede nervös gewesen, schien er nun vollends die Fassung zu verlieren.

„Ähm, also, ich ...", stammelte er. „Wir haben dort hinten bei den Garderoben einige Pressemappen für Sie vorbereitet. Unsere Mitarbeiterinnen werden sich um Sie kümmern. Natürlich reichen wir auch Erfrischungen."

Das ließen sich die Journalisten kein zweites Mal sagen, und so setzten sie sich wieder wie ein Fischschwarm in Bewegung, diesmal glücklicherweise nicht in Richtung Rezeption.

Justin kletterte von der Theke. Doch bevor er seine Tasche suchen konnte, war Onkel Chester bei ihm, packte ihn am Arm und zog ihn hinter eine Säule.

„Justin? Justin Time? Was in drei Teufels Namen machst du hier?", zischte er. „Ich dachte, du wärst in Brighton auf dieser ... dieser Schule!"

Justin schüttelte wütend die Hand seines Onkels ab. „Das war ich bis heute Morgen auch." Er zog die Nachricht aus seiner Tasche, faltete sie auseinander und hielt sie ihm unter die Nase. „Du hast mich gestern eingeladen, schon vergessen?" Chester riss ihm den Zettel aus der Hand und überflog ihn. „Das ist nicht von mir. Da liegt ein Fehler vor. Ein Irrtum ..." Er stockte.

„Soll das etwa heißen, du hast mir nicht geschrieben?"

„Wie käme ich dazu? Schon gar nicht, wenn die Eröffnung ..." Chesters Stimme wurde leiser. „Schon gar nicht an einem Tag wie heute."

Justin starrte seinen Onkel fassungslos an. Erst die lange Reise und nun das. Er wollte gerade etwas erwidern, aber sein Onkel packte ihn unvermittelt an der Schulter und zerrte ihn ein Stück weiter. Justin stolperte fast, und als er sich wieder hochrappelte, fiel sein Blick auf eine Frau, die ihn und Chester aufmerksam musterte.

„Hör mal, es tut mir ja leid, dass du unter diesen Umständen von meinem Projekt erfährst", flüsterte Chester. „Ich hatte mir das auch anders vorgestellt." Er schaute nervös zu der Frau hinüber. „Aber du kannst hier nicht bleiben. Tu mir einen Gefallen: Nimm den nächsten Zug und fahr nach Hause!"

„Aber von wem ist die Einladung, wenn nicht von dir?"

„Ich weiß es nicht! Und glaub mir, ich habe im Moment anderes im Kopf, als das herauszufinden." Plötzlich klingelte es. Chester holte aus einer Jackentasche sein PAD und schaltete es ein. Ein Gesicht erschien, das Justin vage vertraut vorkam.

„Chester, Sie müssen sofort kommen!"

„Rupert!" Chester machte eine ärgerliche Handbewegung. „Wie stellen Sie sich das vor? Ich kann hier nicht weg!"

„Chester, wir haben einen Code gelb."

Chester schloss die Augen. Schweißperlen standen auf seiner Stirn. „Ich bin unterwegs."

„Was ist passiert?", fragte Justin, doch Onkel Chester antwortete nicht. Er schien jemanden zu suchen.

„Jenkins!"

Ein Wachmann in Uniform drehte sich um. „Ja, Mr. Time?"

„Könnten Sie bitte dafür sorgen, dass dieser junge Mann den nächsten Zug nach Brighton nimmt?"

„Das kannst du nicht machen, Onkel Chester! Was ist das mit diesem Zeitreisebüro? Zeitreisen sind doch gestoppt worden, seit meine Eltern ...“ Er verstummte.

„Jenkins!“ Chesters Stimme hatte einen schrillen Klang angenommen. „Was ist nun?“

Der Wachmann kratzte sich am Kopf. „Klar kann ich ihn zum Bahnhof bringen. Aber erst, wenn der ganze Trubel hier vorbei ist. Was soll ich in der Zwischenzeit mit ihm machen?“

„Was weiß ich?“ Chester drehte sich um und lief bereits zu den Fahrstühlen. „Schließen Sie ihn ein, ketten Sie ihn an. Machen Sie irgendetwas! Aber sorgen Sie dafür, dass er von hier verschwindet!“

Justin ballte die Faust in der Hosentasche. Was bildete sein Onkel sich bloß ein? Wieso wollte er ihn so schnell loswerden? Er war schließlich sein Neffe, den er seit sieben Jahren nicht gesehen hatte! Er wollte hinter Chester herlaufen, doch Jenkins packte ihn beim Arm. Er schob ihn hinter den Empfangstresen und von dort durch eine schmale Tür. Nach einem Korridor erreichten sie einen Aufenthaltsraum, der anscheinend für das Personal des Empfangstresens gedacht war.

„In einer Stunde bin ich wieder da“, versprach der Wachmann. „Wenn du Hunger hast: Im Schrank sind ein paar Kekse, im Kühlschrank findest du Milch.“

Die Tür fiel hinter ihm ins Schloss und wurde von außen verriegelt. Er war eingesperrt.

Justin starrte eine Sekunde die Tür fassungslos

an, dann gab er ihr einen wütenden Tritt. Schließlich ließ er sich auf einen Stuhl fallen und fluchte laut und ausgiebig. Milch und Kekse. Na klasse! Warum nicht gleich Wasser und Brot?

Justin holte tief Luft, um sich zu beruhigen, dann schaute er sich um. Der Raum war so karg und trostlos eingerichtet wie wohl alle Personalräume der Welt. Billige Plastikstühle standen in Vierergruppen um graue Tische, die voller Kaffeeflecken waren. Das einzige Grün in diesem fensterlosen Raum war ein armseliger falscher Gummibaum. Kaltes Licht strahlte aus einer Leuchtstoffröhre von der Decke.

Inzwischen begann Justin zu verstehen, warum die Direktorin ihn nicht hatte gehen lassen wollen. Sie musste über Chester Times Vorhaben informiert gewesen sein, das Zeitreisebüro zu eröffnen. Soweit Justin wusste, waren Zeitreisen bis jetzt aus Sicherheitsgründen untersagt gewesen, und er konnte sich nur zu gut vorstellen, wie die Presse die heutige Eröffnung ausgeschlachtet hatte.

„Ich würde mich ja nicht so einfach abservieren lassen“, sagte eine Stimme. Justin wirbelte herum. Er war nicht allein im Raum. Ein Mann trat aus einer dunklen Ecke. „Jenkins tut einfach nur seinen Job, aber dein Onkel hat keinerlei Manieren.“

„Wer sind Sie?“

„Mein Name ist David Tomblin. Ich schreibe für den *Tally Ho*“, erwiderte der Mann und verbeugte sich lächelnd.

„Ah, Sie sind einer der Journalisten. Wie kommen Sie denn hier herein?“

Tomblin zuckte mit den Schultern und lächelte nur. „Chester Time ist kein Freund der freien Berichterstattung. Aber mittlerweile kenne ich mich hier ganz gut aus. Die Eröffnung der Chrono Travel Inc. ist schon seit Langem mein Thema.“

Tomblin zog einen Stuhl heran und setzte sich zu Justin an den Tisch. „Darf ich fragen, wer du bist?“

„Mein Name ist Justin. Chester Time ist mein Onkel.“

„Habe ich es mir doch gedacht. Das Alter stimmt, die roten Haare. Du bist die berühmte Zeitwaise. Und was führt dich hierher?“

„Mein Onkel hat mich eingeladen, bei ihm die Sommerferien zu verbringen.“

„Und dann lässt er dich einsperren? Er scheint seinen Neffen ja wirklich zu lieben.“ Tomblin schaute Justin spöttisch an. „Im Ernst, da hat sich jemand einen üblen Scherz mit dir erlaubt. Ich glaube, du bist der letzte Mensch, den Chester Time an einem Tag wie heute sehen möchte.“

„Ja“, erwiderte Justin grimmig. „Den Eindruck habe ich auch.“

„Was wirst du jetzt machen?“

„Wieder nach Hause fahren, was sonst?“

„Ohne deinem Onkel die Meinung zu sagen?“

Justin zuckte mit den Schultern. „Was würde das bringen?“

„Es käme auf einen Versuch an.“

Justin schnaubte. „Und wie stellen Sie sich das vor? Wir sind eingeschlossen."

Tomblin sprang auf und ging zur Tür. Justin konnte nicht sehen, was der Reporter machte, aber nach einigen Sekunden ertönte ein Klick, und die Tür stand offen.

„Voilà. Da vorne ist ein Fahrstuhl. Es ist der oberste Stock." Er grinste Justin an. „Viel Erfolg."

„Rupert! Schadensbericht!"

Chesters Assistent betätigte wie wild die Steuerelemente der Konsole und fluchte leise vor sich hin. „Wir haben ihn verloren." Rupert drehte sich zu Chester um. „Er ist definitiv nicht bei den Zielkoordinaten angekommen, und ich habe keine Ahnung, wann und wo er wieder das Wurmloch verlassen hat. Aber das ist noch nicht alles ..."

„Was denn noch?", fragte Chester.

„In dem Moment, als die Trägerwelle den Kontakt verlor, kam es zu Schäden im Leitsystem. Die Hauptkontrollen sind erheblich beschädigt worden."

Chester vergrub das Gesicht in den Händen. „Das heißt, wir können ihn nicht mehr zurückholen, selbst wenn wir ihn wiederfinden." Er stöhnte. „Ich hätte doch die Finger davon lassen sollen. Es ist einfach noch nicht ausgereift."

„Das ist also ein Code gelb. Ihr habt jemanden in der Zeit verloren. Dasselbe wie damals bei meinen Eltern."

Chester und Rupert wirbelten zur Tür herum. Als der Assistent den Jungen in der Tür stehen sah, entfuhr ihm ein erstaunter Ausruf. Dann verzog sich sein Mund zu einem breiten Grinsen. „Hallo, Justin. Erinnerst du dich noch an mich? Ich bin Rupert." Justin kam der Mann an der Konsole bekannt vor, ohne dass er ihn wirklich einordnen konnte.

Chester funkelte Justin wütend an. „Wenn du beim Hinausgehen Jenkins siehst, sag ihm, er ist gefeuert."

Vorsichtig betrat Justin den Raum. Chester und der dunkelhaarige Mann im weißen Kittel, der ihn begrüßt hatte, waren die einzigen Anwesenden – eine Tatsache, die Justin überraschte. Er hatte eine Vielzahl von Mitarbeitern erwartet, die an den Kontrollen saßen. Doch die Plätze waren leer. Dabei schien die Anlage in vollem Betrieb zu sein. Überall blinkten Lampen, bewegten sich Diagramme, flackerten Anzeigen.

Das Zeitportal sah erstaunlich unspektakulär aus. Es bestand aus zwei Teilen: der Plattform und der Steuereinheit. Beide zusammen waren nicht größer als eine Ultraschalldusche.

Doch all das zog Justin nicht in seinen Bann. Es war diese alles beherrschende große Kugel, die ihn magisch anzog. Er ging ein paar Schritte auf sie zu, bis er dicht davorstand. Dann hob er den Finger und klopfte gegen das Kraftfeld. Die Wolke, die sich dort in der Mitte zusammenballte, war so finster, dass sie das Licht in ihrer unmittelbaren Nähe einfing. Schwarze Tentakel bewegten sich unermüdlich, strichen innen an der glasartigen Eindämmung entlang, um dann wieder in sich zusammenzufallen und sich wie Rauch aufzulösen.

„Die dunkle Sonne“, flüsterte Justin.

Rupert legte vorsichtig die Hand auf die Schulter des Jungen. „Das ist das Herzstück des Zeitportals. Ein Schwarzes Loch. Es liefert die nötige Energie, um einen Menschen in die Vergangenheit zu schicken. Mit der Bezeichnung ‚dunkle Sonne‘ liegst du gar nicht so falsch.“ Er lächelte verlegen, als sich Justin zu ihm umdrehte.

„Was ist passiert?“, fragte Justin ernst. „Was ist ein Code gelb? Ist es wirklich dasselbe, was meinen Eltern zugestoßen ist?“

Chester hatte sich von den beiden abgewendet. Er nickte wortlos.

„Vor einer halben Stunde haben wir unseren ersten Kunden in die Vergangenheit geschickt“, übernahm Rupert die Erklärung. „Unter normalen Umständen hätte das Trägersignal seine Ankunft bestätigen sollen. Doch in dem Moment, als der Transfer abgeschlossen wurde, fielen die Systeme aus.“

Justin lief es kalt den Rücken hinunter. „Was kann im schlimmsten Fall passieren?“

Chester lachte trocken. „Nun, unser Freund könnte so weit in der Zeit zurückgereist sein, dass er die Entstehung der Erde live miterlebt. Das dürfte allerdings eine heiße Show werden, bei der ihm ziemlich schnell die Luft ausgeht.“ Er ließ sich in einen

Sessel fallen. „Ich vermute, dass so etwas Ähnliches eingetreten ist.“ Sein Gesicht war vor Sorge ganz grau.

„Wieso?“

„Wenn er noch leben würde, hätte er einen der Notausgänge benutzt“, fuhr Chester fort. „Stell sie dir wie Rettungsportale in die Gegenwart vor. Man betritt sie, zieht die Tür hinter sich zu und landet wieder zu Hause. Überall auf der Welt sind sie verstreut, und sie sind in jeder Zeit nutzbar. Das war eine der Auflagen, die uns das Amt für Zeitkontrolle machte. Jeder, der eine Reise bei uns bucht, bekommt eine Liste dieser Notausgänge auf seinem PAD ausgehändigt.“

„Das ist richtig“, sagte Rupert trocken. „Vorausgesetzt, man hat sein PAD nicht vergessen.“ Er nahm einen kleinen Apparat vom Tisch neben der Konsole. „Er hat ihn einfach hiergelassen. Unser Zeittourist kann die Notausgänge gar nicht finden.“

Chester stieß einen Fluch aus, doch seine Worte gingen in einem infernalischen Heulen unter. Der Kontrollraum wurde in ein gespenstisches rotes Licht getaucht. Ein riesiger Monitor an der Wand leuchtete auf. In Sekundenschnelle baute sich ein Bild mit einer Reihe von Jahreszahlen und Flussdiagrammen auf. Es zeigte eine punktierte Linie, die im vorderen Teil eine Zacke beschrieb. Rupert stürzte an sein Terminal und überprüfte die Anzeigen.

„Also wenn uns das Unglück trifft, dann gleich

doppelt", sagte er nach einigen kurzen Tasteneingaben. „Wir haben einen Temporalalarm. Jemand bringt die Zeitlinie durcheinander. Am 11. September 1836 wird die *HMS Beagle* aus unbekannten Gründen sinken. Keine Überlebenden. Hier ist eine Liste der Schiffsbesatzung. Unter ihnen sind James Sullivan, John Lort Stokes, Robert Fitz Roy ... und Charles Darwin."

II.

Charles Darwin war in seinen jungen Jahren kaum jemand, der dem Bild eines Draufgängers entsprach. Ein Medizinstudium in Edinburgh brach er im Jahre 1827 nach vier Semestern ab, weil er kein Blut sehen konnte. Also folgte er dem Rat seines Vaters, ging nach Cambridge und schrieb sich für ein Theologiestudium ein, obwohl seine Liebe der Naturkunde galt. Es war schließlich sein Professor John Stevens Henslow, der den größten Einfluss auf den jungen Forscher haben sollte. Er war ein heiterer und ausgeglichener Mann, der von den Fähigkeiten seines Schülers zutiefst überzeugt war. Als im Jahr 1831 ein Schiff der Königlichen Marine zu einer Forschungsfahrt in See stechen sollte und man noch einen Naturforscher suchte, empfahl Henslow den jungen Darwin. Es ging darum, das südliche Feuerland zu vermessen, um dann über Ostindien – gemeint waren die Inseln östlich von Mittelamerika – die Heimreise anzutreten.

Nachdem auch Darwins Vater von dem Plan überzeugt worden war, stach der zweiundzwanzigjährige

Charles am 27. Dezember 1831 auf der *HMS Beagle* in See.

Kapitän dieses Unternehmens war Robert Fitz Roy, ein absolut humorloser Offizier. Darwin musste sehr bald feststellen, dass der Mann, mit dem er in den kommenden Jahren die Kabine teilen würde, zudem ein recht eigenwilliges Weltbild hatte. Fitz Roy war ein Anhänger der Physiognomik, einer obskuren Pseudowissenschaft, die behauptete, dass man die Fähigkeiten und charakterlichen Eigenarten eines Menschen von dessen Gesichtszügen ableiten könne. Ein ausgesprochener Unsinn, der Darwins Reise im letzten Moment beinahe noch gefährdet hätte. Fitz Roy stieß sich nämlich an der Nase seines Passagiers. Wer solch ein Riechorgan besitze, dem mangele es an Energie und Entschlossenheit, behauptete der Kapitän. Dennoch machte er im Falle Darwins eine Ausnahme.

Dass Darwin nicht besonders hart im Nehmen war, musste er feststellen, als die *Beagle* kurz nach Weihnachten in Plymouth den Anker lichtete. Kaum dümpelte das Schiff frei im Wasser, überkam Darwin eine Übelkeit, die ihn nie ganz verließ und die er nur lindern konnte, wenn er sich von Zeit zu Zeit auf dem Kartentisch ausstreckte oder in eine Hängematte legte. Niemand sonst an Bord litt so unter der Seekrankheit wie der Wissenschaftler.

Darwin konnte über die merkwürdigen Ansichten des Kapitäns denken, was er wollte, Fitz Roy blieb stets ein objektiver Kommandant, der die Kunst der

Selbstbeherrschung perfektioniert hatte. Ansonsten hätte er wahrscheinlich den ständig leidenden Darwin bereits nach der ersten Woche über Bord geworfen.

Nachdem für Darwin der erste Monat auf See wegen zahlreicher Stürme alles andere als ein Vergnügen gewesen war, fühlte er sich auf der *Beagle* nach und nach zu Hause – von den Zeiten, in denen ihn heftige Übelkeitsattacken plagten, einmal abgesehen. Er begann schon während der Überfahrt mit seiner methodischen Arbeit als Naturforscher. Bei jedem Landgang erkundete er das Terrain, wobei sein treuester Begleiter ein Geologenhämmerchen war.

Für zwei Jahre kreuzte die *Beagle* in den atlantischen und pazifischen Gewässern Südamerikas, wobei besonders das Gebiet zwischen Montevideo, Kap Hoorn und den Falkland-Inseln vermessen wurde. Schließlich nahm das Schiff Kurs auf eine kleine Inselgruppe westlich von Peru, die einerseits erdgeschichtlich relativ neu und andererseits so weit vom Festland entfernt war, dass sich dort ungestört eine vollkommen andere Tier- und Pflanzenwelt entwickeln konnte.

Die Eindrücke, die Darwin in diesem einen Monat des Jahres 1835 auf den Galapagos-Inseln gewann, sollten dem Selbstbewusstsein der Menschheit einen heftigen Schlag versetzen. Schon als Kopernikus bewies, dass sich nicht die Sonne um die Erde drehte, war dies für viele seiner Zeitgenossen ein schwerverdaulicher Brocken. Schließlich hatte die Erde bitte schön das Zentrum des Universums zu sein. Wo käme man denn da hin, wenn die Krone der Schöpfung auf einem x-beliebigen kleinen blauen Planeten um eine x-beliebige durchschnittliche Sonne irgendwo am Rande des Universums kreiste!

Doch auch andere Vorstellungen sollten sich mit der Reise Darwins als falsch herausstellen. Denn offensichtlich wurden Pflanzen oder Tiere nicht am fünften Tag der Schöpfung einfach so in die Welt gesetzt. Sie durchliefen vielmehr eine Jahrmillionen während Entwicklung, die aller Wahrscheinlichkeit nach noch immer nicht abgeschlossen war. Doch wie sah es mit dem Menschen aus? War er das einzige Lebewesen auf der Erde, das diesen Entwicklungsprozess nicht vollzogen hatte? Darwin bezweifelte das ernsthaft. Aber er befürchtete, dass seine Schlussfolgerungen niemandem sonderlich gefallen würden.

Als die *Beagle* im August des Jahres 1836 in Brasilien ablegte, neigte sich die mittlerweile fünf Jahre währende Reise ihrem Ende zu. Größere Zwischenfälle hatte es nicht gegeben. Die Besatzung war wohlauf und freute sich darauf, in einigen Wochen endlich wieder den Heimathafen anzulaufen.

Am 11. September jedoch ereignete sich etwas, das den Erfolg der ganzen Reise infrage stellen sollte. Charles Darwin war der Erste, der es bemerkte.

„Sagen Sie, Captain Fitz Roy ...“

„Ja, Mr. Darwin?“, erwiderte der Kapitän, der neben dem Forscher stand und gerade den Azimutkompass auf dem Achterdeck kontrollierte.

„Sie sind doch ein erfahrener Kommandant, nicht wahr?“

Fitz Roy musterte Darwin kritisch. „Das will ich wohl meinen!“

„Und Sie haben schon viel gesehen.“

„Die letzten Jahre waren sehr abwechslungsreich.“

„Wie erklären Sie sich dann das?“ Darwin beschattete seine Augen und zeigte auf die Spitze des Hauptmastes. Sie hatten den ganzen Tag schönes Wetter gehabt. Die Takelage knirschte leise, die Segel flatterten träge in der leichten Brise, sodass man fast von einer regelrechten Flaute sprechen konnte. Und das war vielleicht ein Glück für den Mann, der sich in seiner offensichtlichen Höhenangst verzweifelt an der Spitze des Mastbaumes festhielt und erbärmlich um Hilfe schrie.

Captain Fitz Roy hob überrascht eine Augenbraue. „Quartiermeister!“ Ein Offizier kam angerannt und salutierte. „Ja, Sir?“

„Können Sie mir sagen, um wen es sich bei diesem Individuum dort oben handelt?“

Nun schaute auch der Quartiermeister überrascht nach oben. „Nein, Sir, das kann ich nicht. Ich habe diesen ... diesen ...“ – er kniff die Augen zusammen – „... Herrn noch nie gesehen.“

„Also haben wir einen blinden Passagier an Bord!“

Darwin kratzte sich nachdenklich am Kopf. „Der

mit einem Knall plötzlich auf der Spitze des Hauptmastes sitzt und so laut schreit, dass jeder auf ihn aufmerksam wird?"

Fitz Roy zuckte mit den Schultern. „Vor einem Monat haben wir Pernambuco in Brasilien verlassen. Er kann nur dort an Bord gekommen sein."

„Aber überlegen Sie doch einmal: Wie soll sich ein blinder Passagier einen Monat lang auf einem Schiff wie der *Beagle* versteckt halten, ohne dass es eine Besatzung merkt, die mit ihren 66 Mann jeden bewohnbaren Winkel ausfüllt?"

Fitz Roy ließ sich von Darwins Worten nicht beirren. „Stokes! Sullivan! Sorgen Sie dafür, dass dieser Kerl von dort oben runterkommt und in meine Kajüte gebracht wird."

Das war allerdings einfacher gesagt als getan. Offensichtlich hatte die Angst diesem Mann nicht nur Flügel, sondern auch übermenschliche Kräfte verliehen. Erst nachdem vier Matrosen hinaufgeklettert waren, konnte man ihn vom Mastbaum zerren und ihn wie einen zappelnden Fisch an der Angel mit einem Seil hinablassen.

Darwin hielt im Gegensatz zu Fitz Roy nicht sehr viel davon, andere Menschen anhand ihres Äußeren zu beurteilen. Aber bei diesem seltsamen Herrn ahnte er, dass es noch viel Ärger geben würde.

Er hatte schon einige merkwürdige Vögel auf seinen Reisen gesehen, aber dieser Mann übertraf sie alle. Erst einmal dieser Name: Herbert Hanfstäckl. Ohne Zweifel jemand vom Kontinent, kein Engländer.

Und dann diese seltsame Aufmachung. Kniebundhosen wurden schon seit einigen Jahrzehnten nicht mehr getragen, schon gar nicht mit karierten Socken. Doch diese waren nichts im Vergleich zu dem Hut und der dicken Brille, die der Mann auf der Nase hatte.

„Jetzt erzählen Sie uns erst einmal, wo Sie herkommen." Fitz Roy versuchte, ruhig zu bleiben.

„Das geht Sie gar nichts an!" Hanfstäckl verschränkte die Arme vor der Brust und schaute Captain Fitz Roy herausfordernd an. Dabei kaute er unentwegt auf etwas herum.

Er folgte dem Kapitän widerwillig in die Kajüte. „Was wollen Sie eigentlich von mir? Und was für ein Jahr haben wir überhaupt?"

„Achtzehnhundertund..." Fitz Roy lief puterrot an. „Sie! Wollen Sie uns auf den Arm nehmen?" Darwin schaute den Kapitän vorsichtig aus den Augenwinkeln heraus an. Da saß dieser blinde Passagier vor ihnen und führte sich auf, als sei er ein Mitglied der königlichen Familie. Fitz Roy war kurz davor, die Beherrschung zu verlieren. Darwin musste zugeben, dass sowohl der eine wie auch der andere Anblick Seltenheitswert hatte.

„Achtzehnhundertirgendwas? Aber ich wollte doch ins Jahr 1983! Ich hab was mit Wäldern gebucht und nicht das Meer!"

Jetzt musste Darwin lachen. „Sie? Bei Ihrer Höhenangst in die Berge? Vier Leute waren nötig, um Sie vom Hauptmast runterzuholen!"

„Na und?“ Hanfstäckl schmollte. „Ich bin halt nicht ganz schwindelfrei. Viel schlimmer ist, dass ich nicht schwimmen kann! Und seekrank werde ich auch sehr schnell!“ Er beugte sich quer über den Tisch zu Captain Fitz Roy, zog ein Augenlid herunter und schaute ihn leidend an. „Sehen Sie? Ich bin bestimmt schon ganz grün im Gesicht!“

Ungerührt drückte Fitz Roy seinen ungebetenen Gast wieder in den Stuhl zurück, während Darwin mehr Mitleid zeigte. „Sie Ärmster! Ich kann Sie nur zu gut verstehen. Ich lege mich immer auf den Kartentisch und ruhe für eine Viertelstunde. Dann geht es wieder einigermaßen.“

Fitz Roy taxierte den blinden Passagier unerbittlich. „Also, ich glaube, dieser Mann lügt. Das sehe ich schon an seinem fliehenden Kinn.“

„Sie! Seien Sie vorsichtig, was Sie da von sich geben!“

„Machen Sie sich nichts daraus. Mir hat er auch schon gesagt, ich sei für eine solche Reise nicht geeignet. Ein Mensch mit meiner Nase ...“

„... *knolligen* Nase“, korrigierte Fitz Roy.

„... knolligen Nase“, seufzte Darwin, „hätte nicht die Energie und die Standfestigkeit, um die Strapazen einer Weltreise zu überstehen.“ Er drehte sich zu Fitz Roy um. „In einigen Wochen werden wir England erreichen. Fünf Jahre haben wir auf der *Beagle* verbracht, obwohl nur drei geplant waren. Und? Habe ich aufgegeben?“

„Wir sind auch noch nicht zu Hause“, erwiderte

Fitz Roy skeptisch. „Wie dem auch sei: Herr Hanfstäckl hat Glück, dass die *Beagle* kein Kriegsschiff ist, sonst müsste ich ihn in Ketten legen lassen." Er warf seinem Gegenüber einen ernsten Blick zu. „Morgen werden wir St. Jago auf den Kapverdischen Inseln erreichen. Dort werden Sie von Bord gehen."

„Weiter ab vom Schuss geht's wohl nicht, was?" Hanfstäckl war sichtlich geschockt. „Ich will nicht auf irgendeiner kleinen Insel Kokosnüsse zählen! Das kann doch nicht Ihr Ernst sein!"

Charles Darwin lächelte ihn an. „Oh, Captain Fitz Roy ist einer der humorlosesten Männer, die ich kenne. Und er hält in der Regel seine Versprechen. Wenn er sagt, Sie werden in Porto Praya auf St. Jago von Bord gehen, dann wird das meiner Erfahrung nach auch so eintreffen."

„Porto Praya? St. Jago? Die Kapverdischen Inseln? Na wartet", sagte Hanfstäckl und blies eine große Kaugummiblase. „Das werden wir ja noch sehen ..."

Justin betrachtete die verbliebenen Anzeigen, die vom Systemausfall nicht betroffen waren, und dachte nach. Chester starrte von seinem Sessel ebenfalls auf den Wandmonitor, der die Störung der Zeitlinie abbildete.

„Vielleicht ist es ja ein Glücksfall, dass die *Beagle* untergehen wird." Justin musterte die Angaben auf dem Bildschirm. Jahreszahlen markierten die Jahrhunderte.

„Was, bitte schön, soll wohl gut daran sein, wenn Charles Darwin entgegen den geschichtlichen Tatsachen den Grund der Tiefsee erforscht?“

Justin zeigte auf das Display. „Kann es nicht sein, dass beide Ereignisse in einem direkten Zusammenhang zueinander stehen?“

Rupert, der auf dem Boden kniete und den Schaden der Konsole inspizierte, hob den Kopf. „Du meinst, Herr Hanfstäckl ist für dieses Unglück verantwortlich?“ Er strich sich das Kinn. „Das könnte in der Tat eine Überlegung wert sein.“

„Wenn wir es schaffen könnten, den Untergang der *Beagle* zu verhindern, würden wir vermutlich auch diesen ... diesen Herrn Hanfstäckl finden.“

Chesters Miene hellte sich ein wenig auf. „Aber ja! Natürlich! Kluger Junge. Nur – zu welchem Zeitpunkt peilen wir ihn an? Auch wenn er an Bord gelandet ist – den genauen Zeitpunkt wissen wir nicht.“

Rupert schüttelte den Kopf. „Wir können leider niemanden anpeilen, Chester. Nicht nur Teile der Hauptsysteme sind ausgefallen, auch die Ersatzaggregate wurden beschädigt. Ich kann höchstens den Transmitter wieder herstellen, wobei der Materiewandler nur eingeschränkt funktioniert.“ Er richtete sich auf und klopfte sich den Staub von den Knien. „Das heißt im Klartext, dass wir zwar jemanden in die Vergangenheit schicken, aber umgekehrt niemanden zurückholen können.“

Chester nickte. „Da sich die *Beagle* auf hoher See befindet, kann keiner der Notausgänge benutzt werden“, überlegte er laut. „Aber das wäre auch nicht das Problem. Wenn wir nun eine Rettungsmission einleiten, könnte die Zielperson einen Transponder am Körper tragen. Dann haben wir die Möglichkeit, sie direkt anzupeilen und sie zusammen mit Hanfstäckl zurückzuholen.“

Justin versuchte, den beiden zu folgen. „Was ist ein Materiewandler?“, fragte er.

„Niemand kann so, wie er ist, durch ein Schwarzes Loch geschickt werden“, erklärte Rupert. „Das würde er nicht überleben. Also wandeln wir jeden Reisenden in ein Energiemuster um, das sich schadlos übertragen lässt und am anderen Ende des Wurmlochs wieder zusammengesetzt wird. Dieser Wandler funktioniert zurzeit leider nur eingeschränkt. Die Übertragungskapazität beträgt fünfzig Kilogramm.“

Chester warf verzweifelt die Arme in die Luft. „Rupert und ich sind beide doppelt so schwer. Fünfzig Kilo! So viel wiegt ja gerade mal ein Kind!“

„Richtig“, sagte Rupert und schaute zu Justin herüber.

„Justin? Nein, das kommt überhaupt nicht in Frage. All die Jahre habe ich ihn in diesem verdammten Internat versteckt, damit er aus der Schusslinie ist. Und nun soll er einen Sprung mit einer defekten Zeitmaschine machen? Niemals!“

Rupert nickte. „Das nennt man wohl zur falschen Zeit am falschen Ort, Justin.“ Er seufzte. „Aber dein Onkel hat recht: Eine Zeitreise kann niemand von dir verlangen.“

Justin sah auf das Zeitportal. Zur falschen Zeit am falschen Ort. Das war er, in der Tat. Nicht erst seit heute, das ahnte er schon lange, ohne den Grund zu kennen. Aber was sollte er machen? Das Portal, über dem das Schwarze Loch wie ein dunkles Monstrum lauerte, schüchterte ihn mehr ein, als er zugeben wollte. Und seine Angst hatte sich nicht gerade gemindert, als Rupert den Materiewandler ins Spiel brachte. Aufgelöst in ein Energiemuster – na, besten Dank. Wer wusste schon, was da am anderen Ende wieder herauskam? Vielleicht würde er sich auf ewig in den Weiten einer höheren Dimension verlieren.

Dennoch: Trotz des Zweifels, trotz der Angst war da etwas, das ganz tief in ihm kribbelte. Er blickte in diese Kugel, und er hatte das Gefühl, das Schwarze Loch schaute zurück, grinste ihn an, lachte ihn vielleicht sogar aus! Oder war es eine Aufforderung?

Wenn er ehrlich war, konnte er verstehen, warum seine Eltern an diesem Projekt gearbeitet hatten. Die Welt des Jahres 2385 war alles andere als ein spannender Ort. Die Luft war sauber und roch nach Veilchen. Naturkatastrophen hatte die Wissenschaft seit der Erfindung des Terraforming einfach abgeschafft. Innerhalb weniger Minuten konnte man an jeden Ort der Welt reisen. Die Meere waren restlos erforscht, der Weltraum erobert. Kurz: Es gab keine Überraschungen mehr, die die Menschen aus ihrer betulichen Ruhe reißen konnten. Und deswegen sehnte man sich nach der guten alten Zeit zurück, als die Abenteuer noch echt waren und es nicht jeden Abend pünktlich um Viertel nach neun für eine halbe Stunde lauwarm regnete.

Justin ging langsam zur Plattform der Zeitmaschine und betrachtete sie neugierig. Es war, als ob sich nach oben und unten ein Tunnel in die Unendlichkeit öffnete. Vorsichtig schaute er hinab in das Auge eines unheimlichen Zyklons. Über ihm bot sich dasselbe Schauspiel.

„Man kann sich das System wie eine Rohrpost vorstellen“, sagte Rupert, der leise neben Justin getreten war. „Wenn du dich auf diese Plattform stellst, befindet sich unter und über dir das Nichts, im wahrsten Sinne des Wortes. Das Einzige, was dich davon trennt, ist ein Schwerkraftfeld.“

Justin betastete vorsichtig den Boden der Maschine. „Es fühlt sich ein wenig wie Glas an.“

„Es ist dasselbe Schwerkraftfeld, mit dem auch das Schwarze Loch eingedämmt wird.“

Justin machte einen Schritt und kam auf der Plattform zum Stehen. Kurz schaute er nach unten, und sofort wurde ihm schwindelig. Er legte den Kopf in den Nacken und blickte nach oben, doch das verwirrte ihn noch mehr. Unglücklicherweise gab es keinen Griff, an dem er sich festhalten konnte. Er holte tief Luft, dann drehte er sich zu seinem Onkel um.

„Gut.“ Seine Stimme zitterte. „Gebt die Koordinaten ein und schickt mich los.“

Rupert schaute Justin überrascht an. „Bist du dir sicher?“

„Gebt die Koordinaten ein und schickt mich los, bevor ich es mir anders überlege!“ In Justins Stimme schwang leichte Panik mit.

Chester sprang auf. „Justin, du weißt nicht, was du da tust ...“

Justin schaute seinen Onkel scharf an, seine Stimme überschlug sich in einer Mischung aus Angst und Wut. „O ja, da hast du recht. Natürlich habe ich keine Ahnung. Von nichts. Weil du mich die letzten Jahre im Internat eingesperrt hast. Und glaub mir: Wenn ich mich hierfür entscheide, tue ich das bestimmt nicht für dich!“

Chester wollte etwas erwidern, aber Justin ließ ihn nicht zu Wort kommen. „Ich tue das für mich und für meine Eltern – und für den armen Kerl, der irgendwo im 19. Jahrhundert verschollen ist.“ Dann fügte er leise hinzu: „Und der ohne mich nicht wieder zurückkommt.“

Chester funkelte Justin mit hochrotem Kopf an und wollte etwas erwidern, besann sich aber anders, als Rupert ihm eine Hand auf den Arm legte.

Rupert öffnete eine Schublade und holte zwei kleine Geräte hervor, die wie Armbanduhren aussahen. Er reichte sie Justin. „Das sind die Transponder. Der eine ist für dich, der andere für unseren verschollenen Freund. Jedes dieser Geräte hat ein kleines Funkgerät. Du wirst also mit uns in Kontakt treten können, wenn die Situation geklärt ist. Der Transponder ist auf minimale Größe gebaut worden, deswegen ist die Energiezelle nicht sehr leistungsfähig.

Für unsere Rettungsaktion sollte sie aber allemal ausreichen."

Justin versuchte, das Gerät anzulegen, doch seine Hände zitterten so sehr, dass Rupert ihm helfen musste.

„Zielzeit wird eine Stunde vor dem Untergang der *Beagle* sein. Das sollte reichen, um Hanfstäckl zu finden und zurückzubringen." Rupert betätigte ein paar Schalter und starrte angestrengt auf den großen Bildschirm an der Wand. Chester Time stand schweigend neben ihm und unternahm nichts, um ihn von seinem Vorhaben abzubringen.

„Wir erreichen das nötige Energieniveau in dreißig Sekunden ..." Ruperts Stimme klang bestimmt und konzentriert.

Justin erinnerte sich plötzlich an Bilder, zwei Menschen, die auf ebendieser Plattform standen. Seine Eltern. Er hatte den eigentlichen Moment vergessen, aber seine eigene Verzweiflung hatte sich in seine Erinnerung gebrannt, als er verstand, dass sie nie wiederkommen würden.

„Noch zwanzig Sekunden."

Was hatte wohl sein Vater gedacht, als er die Reise antrat? Er musste doch mit der Möglichkeit gerechnet haben, dass etwas schiefgehen konnte! Warum hatte er es nur getan? Und warum musste ausgerechnet Justins Mutter mit ihm diese Reise antreten?

„Noch zehn Sekunden."

Justin verfluchte die Maschine, die ihm seine Eltern genommen hatte. Sein Blick wanderte zu dem

Schwarzen Loch, das in seiner Eindämmungskammer darauf lauerte, ihn zu verschlucken.

„Noch fünf Sekunden."

Nun, lange musste er nicht mehr warten.

„Vier."

Justin versuchte, seinem Onkel in die Augen zu schauen, doch Chester hatte ihm den Rücken zugekehrt.

„Drei."

Rupert hingegen wirkte professionell und ruhig. Nur der Schweiß auf der Stirn verriet seine Anspannung.

„Zwei."

Bloß nicht nach unten schauen. Bloß nicht nach unten schauen ...

„Eins."

Justin schloss die Augen und atmete tief durch. In seinen Eingeweiden gurgelte es plötzlich. Verdammt.. Er hätte nochmal aufs Klo gehen sollen. Na, dafür war es jetzt zu spät.

„Null."

Captain Fitz Roy konnte sich nicht vorstellen, dass ein Mann wie Herbert Hanfstäckl wirklich ernsthafte Schwierigkeiten verursachen konnte. Diese Fehleinschätzung führte dazu, dass er dem blinden Passagier weitgehende Freiheiten auf dem Schiff ließ. Bis auf die Offiziersquartiere, die auch für die Mannschaftsdienstgrade tabu waren, durfte sich der ungebetene Gast frei an Bord bewegen. Hanfstäckl nutzte diese Vertrauensseligkeit aus, um seine Situation erst einmal genau zu beurteilen. Zwar starrten ihn die Seeleute an, als wäre er geradewegs vom Mond gekommen (einige bekreuzigten sich sogar), ließen ihn aber sonst in Ruhe.

Fitz Roy hatte die *Beagle* schon Jahre vor dieser Feuerlandexpedition umbauen lassen. Im Sommer 1831 wurde der Zweimast-Brigg ein Kreuzmast auf dem Achterdeck hinzugefügt, doch ansonsten wurde der Grundriss weitgehend beibehalten: Unterhalb des erhöhten Achterdecks befand sich der Kartenraum. Noch ein Deck tiefer gelangte man zu den Quartieren der Offiziere, des Schiffszimmermanns, zu der Messe, dem Chronometerraum und den Kajüten von Midshipman, Kanonier und Bootsmann. Obwohl die *Beagle* ein recht kleines Schiff war und mit Mühe knapp siebzig Mann Platz bot, war sie ein Paradebeispiel dafür, wie man durch geschickte Aufteilung der Decks ein Maximum an Übersicht erhielt. Straffe Disziplin sorgte dafür, dass die nötige Ordnung auch nach fünf Jahren nicht vernachlässigt wurde.

Für Exkursionen und Notfälle besaß die *Beagle* sieben Beiboote. Fünf davon waren Walfänger, die als Rettungsboote dienten. Vier befanden sich achtern, wobei zwei umgekehrt auf dem Oberdeck befestigt waren. Die anderen beiden hingen an Auslegern backbord und steuerbord. Ein anderes Beiboot, von Fitz Roy Dingi genannt, war am Heck befestigt.

Die beiden letzten Boote waren mittschiffs aufeinandergestapelt. Bei Bedarf wurden sie mit einem Kran zu Wasser gelassen. Zunächst kam es Hanfstäckl in den Sinn, das Dingi zu stehlen, doch ließ er die Idee sofort wieder fallen. Auch wenn es ihm gelingen sollte, unbemerkt mit dem Boot zu fliehen, wusste er nicht, was er allein auf offener See ausrichten konnte. Er hatte keine Ahnung, wie der Mast aufgebaut und das Segel gesetzt wurde. Rudern kam für ihn auch nicht infrage. Wohin sollte er die Nussschale schon steuern? Und was war, wenn er kenterte? Schwimmen hatte er nie gelernt! Nein, er musste das Schiff und seine Besatzung dazu bringen, dahin zu segeln, wohin er wollte.

Als wäre er die Unschuld in Person, spazierte Hanfstäckl pfeifend an Deck auf und ab. Die Sonne ging gerade unter, und er tat so, als genieße er die letzten Sonnenstrahlen des zu Ende gehenden Tages. Als er sicher war, dass ihn niemand beobachtete, schlich er hinüber zum Bug, an dessen Steuerbordseite sich der Lagerraum des Schiffszimmermanns befand. Hier sollte sich doch etwas Nützliches finden lassen.

Vorsichtig klopfte Hanfstäckl an. Niemand antwortete. Er schaute sich kurz um, dann bewegte er leise die Schiebetür. Der Raum war so niedrig, dass er seinen Kopf einziehen musste. Eine spärlich leuchtende Petroleumlampe baumelte von der Decke. Hanfstäckl nahm sie vom Haken, hielt sie hoch und untersuchte die Regale. Er überlegte gerade, eines der Messer einzustecken, als sein Blick auf eine offene Schublade fiel. Viel beinhaltete sie nicht: etliche unterschiedlich große Rollen Garn, ein paar Ahlen und einen kleinen schwarzen Stein, an dem einige Nägel hingen. Ein Naturmagnet! Offensichtlich hatte ihn der Zimmermann auf einem der Landgänge gefunden und war so fasziniert davon gewesen, dass er ihn eingesteckt hatte. Hanfstäckl musste grinsen. Mit einem Mal stand sein Plan fest. Er würde sich bestimmt nicht auf einer gottverlassenen Insel aussetzen lassen. Er kicherte, drehte sich um – und wäre beinahe in einen Riesen von Kerl hineingelaufen.

„Was hast du in meiner Werkstatt zu suchen?“, polterte der Zimmermann. „Los, Mann! Ich will eine Antwort, und zwar schnell. Sonst lasse ich dich kielholen!“

Kielholen! Hanfstäckl wusste nicht, was das war, aber es klang nicht gut. Er musste sich etwas einfallen lassen. „Mir war ... schlecht“, stotterte er.

„Wozu brauchst du dann mein Werkzeug? Rede!“

„Ich habe mir gar kein Werkzeug genommen!“ Als wolle er sich ergeben, streckte Hanfstäckl die Arme in die Höhe. „Ich habe die Toilette gesucht. Ich vertrage doch das Meer nicht“, sagte er und rülpste leise, wobei er den Zimmermann wie ein Häuflein Elend anschaute.

Der Zimmermann schnaubte verächtlich. „Ein schönes Exemplar von blindem Passagier bist du. Lehn dich gefälligst wie alle anderen über die Reling und füttere die Fische!“ Er packte Hanfstäckl beim Kragen und warf ihn aus der Werkstatt. „Lass dich hier nie wieder blicken, hörst du?“

Hanfstäckl stolperte über eine Taurolle, bekam aber im letzten Moment noch den Vormast zu fassen, bevor er der Länge nach hinschlug. Der Zimmermann zog wütend die Schiebetür zu.

Hanfstäckl atmete tief durch. Das war knapp gewesen. Er vergewisserte sich, dass er noch den Magneten hatte, und machte sich auf den Weg zum Steuermann.

Die Sonne war mittlerweile untergegangen, schlechteres Wetter zog auf. Der Himmel bewölkte sich und ließ die Sterne hinter einem dunklen Vorhang verschwinden. Hanfstäckl war das nur recht. Wenn er sich nicht zu dumm anstellte, müsste sein kleiner Trick eigentlich gelingen.

„Einen schönen guten Abend, Herr Steuermann!“ Hanfstäckl klopfte dem Seemann jovial auf die Schulter, erntete aber nur ein missmutiges Grunzen.

„Sagen Sie mal, ist es nicht schwierig, so ganz ohne Sterne den Kurs zu halten?“, fragte Hanfstäckl harmlos, als würde er die Ablehnung des Mannes nicht bemerken.

Der Steuermann lächelte verächtlich. „Siehst du dieses Ding aus Messing hier vorne? Das ist der Kompass. Der sagt mir, welchen Kurs ich einschlagen muss. Ich brauch keine Sterne.“

„Ach wirklich?“ Hanfstäckl nickte respektvoll. „Na, ich denke, bei einem Mann mit Ihrer Erfahrung müssen wir uns keine Gedanken machen. Sie bringen uns sicher nach Hause. Wahrscheinlich haben Sie schon so viel auf der Welt gesehen, dass Sie nichts mehr aus der Ruhe bringt: wilde Eingeborene, heftigste Stürme, blutrünstige Piraten ... Oh, da! Schauen Sie! Ja, gibt es denn so etwas?"

Hanfstäckl sah plötzlich überrascht hinaus aufs Meer. Der Steuermann folgte seinem Blick. „Was soll da sein?"

„Fliegende Fische!"

„Wo?"

Hanfstäckl zog den Magneten aus der Tasche und wollte ihn am Messinggehäuse des Kompasses befestigen, doch er hielt nicht.

„Da! Ganz weit dahinten!"

„Ich sehe nichts."

„Dann müssen Sie sich etwas anstrengen! Ich sehe sie ganz deutlich!"

Offensichtlich war Messing nicht magnetisch. Hanfstäckl holte den Kaugummi aus dem Mund, drückte den Magneten hinein und befestigte ihn am unteren Rand der Kompasshaube.

„He, was machst du da?" Der Steuermann wirbelte herum.

„Ich? Ich mache gar nichts!" Hanfstäckl zog schnell die Hand zurück. Puh, das war knapp gewesen. Er schaute beiläufig auf den Kompass. „Aber Sie, Sie sind vom Kurs abgekommen!"

„Was?"

Tatsächlich. Die Windrose, die unter dem Glasdeckel schwamm, zeigte eine andere Richtung an. Der Norden war auf einmal 90° weiter im Osten.

Der Steuermann korrigierte sofort den Kurs. „Da wird doch der Hund in der Pfanne verrückt. Danke! Das hätte ich jetzt gar nicht bemerkt."

„Sehen Sie", entgegnete Hanfstäckl. „Selbst ein blinder Passagier kann manchmal eine große Hilfe sein." Mit einem zufriedenen Grinsen schlenderte er davon und ließ den verwirrten Seemann allein.

Justin hatte sich die Reise mit der Zeitmaschine wie eine wüste Achterbahnfahrt vorgestellt. Aber es war nichts im Vergleich zu dem, was tatsächlich eintrat, als Rupert den Hebel umlegte. Er löste sich nicht einfach auf oder fiel hinab in dieses Nichts. Merkwürdigerweise bewegte er sich zur Seite – Nein! Falsch! Es war die Welt, die sich zur Seite bewegte! Nicht wie ein endloses Band, das rauschend an ihm vorüberzog, sondern eher wie ein Strom, der ihn umfing, aber nicht mitriss. Dieser Fluss war keine gleichmäßige Einheit, sondern bestand aus ineinander verflochtenen Strängen, die sich so schnell bewegten, dass er keine Muster erkennen konnte. Dabei vollzog sich die Reise in absoluter Stille. Justin schaute an sich hinab – und erschrak. Er konnte seine Füße nicht sehen. Auch seine Beine und der Oberkörper waren verschwunden oder zumindest unsichtbar. Er wollte eine Hand vor die Augen halten, aber da war keine mehr. Er hielt die Luft an und stellte fest, dass er gar nicht atmete. Ein Schreck durchfuhr Justin: Er war tot! Und dies musste das Jenseits sein! Bis in alle Ewigkeiten würde er in diesem kosmischen Karussell fahren, immer im Kreis, immer rundherum. Wenigstens würde ihm nicht schlecht werden, tröstete er sich. Plötzlich kam ihm ein Gedanke: Was wäre, wenn seine Eltern genau wie er in diesem Strom gefangen wären und seit Jahren versuchten, von hier zu fliehen? Justin malte sich in den dunkelsten Farben aus, wie sie verzweifelt nach einem Ausweg suchten, als plötzlich der Strom seine Konsistenz änderte. Es war, als schnurrte in der Unendlichkeit ein verzerrtes Bild zusammen und nähme wieder seine alten Proportionen an. Dann hob sich die Verzerrung auf, es gab einen Knall wie bei einem platzenden Ballon, und Justin stürzte polternd auf einen Holzfußboden. Erst als ihm einfiel, dass er wieder atmen musste, holte er tief Luft und roch das Meer. Sein rechter Arm lag in einer Pfütze. Merkwürdigerweise hatte Justin das Gefühl, keinen festen Boden unter den Füßen zu haben, denn die Welt um ihn herum schaukelte in einem bedächtigen Rhythmus. Vorsichtig setzte sich Justin auf. Er war in einem Boot gelandet, das aber offensichtlich nicht zu Wasser gelassen war. Unter sich konnte er in der Dunkelheit der Nacht die Schaumkronen ahnen, die ein relativ großes Schiff in seinem Kielwasser hinter sich herzog.

Mit einem Mal hörte er polternde Schritte näher kommen. Justin schlüpfte rasch unter eine Plane, die zusammengelegt am Bug des Beibootes lag, und hielt die Luft an.

„Und ich sage dir, der Knall kam von hier!“, sagte eine Stimme.

„Aber was soll ihn denn verursacht haben?“, erwiderte eine andere.

„Captain Fitz Roy hat es auch gehört!“, kam es trotzig zurück. „Sonst würde er uns nicht das Deck absuchen lassen.“

„Vielleicht hat unser blinder Passagier etwas angestellt.“

„Dieser Spinner? Zuzutrauen wär's ihm. Aber der stand die ganze Zeit bei der Steuerwache.“

Hanfstäckl, durchfuhr es Justin. Sie müssen von Hanfstäckl reden.

„Hier ist nichts, wenn ich es dir sage. Komm jetzt.“

Der andere grunzte zwar noch einmal widerwillig, doch kurz darauf entfernten sich die Schritte der beiden Seeleute.

Justin atmete erleichtert auf. Nicht so sehr, weil seine Landung geglückt, sondern weil er nicht entdeckt worden war. Und weil er nun mit Sicherheit wusste, dass der Zeittourist hier war. Am einfachsten wäre es, diesen Hanfstäckl zu finden, ihm so schnell wie möglich den Transponder anzulegen und Rupert die Meldung durchzugeben, dass sie zur Rückkehr bereit seien. Ja klar, nichts war leichter als das.

Justin schob die Plane vorsichtig beiseite, kroch darunter hervor und richtete sich auf. Zwei Laternen erleuchteten das Oberdeck einer Dreimast-Brigg.

Bei dem Anblick fiel die ganze Anspannung von ihm ab, die sich in einem befreiten Auflachen entlud. Er hatte es geschafft! Er war wirklich auf der *Beagle* gelandet. Glücklicherweise besaß das Schiff am Heck keine Fenster, sodass er sich unbemerkt über den Ausleger aufs Achterdeck ziehen konnte. Dort blieb er auf dem Bauch liegen und lauschte. Nichts war zu hören außer dem Rauschen des Windes und dem Knarzen der Masten. Langsam schob er sich nach vorn und suchte unter einem der beiden Beiboote Deckung. Unter ihm, keine zwei Armlängen entfernt, stand der Steuermann. Vorsichtig schaute sich Justin um. Wo war Hanfstäckl? Hatten die Seeleute nicht vorhin gesagt, er stehe beim Steuermann?

Einige Besatzungsmitglieder saßen bei einer Kanone zusammen und unterhielten sich. Nur einer saß steuerbord abseits auf der Flaggenkiste. Er trug eine Kniebundhose, ein kariertes Hemd und ein grünes Hütchen. Das war er! Das musste Hanfstäckl sein! Doch wie konnte er ihn auf sich aufmerksam machen? Besonders glücklich sah er nicht aus. Irgendwie passte er besser in die Berge als auf die hohe See. Justin schaute sich um. Überall lagen kleine Holzstücke herum. Offensichtlich hatte der Zimmermann etwas repariert und danach nicht richtig saubergemacht. Glück für ihn, dass es der Kapitän noch nicht gesehen hatte. Und Glück für Justin. Er nahm sich eine Handvoll kleiner Klötzchen und begann, sie nach Hanfstäckl zu werfen. Das erste verfehlte sein Ziel und kollerte aufs Deck. Doch nicht Hanfstäckl, sondern der Steuermann hörte das Geräusch und schreckte auf. Leise fluchend zog Justin den Kopf ein und wartete eine Minute.

Dann schob er sich erneut nach vorn. Der Seemann hinter dem Ruder schien wieder eingedöst zu sein. Diesmal zielte Justin besser und warf Hanfstäckl den Hut vom Kopf. Erschrocken wirbelte er herum, bemerkte Justin aber nicht. Grummelnd setzte er seine Kopfbedeckung wieder auf.

Justin warf ein drittes Mal. Und diesmal schaute Hanfstäckl in seine Richtung. Als er den Jungen sah, riss er überrascht die Augen auf. Justin legte den Zeigefinger auf den Mund und zeigte dabei auf den Steuermann. Hanfstäckl räusperte sich und stand auf. Wie beiläufig drehte er sich nach allen Seiten um. Keiner der Seeleute bemerkte, dass die *Beagle* nun zwei blinde Passagiere hatte. Betont lässig ein Lied pfeifend, setzte sich Hanfstäckl in Bewegung und ging zu der Leiter, die zum erhöhten Achterdeck führte. Im Vorübergehen lächelte er den Steuermann an, doch der ignorierte ihn.

Justin hatte sich wieder ins Dingi zurückgezogen, da er Angst hatte, die Besatzung auf sich aufmerksam zu machen.

„Wer bist du? Wo kommst du her?“

„Schscht! Nicht so laut!“, zischte Justin. „Ich bin hier, um Sie zu holen.“

„Was ist passiert?"

„Es hat so etwas wie einen Unfall gegeben."

„So etwas wie einen Unfall? Was soll das heißen? Ich dachte, die Zeitmaschine sei sicher!"

„Mehr kann ich im Moment auch nicht sagen." Justin holte den zweiten Transponder aus seiner Tasche. „Legen Sie den an, dann können wir zurück." Hanfstäckl streifte das Gerät über sein Handgelenk.

„Bevor ich das Signal zur Rückreise gebe, muss ich Sie allerdings noch etwas fragen."

„Was denn?"

„Haben Sie hier an Bord irgendetwas angestellt? Irgendetwas, wodurch die *Beagle* in dieser Nacht sinken wird?"

Hanfstäckl wurde merklich blass. Dann schüttelte er nicht besonders überzeugend den Kopf. „Nein. Könnte ich nicht behaupten."

„Denken Sie mal ganz scharf nach. In einer halben Stunde wird das Schiff samt Besatzung untergehen. Es wird keinerlei Überlebende geben. Eine Katastrophe, die es in der Geschichte nicht gegeben hat! Etwas wird die Zeitlinie verändern, und wir haben das Gefühl, dass Sie damit zu tun haben."

„Guten Abend, die Herrschaften. Ich hoffe, ich störe nicht zu so später Stunde." Erschrocken drehten sich beide um. Ein Mann trat in den Lichtschein der Achterdecklaterne. Hanfstäckl atmete durch. „Ach, Sie sind das, Darwin."

„Möchten Sie mich nicht Ihrem jungen Freund vorstellen?"

„Oh, sicher. Natürlich. Also, das ist ... He, ich weiß noch nicht einmal, wie du heißt!“

„Mein Name ist Justin Time!“

„Justin Time“, wiederholte Darwin nachdenklich. „Und du bist vermutlich auch wie dieser Herr vom Himmel gefallen?“

Justin fühlte sich zusehends unbehaglicher. Diesem Mann konnte er nichts vormachen. Jede Geschichte, und sei sie auch noch so gut, würde Darwin sofort durchschauen. Es war seltsam: Er konnte sich den Forscher auch in seiner Zeit sehr gut vorstellen. Wenn er sich alte Bilder und Holografien anschaute, fand er, dass mit den Epochen auch bestimmte Gesichter verschwanden. Darwins Züge hingegen, zumindest die als junger Mann, waren universell, offen und freundlich.

„Nein.“ Justin schüttelte den Kopf. „Ich bin nicht vom Himmel gefallen.“

Darwin schmunzelte. „Ich weiß. Ich denke nämlich, dass die irrwitzige Geschichte unseres Herrn Hanfstäckl gar nicht so irrwitzig ist.“ Plötzlich war Darwin ganz aufgeregt. „Ein Besuch aus der Zukunft! Ich kann es noch immer kaum glauben!“

„Wie kommen Sie darauf, dass wir aus der Zukunft sind?“, fragte Justin unsicher.

„Nun, ganz einfach: Es ist einen Monat her, seit wir Pernambuco in Brasilien verlassen haben. Also konnte sich unser blinder Passagier nicht an Bord versteckt haben. Hinzu kam, dass er von einer Sekunde auf die andere die Spitze unseres Hauptmastes zierte. Da Herr Hanfstäckl aber keine Flügel hat und ihm auch sonst keinerlei technische Hilfsmittel zur Verfügung standen, konnte er nicht fliegen. Na ja, und wenn wie in diesem Fall alle wahrscheinlichen Gründe auszuschließen sind, muss das Unwahrscheinliche der Wahrheit am nächsten kommen." Darwin lächelte ein wenig säuerlich. „Das musste ich auf meiner Reise mehr als einmal erfahren."

Justin schluckte. In der Tat, diesem Mann konnte man nichts vormachen. Es blieb nur die Flucht nach vorn. „Immerhin haben Sie das Bild des Menschen ziemlich verändert. Für die meisten Ihrer Zeitgenossen wird es ein Schock sein, wenn Sie Ihre Forschungsergebnisse veröffentlichen."

„Ach ja?", fragte Darwin möglichst unbeteiligt. „Und welche genau sind das?"

O Gott, wie war das jetzt noch? Justin versuchte, sich an den Biologieunterricht von Señor Escobar zu erinnern, der immer so anschaulich von ein paar Vögeln erzählte, die Darwin beeindruckt hatten. „Also, ausschlaggebend waren die Untersuchungen, die Sie auf den Galapagos-Inseln machten. Es gibt dort Finken, wie sie auch auf dem amerikanischen Festland zu finden sind. Nur unterscheiden sie sich in einem wichtigen Punkt von ihren Artgenossen: Der Schnabel ist anders. Offensichtlich haben sich die Vögel den Bedingungen der Insel angepasst. Einige hatten lange Schnäbel, mit denen sie ihr Futter auch zwischen den langen Stacheln der dort wachsenden Kakteen finden konnten. Andere knackten mit ihrem kompakteren Schnabel Kerne und Samen."

„Und was hat das mit den Menschen zu tun?" Hanfstäckl war jetzt ungehalten. Das wurde er immer, wenn er einer Unterhaltung nicht mehr folgen konnte.

„Ja", fragte Darwin. „Was hat das mit den Menschen zu tun?"

„Zu Ihrer Zeit dachte man, alle Lebewesen hätten ihr Aussehen seit ihrer Erschaffung nie verändert. Der Strauß war immer ein Strauß, der Löwe immer ein Löwe ..."

„Und der Mensch immer ein Mensch." Darwin setzte sich auf eine Taurolle und lehnte sich gegen die Reling. Die Sache begann ihm Spaß zu machen. „Erzähl weiter."

„Nun hatte man aber schon früher Knochen von Tieren gefunden, die keinem bekannten Lebewesen glichen."

„Viele meiner Kollegen haben behauptet, Gott hätte da nur geübt."

Justin schaute Darwin überrascht an. „Wirklich?"

„Ich habe das früher auch geglaubt."

„Bis Ihnen Zweifel kamen."

„Erhebliche Zweifel. Nach allem, was ich auf dieser Reise gelernt habe, hat die Schöpfung sich anders vollzogen, als wir denken. Alles ist Teil einer Entwicklung."

Justin lächelte. „Auch der Mensch."

„Ja. Auch der Mensch hatte Vorfahren", sagte Darwin und grinste Hanfstäckl an. „Genau genommen dieselben wie der Affe." Er spielte gedankenverloren mit einem Tauende. „Wie wird man eigentlich auf die Veröffentlichung meiner Arbeit reagieren?"

Justin fühlte sich ertappt. Schon jetzt bewegte er sich auf einem schmalen, sehr gefährlichen Grat. Konnte er mit dem, was er sagte und tat, die Zeitlinie verändern? Wahrscheinlich geschah genau das in diesem Moment ohnehin schon, aber er wollte es nicht schlimmer machen.

Darwin sah, wie Justin mit sich kämpfte, und sagte hastig: „Entschuldige! Ich hätte diese Frage nicht stellen dürfen. Natürlich: Die Vergangenheit lebt in der Gegenwart und Zukunft weiter. Alles ist Teil einer Entwicklung, ich habe es gerade selbst gesagt. Es gibt einen Anfang und ein Ende, und dieses Ende sollte man nicht kennen. Der Anfang allein zählt. Mit meinen bescheidenen Möglichkeiten habe ich nach ihm gesucht, aber dir stehen ganz andere Mittel zur Verfügung!" Darwin schaute Justin ernst an. „Du trägst eine enorme Verantwortung."

Justin schluckte. „Was für eine Verantwortung sollte ich schon haben?", fragte er leise.

„Ich kann mich nur langsam mit einem Segelschiff auf den Weltmeeren bewegen und weiß nicht, wonach ich suche. Also beobachte ich und ziehe meine Schlüsse. Der wichtigste ist: Alles weist in die Vergangenheit. Nur wer sie versteht, versteht auch die Gegenwart und wird die Zukunft meistern. Meist muss ich mich mit den Spuren begnügen, die diese Vergangenheit zufällig hinterlässt. Du jedoch kannst weiter gehen. Viel weiter. Sogar bis an den Anfang der Zeit." Darwin seufzte. „Du glaubst gar nicht, wie ich dich beneide. Manchmal komme ich mir wie ein Mensch vor, der ein spannendes Buch erst ab der Mitte lesen darf und mit diesem unvollständigen Wissen Rückschlüsse auf die ersten Seiten ziehen muss. Du wirst dieses Buch von Anfang an lesen dürfen. Dir wird sich der rote Faden erschließen."

Er schaute Justin an, als wäre die Anwesenheit des Jungen das Schönste, was er je erleben durfte. Justin wurde schlagartig rot, doch Darwin lachte nur. „Eine Frage möchte ich dir aber dennoch stellen: Wie werden mich die Menschen in Erinnerung behalten?"

Jetzt musste Justin lächeln. „Mit wenigen Haaren auf dem Kopf, aber einem Bart wie der Weihnachtsmann."

„So alt werde ich doch? Das ist schön zu wissen."

Nein, durchfuhr es Justin. So alt wird er nicht. In gut einer Viertelstunde teilt er das Schicksal der Besatzung und geht mit der *Beagle* unter.

Justin rutschte zu Hanfstäckl hinüber. „Jetzt sagen Sie mir endlich, was Sie angestellt haben!", zischte er ihn an.

„Gar nichts habe ich gemacht", erwiderte Hanfstäckl trotzig. „Außerdem will ich jetzt nach Hause." Damit war für ihn das Thema offensichtlich erledigt.

Darwin schien sich für den Streit der beiden nicht zu interessieren. Er hatte sich ausgestreckt und beobachtete den Himmel. „Wisst ihr, dass sich alleine wegen solcher Abende jede Reise lohnt? Wenn sich die letzten Wolken verziehen und den Blick auf einen unglaublichen Sternenhimmel freigeben." Er seufzte. Dann hielt er inne. „Moment mal. Da stimmt was nicht."

Mit einem Satz sprang er auf. Leise war ein entferntes Rauschen zu hören. „Statt nach Norden segeln wir nach Osten!"

Der Wissenschaftler schaute sich verwirrt um. Jetzt bemerkte er das Rauschen, das immer lauter wurde. Er lief zur Treppe und schaute hinab zum Steuermann, der unbeirrt am Ruder festhielt. „Welcher Kurs liegt an?"

Der Steuermann zuckte erschrocken zusammen, mit dem Forscher hatte er nicht gerechnet. Er schaute auf den Kompass. „Alles in Ordnung, Mr. Darwin. Kurs Nord. Keine Abweichung in der letzten halben Stunde."

„Und was ist das für ein Rauschen?"

„Keine Ahnung, Sir. Habe mich auch schon gewundert."

Darwin lief zum Azimut-Kompass, der sich auf dem oberen Achterdeck befand. „Wir haben keinen Kurs Nord, sondern Ost", rief er. „Und das schon seit einer halben Stunde."

„Das kann nicht sein, Sir. Mein Kompass zeigt genau Norden an."

„Gehen Sie sofort hart backbord! Das, was wir hören, ist die Brandung eines Riffs!"

„Mit Verlaub, Sir. Aber Sie sind nicht der Kapitän! Nur er kann diesen Befehl erteilen."

„Dann schauen Sie sich bitte diesen Kompass hier oben an, und sagen Sie mir, was er anzeigt!"

„Tut mir leid, aber ich darf meinen Posten nicht verlassen."

Jetzt wurde es langsam eng. Justin, der Darwin zum Kompass gefolgt war, packte Hanfstäckl am Ärmel. „Wir werden nicht eher das Schiff verlassen, bis Sie mir gesagt haben, was Sie angestellt haben!"

Hanfstäckl war auf einmal ganz klein. „Ich wollte halt nicht auf diese einsame Insel, auf der mich dieser verrückte Kapitän aussetzen wollte. Und ..."

„Und was?"

„... und da habe ich einen Magneten an den Kompass geklebt."

Justin hätte den Mann am liebsten kräftig geschüttelt. Doch dazu blieb keine Zeit. Mit einem Satz sprang er vom Achterdeck und landete genau neben dem Steuermann, dem vor Schreck der Mund offen stehen blieb. Justin suchte schnell den Kompass ab und fand schließlich den Magneten, der unter dem Rand klebte. Er riss ihn ab und ließ ihn unauffällig in die Tasche gleiten.

„Wenn Sie jetzt bitte noch einmal den Kurs überprüfen würden?"

„Wo zum Teufel kommst du denn her?"

„Den Kurs! Überprüfen Sie den Kurs! Schnell!“

Mit einem missmutigen Kopfschütteln beugte sich der Steuermann zum Kompass hinab. Als er sah, dass sich der Nordpol um 90 Grad verschoben hatte, riss er mit einem lauten Fluchen das Ruder hart backbord herum. Darwin und Justin liefen zur Steuerbordseite des Schiffs und schauten hinab. Keine dreißig Fuß von ihnen entfernt konnten sie in der Dunkelheit die weißen Schaumkronen eines Riffs leuchten sehen. Beide atmeten erleichtert auf.

„Ich bin froh, wenn diese Reise bald ein Ende hat“, seufzte Darwin. „Das Meer ist wirklich nicht mein Element. Gott sei Dank habe ich so viel Material gesammelt, dass ich für den Rest meines Lebens mit dessen Auswertung beschäftigt sein werde. Ich hoffe, ich muss nie wieder ein Schiff betreten.“ Er lächelte versonnen. „Ein Haus auf dem Lande, das ist mein Traum. In Down, ganz in der Nähe von London, habe ich ein entzückendes Anwesen entdeckt, mit einem kleinen Park und wunderschönen Bäumen. Ich werde es wohl kaufen. Weit genug weg vom Trubel der Großstadt, aber dennoch nicht am Ende der Welt ...“

Plötzlich hörten sie unter Deck ein lautes Fluchen und Poltern. „Fitz Roy!“, entfuhr es Darwin. Er drehte sich zu Justin um. „Ich empfehle dir, so schnell wie möglich mit deinem Freund zu verschwinden. Hier wird gleich die Hölle los sein. Und ich glaube nicht, dass der Kapitän noch einen zweiten Zeitreisenden verkraften könnte.“

Justin nickte und lief hinauf aufs Achterdeck. Hanfstäckl hatte die plötzliche Wende von den Beinen geholt. Er saß auf den Holzplanken und rieb sich benommen die Stirn, auf der nun eine rote dicke Beule prangte.

Justin aktivierte die Transponder.

„Rupert?“ Doch als Antwort kam nur ein verzerrtes Rauschen. „Rupert! Melde dich!“ Plötzlich krächzte eine dünne Stimme aus dem Gerät.

„Alles klar, Justin! Der Zeitstrom ist wieder in Ordnung. Wir holen euch jetzt zurück. Exzellente Arbeit, Junge. Hörst du? Exzellente Arbeit!“

Justin zerrte Hanfstäckl mit Darwins Hilfe auf die Beine. Einen kurzen Moment lächelte der Forscher den Jungen an. Dann streckte er ihm die Hand entgegen. „Gute Reise, mein Freund. Denk an das, was ich dir gesagt habe: Nutze die Chance.“

Justin drückte auf den Transponder: „Rupert? Es kann losgehen!“

Charles Darwin blickte noch auf die Stelle neben der Reling, an der bis eben der Besuch aus der Zukunft gestanden hatte, als mit einem lauten Rumpeln die Tür zur Messe aufgerissen und wieder zugeschlagen wurde.

„Was geht hier vor? Darwin? Wo sind Sie?“ Captain Fitz Roys Nachtmahl hatte der plötzliche Kurswechsel überhaupt nicht gutgetan. Um den Hals hatte er zwar eine Serviette gebunden, doch konnte sie nicht verhindern, dass der größte Teil der abendlichen Erbsensuppe nun seine Hose durchweichte. Der Steuermann starrte seinen Kommandanten wie eine Seekuh an. „Und was ist mit Ihnen?", fauchte Fitz Roy. „Haben Sie kein Ruder, auf das Sie achten müssen?"

„Sicher, Sir ...", stotterte der Offizier. „Ich wollte Ihnen nur sagen, dass ... nun ja, wir haben noch einen blinden Passagier."

„Was sagen Sie da?" Doch bevor der Steuermann weitersprechen konnte, war Darwin beim Kapitän und zerrte ihn beiseite.

„Es ist keiner mehr an Bord, der hier nicht hingehört", beruhigte er ihn. „Herr Hanfstäckl hat uns verlassen."

„Unsinn, Darwin. Wie soll das gehen? Wir sind mitten auf hoher See!" Der Kapitän schaute sich um. „Und alle Beiboote sind noch da."

„Er ist genauso verschwunden, wie er gekommen ist. Pfft, hat sich einfach in Luft aufgelöst."

„Und wohin?"

„Das wollen Sie gar nicht wissen. Seien Sie froh, dass er weg ist." Darwin schaute den Kommandanten genau an. „Wie ich sehe, wurde bereits das Nachtmahl serviert. Darf ich Ihnen Gesellschaft leisten? Ich möchte Ihnen gerne etwas erzählen, und mich würde Ihre Meinung dazu interessieren. Es hat etwas mit Menschen und Affen zu tun ..."

„Er hat was?“ Chester Time war außer sich.

„Den Kompass der *Beagle* mit einem Magneten manipuliert“, wiederholte Justin.

„Was glaubt denn dieser Kerl, wer er ist?“ Dabei zeigte Chester auf den Mann mit der Kniebundhose, der sich erschöpft auf einem Stuhl ausruhte. Offensichtlich war Herbert Hanfstäckl die Rückreise nicht gut bekommen. Chester Time baute sich vor ihm auf. „Los! Erklären Sie mir, wie das passieren konnte!“

„Da gibt es nichts zu erklären. Man wollte mich auf einer einsamen Insel aussetzen, und da hatte ich keine Lust drauf.“

„Am liebsten würde ich Sie beim Amt für Zeitkontrolle anzeigen, wissen Sie das?“

Hanfstäckl funkelte Chester angriffslustig an. „Nur zu! Ich halte Sie bestimmt nicht auf! Dann werde ich denen nämlich erzählen, dass Sie mich beinahe umgebracht haben, nur weil Ihr vermaledeites Zeitportal nicht richtig funktionierte. Sie wissen, was das bedeutet? Das Ende der Chrono Travel Incorporated. Dr. Janus wird Ihren Laden dichtmachen, und diesmal für immer! Dann können Sie Ihre hochtrabenden Pläne vergessen!“

Chester wurde aschfahl vor Wut. „Raus mit Ihnen, aber plötzlich. Sonst kann ich für nichts mehr garantieren!“

Hanfstäckl grinste ihn siegesgewiss an. „Nein, nein. So einfach kommen Sie mir nicht davon. Sie werden nicht das letzte Mal von mir gehört haben.

Verlassen Sie sich darauf." Ächzend erhob er sich von seinem Stuhl, lüpfte den Hut, deutete eine Verbeugung an und verabschiedete sich. Mit einem wütenden Ausruf stürzte Chester hinter ihm her. Die Tür fiel mit einem Krachen ins Schloss.

Justin und Rupert hatten die Szene aus sicherer Entfernung vom Kontrollpult der Zeitmaschine aus beobachtet. Rupert hatte für Justin ein Glas Milch besorgt. Er schien sich Sorgen um den Jungen zu machen, der blass und mit Ringen unter den Augen vor ihm saß. Justin war seit seiner Rückkehr recht einsilbig gewesen, doch jetzt schaute er plötzlich auf.

„Ich brauche Antworten, Rupert", sagte er. „Es ist so viel passiert, was mich betrifft und wovon ich keine Ahnung habe. Onkel Chester hat mich ins Internat abgeschoben, ohne Nachrichten, ohne Erklärungen. Wie konnte es zu diesem ... zu diesem Zeitreisebüro kommen, nach allem, was mit meinen Eltern passiert ist?"

„Justin, du tust deinem Onkel unrecht", erwiderte Rupert bedächtig.

„Warum sollte ich Mitleid mit ihm haben? Anscheinend hat er all die Jahre, die er sich nicht um mich gekümmert hat, damit zugebracht, dieses schwachsinnige Unternehmen hier aufzubauen. Urlaubsreisen in die Vergangenheit, so ein Quatsch!"

„Niemanden hat das Verschwinden deiner Eltern mehr mitgenommen als deinen Onkel – von dir natürlich einmal abgesehen", sagte Rupert. Er zupfte einige Flusen von seinem Kittel, offensichtlich, um

Zeit zu gewinnen. Schließlich gab er sich einen Ruck. „Der offizielle Untersuchungsbericht kam zu dem Ergebnis, dass deine Eltern bei der Zeitreise umgekommen sind. Das weißt du, oder?"

Justin nickte.

„Du weißt aber wahrscheinlich nichts über die genauen Umstände dieses Unfalls."

Justin schüttelte den Kopf.

„Es wurde nachgewiesen, dass dein Vater selbst die Zeitmaschine manipuliert haben musste und somit nicht nur sich, sondern auch deine Mutter auf dem Gewissen hat. Als dein Onkel davon erfuhr, war er am Ende. Er konnte sich nicht um dich kümmern, dazu war er gar nicht in der Lage. Er musste dich schützen. Du hast ja gesehen, wie die Medien heute auf dich reagiert haben. Der einzige Grund, warum er all die Jahre so hartnäckig an den Plänen für die Chrono Travel Inc. festhielt, war die Hoffnung, irgendwann doch noch deine Eltern zu finden. Und dazu brauchte er eine Möglichkeit, um in die Zeit zu reisen." Rupert legte seinen Arm um Justins Schulter. „Glaub mir, er hat dir gegenüber ein ziemlich schlechtes Gewissen."

Justin schwirrte der Kopf. Wieso sollte sein Vater die Maschine manipuliert haben? Das ergab überhaupt keinen Sinn. „Wie kann der Bericht behaupten, meine Eltern seien tot? Man hat sie doch nie wiedergefunden!"

Rupert dachte einen Moment nach. Dann zog er einen Stuhl heran und setzte sich zu Justin. „Wahrscheinlich ist jetzt nicht der Zeitpunkt, um dir das alles zu erklären. Aber vielleicht hilft es dir zu verstehen, was du heute erlebt hast.“ Er räusperte sich. „Der Bericht geht aus zwei Gründen vom Tod deiner Eltern aus. Erstens: Die Rückkehr war zwei Minuten nach dem Start geplant. Egal, wie lang deine Eltern in der Vergangenheit gestrandet wären, diese zwei Minuten hätten sie immer einhalten können.“

Justin schaute Rupert verwirrt an.

„Ganz einfach: Stell dir einmal vor, du reist heute um zwölf ins Jahr 1964. Dann kannst du die Rückreise immer so auswählen, dass du um zwei Minuten nach zwölf wieder auf der Plattform stehst – egal, ob du jetzt eine Minute, einen Tag, einen Monat oder ein Jahr in der Vergangenheit warst. Deine Eltern sind aber nie zurückgekehrt.“

„Also sind sie doch in der Vergangenheit gestrandet!“

„Damals haben wir den Zeitstrom genau kontrolliert“, fuhr Rupert fort. „Wenn Avery und Annie versucht hätten, aus eigener Kraft in die Gegenwart zurückzukehren, wäre das nicht ohne eine Veränderung der Vergangenheit geschehen. Und das hätten wir bemerkt. Aber nichts passierte, nicht die kleinste Abweichung wurde registriert. Und das ist der zweite Grund, weswegen wir annehmen müssen, dass sie tot sind.“

Justin dachte nach. Ihm kamen die seltsamen Empfindungen der Reise wieder in den Sinn. „Und was ist, wenn sie gar nicht angekommen sind, sondern stattdessen im Wurmloch gefangen wurden?"

„Daran haben wir auch schon gedacht. Aber wir sind zu dem Schluss gekommen, dass dies ebenfalls unmöglich ist. Stell dir die Zeitreise wie die Fahrt auf einem Fahrrad vor. Solange du schnell genug bist, wirst du nicht umfallen. Wird jedoch eine bestimmte Geschwindigkeit unterschritten, weil das Fahrrad ausrollt, kippt es um. Bei einer Reise durch das Wurmloch passiert etwas Ähnliches. Dein Muster wird je nach Reiseziel auf ein bestimmtes, genau berechnetes Energieniveau gehoben. Je weiter du in die Vergangenheit reist, desto höher ist dieses Niveau. Im Falle deiner Eltern war es so eingestellt, dass sie im Ägypten des Jahres 1844 landen sollten."

„Wieso denn gerade da?"

Rupert zuckte mit den Schultern. „Keine Ahnung. Es war ein Test. Jeder andere Ort und jedes andere Datum hätten es wohl auch getan. Sie wollten eine relativ weite Strecke durch Raum und Zeit zurücklegen. Aber sie kamen niemals an. Jemand hatte die Zeitmaschine so manipuliert, dass Ziel und Zeit im Nachhinein nicht mehr feststellbar waren. Und wie schon gesagt, der Untersuchungsbericht kam zu der Überzeugung, dass nur dein Vater diese Änderungen hatte vornehmen können."

„Warum? Jeder hätte doch an der Zeitmaschine herumbasteln können!"

Statt einer Antwort holte Rupert einen kompliziert aussehenden Würfel aus seiner Jackentasche hervor.

„Dies ist ein Steuerungsmodul. In der Nacht vor der Reise hatte dein Vater es aus der Maschine entfernt, um es noch einmal zu justieren."

Rupert holte ein zweites, kleineres Gerät aus seinem Laborkittel. „Das hier ist ein Konvergenzkoppler. Mit ihm kann man die zehn verschiedenen Phasen innerhalb des Moduls so angleichen, dass sie im Gleichklang schwingen." Er schloss den Apparat über ein Glasfaserkabel an das Modul an. Mit einem leisen Klick sirrte es hoch. „Vor zehn Jahren musste dies mit der Hand geschehen, und da konnte schon mal eine Nacht drüber vergehen. Heute nimmt uns die Technik das Problem ab."

„Wieso gerade zehn Phasen?"

„Nun, wir selber können nur drei Richtungen wahrnehmen: vorne-hinten, rechts-links, oben-unten. Das Universum besteht aber aus zehn Dimensionen. Für jede dieser Dimensionen benötigen wir eine Phase, die das Energieniveau des Zeitreisenden reguliert. Verschiebt sich nur eine von ihnen, ist das Ziel nicht mehr bestimmbar."

„Und genau das geschah bei meinen Eltern?"

„Nicht nur da." Rupert drückte einige Knöpfe, und ein Display leuchtete auf. Es zeigte zehn verschiedenfarbige Linien. Neun davon waren parallel, doch eine wies eine eigentümliche Zacke auf. Justin lief es kalt den Rücken hinunter. Er ahnte, was diese Abweichung bedeutete.

„Kurz nachdem du Herrn Hanfstäckl hinterhergereist bist, habe ich begonnen, die Konsole zu reparieren. Dabei habe ich auch das Steuermodul untersucht und bin auf etwas Erstaunliches gestoßen. Es ist manipuliert worden."

Justins Gesicht wurde aschfahl. „Willst du damit sagen, es weist denselben Fehler auf wie vor sieben Jahren?"

Rupert nickte. „Die Fehleinstellung ist nicht auf technisches Versagen zurückzuführen. Wenn du nicht hier gewesen wärst ..." Er stockte.

Justin sprang aufgeregt vom Stuhl: „Aber weißt du, was das bedeutet? Entweder kopiert jemand die Vorgehensweise meines Vaters. Oder aber er setzt sein Werk fort, das er vor sieben Jahren begonnen hat. Dann ist mein Vater unschuldig! In dem Fall –", er schluckte und suchte Ruperts Blick, „sind meine Eltern in eine tödliche Falle geraten."

III.

Man hatte sich darauf geeinigt, dass Justin die Nacht in Chester Times Apartment verbringen sollte, bevor er am nächsten Morgen den Zug zurück nach Brighton nahm.

Schweren Herzens musste er zugeben, dass dies die beste Entscheidung war, denn mittlerweile hatte es sich unter den Journalisten herumgesprochen, dass der Sohn von Avery und Annie Time in London war.

Jenkins hatte ihn nach unten gebracht. Wie Justin befürchtet hatte, lag Chesters Wohnung tatsächlich im selben Gebäude wie das Reisebüro.

Justins Erschöpfung hatte sich mittlerweile etwas gelegt und einer Ruhelosigkeit Platz gemacht, die er fast als noch schlimmer empfand. Sein Onkel und Rupert waren im Labor geblieben, um die Schäden so schnell wie möglich zu beheben. Chester hatte versprochen, sich am Abend um seinen Neffen zu kümmern.

Wenn Justin ehrlich war, hatte ihn die Reise in die Vergangenheit mehr als nur aufgewühlt, auch wenn er nicht einschätzen konnte, wie gefährlich dieser Zeitsprung wirklich gewesen sein mochte. Aber das wollte er auch gar nicht so genau wissen. Im Moment gingen ihm ganz andere Dinge durch den Kopf. Seit seinem Gespräch mit Rupert war Justin überzeugt, dass seine Anwesenheit gerade zu diesem Zeitpunkt kein Zufall war. Jemand hatte gewollt, dass er heute in London war. Nur, wer steckte hinter der Einladung? Und was wusste dieser Jemand vom Schicksal seiner Eltern?

Justin stellte seine Tasche auf Onkel Chesters Bett – dem einzigen in der Wohnung. All die Grübeleien halfen ihm im Moment nicht viel weiter. Er zog ein frisches Hemd an und machte sich daran, die Wohnung zu inspizieren.

Die Docklands waren nach einem knappen Jahrhundert wieder das geworden, was sie vor dem 20. Jahrhundert auch waren: ein Ort, an dem kein Mensch gerne lebte. Onkel Chester hatte den Sitz der Chrono Travel nur deswegen auf die Canary Wharf verlegt, weil hier die Mieten noch einigermaßen akzeptabel waren. Ansonsten war das Viertel eine Geisterstadt, in der es weder Geschäfte noch Restaurants gab.

Das wäre auch nicht weiter tragisch gewesen, wenn Justin nicht in einem echten Junggesellenhaushalt gelandet wäre. Nichts hatte Chester im Haus: keine extra Zahnbürste, keine Zahnpasta, und außer einigen Packungen gefriergetrockneter Porkpies sowie einer Flasche Weinessig war auch der Vorratsschrank leer. Justin würde einkaufen müssen, wenn er heute noch etwas essen wollte. Und bei der Gelegenheit konnte er sich gleich ein wenig von London anschauen, Zeitreisen hin oder her. Schließlich hatte er Ferien, und die würden schon bald wieder langweilig werden.

Jenkins beschrieb Justin den Weg zum nächsten Supermarkt und zeigte ihm einen Seiteneingang, zu dem außer dem Reinigungspersonal niemand den Schlüssel hatte. In der Lobby trieben sich noch immer einige Journalisten herum, die auf eine Herz-Schmerz-Story über ihn hofften. So war Justin froh, unbehelligt das Haus verlassen zu können.

Es war ein schöner Sommertag. Die amtliche Wetterkontrolle hatte für heute einen blauen Himmel bei 27 Grad angekündigt. Justin kaufte an einem kleinen Stand eine Portion Sushi und setzte sich auf eine Bank. Von hier aus konnte er sehen, wie vor dem Gebäude der Chrono Travel die Reporter herumlungerten und auf ihre Story warteten. Er genoss es in vollen Zügen, dass endlich einmal niemand auf ihn aufpasste. Als er das letzte Stück rohen Fischs verzehrte, fielen ihm der Kapitän und Frau Dr. Zimmerli ein. Er musste sich unbedingt bei ihnen melden, bevor sie womöglich auf die Idee kamen, die Polizei zu benachrichtigen. Aber erst würde er einkaufen gehen.

Justin brauchte nicht weit zu fahren. Zwei Stationen später stieg er aus und machte in einem kleinen Supermarkt die nötigsten Besorgungen. Mit seiner

Tüte steuerte er den Bahnhof an, als plötzlich eine schwarze Limousine auf gleicher Höhe neben ihm schwebte. Die Scheiben waren so stark getönt, dass Justin nicht ins Innere schauen konnte. Justin beschleunigte seinen Schritt, der Hoverwagen glich sein Tempo an. Plötzlich öffnete sich eine Tür und versperrte ihm den Weg. Im Fond saß eine Frau. Justin war ihr schon einmal begegnet, doch er konnte ihr Gesicht im ersten Moment nicht einordnen.

„Hallo, Justin“, begrüßte sie ihn mit einer eigentümlich tiefen Stimme. „Wir haben uns flüchtig auf der Pressekonferenz gesehen, erinnerst du dich?“

Es war die Frau, die seinen Onkel so offensichtlich nervös gemacht hatte. Ihre weißblondierten Haare waren igelkurz geschnitten. Sie fixierte Justin genauso aufmerksam wie vormittags in der Eingangshalle. „Steig ein“, forderte sie ihn auf. „Ich möchte, dass du mich ein Stück begleitest.“

Justin tat, als hätte er sie nicht gehört, und wollte weitergehen, aber ein Mann mit Sonnenbrille und schwarzem Anzug versperrte ihm den Weg.

„Also gut.“ Justin gab auf. „Wer sind Sie? Und was wollen Sie von mir? Eine Exklusivstory?“

Die Frau lächelte. „Meine Name ist Dr. Cassandra Janus. Ich bin die Direktorin des Amtes für Zeitkontrolle.“

Justins Herz schlug einen Takt schneller. Zögernd stieg er ein. Die Tür schloss sich. Dr. Janus schaute Justin kalt an. „Wie ich sehe, bist du heute erfolgreich in die Fußstapfen deines Vaters getreten. Es zeugt von einem gewissen Mut, in solch einer verfahrenen Situation den Sprung in die Vergangenheit zu wagen."

Jetzt setzte sein Herz kurz aus. Wie konnte sie nur davon wissen?

„Du hast doch nicht im Ernst gedacht, dass mir euer kleines Manöver verborgen geblieben ist? Chester Time hatte Glück, dass dein Einsatz so erfolgreich war, sonst würde die Chrono Travel Incorporated seit einer halben Stunde nicht mehr existieren." Sie schlug ein Bein über das andere. „Du siehst aus, als wärst du ein ganz aufgeweckter Junge. Ich hoffe, du nimmst einen wohlmeinenden Rat an."

Dr. Janus beugte sich leicht vor und schaute Justin jetzt direkt in die Augen. „Treib es nicht auf die Spitze, hörst du? Dieses eine Mal hattest du Glück, aber das kann dich leicht verlassen." Plötzlich lächelte sie ihn an. „Justin, glaub mir, ich will doch nur dein Bestes. Dein Vater ist das Opfer dieser Maschine geworden, genau wie deine Mutter. Soll dir etwa dasselbe zustoßen? Sei vernünftig."

Justin schwitzte. Er verstand jetzt Onkel Chesters Angst. Diese Frau konnte einen wirklich nervös machen. „Sie irren sich", sagte er. „Meine Eltern sind ermordet worden! Heute haben wir den Beweis dafür gefunden!"

Dr. Janus hob die Augenbrauen. „So? Habt ihr? Und wie sehen diese Beweise aus?"

„Jemand hat die Maschine auf dieselbe Art manipuliert wie vor sieben Jahren!"

„Ach wirklich? Oder hat Rupert Bontempi die Maschine nicht richtig gewartet? Ist sie deswegen aus der Phase geraten?“ Ihr süffisantes Lächeln verschwand. „Ich wiederhole es nur noch einmal: Bleib von der Zeitmaschine fern. Je weiter weg du bist, desto besser. Und zwar für uns alle.“

Die Tür öffnete sich wieder.

„Du kannst jetzt gehen.“

Justin stieg aus. Obwohl es draußen sehr warm war, zitterte er am ganzen Leib. Die Tür schloss sich mit einem Zischen. Justin schaute dem Wagen nach, bis er im Berufsverkehr verschwunden war – und mit ihm seine Einkäufe, die noch auf dem Rücksitz lagen.

Die ID-Karte war mehr als nur Ausweis und Kreditkarte in einem, sie war der Existenzbeweis eines jeden Menschen. Jeder hatte sie, und jeder brauchte sie, da sie der Zugang zum persönlichen Konto des Inhabers war. Früher hatte sie nur dazu gedient, die finanziellen Dinge des Alltags zu regeln. Doch nach und nach wurden alle Leistungen darauf vereint, sodass auf einem Konto nicht nur das monatliche Gehalt verbucht wurde, sondern man auch Zugriff auf ein weltweites HochgeschwindigkeitsDatennetz erhielt. Als zu Beginn der Sechzigerjahre des 20. Jahrhunderts die ersten Nachrichten zwischen zwei Computern über ein normales Telefonnetz ausgetauscht wurden, konnte sich niemand vorstellen, dass in nicht allzu ferner Zukunft alle möglichen Formen der Information abgerufen und eingespeist werden konnten. Es gab zwar einige Visionäre, die davon träumten, Küchengeräte mit einem Zentralrechner zu verbinden, doch hatte niemand ein Interesse daran, über seinen Kühlschrank Nahrungsmittel zu bestellen. Ein besonders absurder Einfall wurde in die Kuriositätenabteilung des Science Museum aufgenommen: Es war eine Mikrowelle mit Internetzugang. In den fünf Minuten, in denen der Mittagsimbiss erhitzt wurde, konnte der hungrige und wohl auch ungeduldige Mensch des 21. Jahrhunderts einen Ausflug in die weite Welt des Internets unternehmen.

Trotz solcher Spielereien, die schnell in der Versenkung verschwanden, sollte es zu einer Vernetzung ungeahnten Ausmaßes kommen. Jedes Gerät, das eine persönliche Identifizierung erforderte oder für dessen Dienstleistung ein Betrag fällig war, besaß einen Schlitz, in den diese ID-Karte geschoben wurde. Auf diese Weise hatte sich das Leben in den letzten hundert Jahren automatisiert.

Nachdem die Idee mit dem einkaufswütigen Kühlschrank fallengelassen worden war, versah man alle Waren im Supermarkt mit einem elektronischen Etikett, sodass sie nicht mehr einzeln von einer Kassiererin abgerechnet werden mussten. Man schob seinen Wagen durch eine Art Schleuse, die zu zahlende Gesamtsumme erschien schließlich auf einem Display und wurde mit einem Daumenabdruck bestätigt und bezahlt. Ging es um wichtigere Dinge als den täglichen Bedarf, fand über ein Passwort und einen Abgleich der Stimmmuster eine zusätzliche Identifizierung statt. So konnte der Inhaber der ID überall auf der Welt alle wichtigen und sensiblen Informationen abrufen.

Der Gebrauch dieser Terminals war für Justin und seine Freunde im Birch-Internat stark eingeschränkt gewesen. Durch eine Reihe von Filterprogrammen erlangten die Schüler nur Zugang zu solchen Informationen, die für den Unterricht benötigt wurden. Man wollte die lieben Kleinen vor der Welt schützen – was aus der Schule eine Insel der Ahnungslosen machte.

Justin hatte heute das Ausmaß und die Folgen dieser Maßnahmen vor Augen geführt bekommen. Er war im wahrsten Sinn des Wortes ahnungslos und fühlte sich langsam wie ein Spielball, der von den verschiedenen Parteien hin und her gestoßen wurde. Chester, Dr. Janus, der geheimnisvolle Unbekannte, der hinter der Einladung steckte, sogar der Journalist, der ihn aus dem Aufenthaltsraum in der Eingangshalle befreit hatte – sie alle schienen ihn für ihre Zwecke zu manipulieren und auszunutzen. Selbst Rupert hatte keine weiteren Fragen beantwortet.

Nach dem Erlebnis vor dem Supermarkt hatte Justin beschlossen, sich selbst die Informationen zu beschaffen, die er brauchte. Nun saß er – auf einem Stück Porkpie kauend – in Chester Times Apartment und schob seine ID-Karte in das Terminal im Arbeitszimmer. Jetzt endlich konnte er die Fragen stellen, die ihm in all den Jahren niemand beantwortet hatte.

Mit einem kurzen Flackern leuchtete das Display auf.

„Time, Justin. Identifizierung Alpha Omega 42."

„Stimmmuster bestätigt."

Justin tippte die Nummer des Birch-Internats ein und wartete darauf, dass sich am anderen Ende Frau Zimmerli melden würde. Doch niemand nahm ab. Auch beim Kapitän ging keiner ans Telefon. Also schickte er den beiden eine E-Mail, in der er schrieb, was sich in London zugetragen hatte, dass es ihm trotz allem gutgehe und er früher als erwartet zurückkehren würde. Sie sollten sich keine Sorgen machen, alles sei in bester Ordnung. Sicherheitshalber verschwieg er sein kleines Zeitreiseabenteuer, schließlich wollte er die beiden nicht noch mehr beunruhigen. Justin verließ sein Postfach und holte das Hauptmenü auf den Bildschirm.

„Rufe alle Artikel auf, die mit Zeitreisen zu tun haben."

„2.457.198 Einträge gefunden."

Justin blies die Backen auf und ließ sich in den Sessel zurückfallen. Das konnte er niemals alles lesen.

„Wie viele von ihnen haben mit dem AION-Projekt zu tun?"

„522."

Das war immer noch zu viel, aber er hatte keine andere Wahl. Die meisten der Artikel waren für den *Tally Ho* geschrieben worden. Es gab zwar jede Menge Bilder, aber die Berichte waren nicht mehr als gehobener Tratsch. Mehr oder weniger dramatisch wurde von einem ersten Forschungsdurchbruch berichtet, aber ein Blick hinter die Kulissen fehlte. Offensichtlich war mit der Entwicklung der ersten Zeitmaschine schon zu Beginn der Siebzigerjahre begonnen worden.

Als er in der Juniausgabe 2368 auf ein Bild des Entwicklerteams stieß, entfuhr Justin ein überraschter Ausruf.

Es war das Bild einer ausgelassenen Gruppe, die sich in bester Urlaubslaune vor einem Leuchtturm hatte ablichten lassen. Und ganz in der Mitte, in der vordersten Reihe: Das war seine Mutter! Justin vergrößerte den Ausschnitt. Sie winkte strahlend in die Kamera und hatte den Arm um seinen Vater gelegt. Justin schluckte. Obwohl mit den Jahren die Erinnerung an seinen Vater blasser geworden war, reichte ein Blick, und es kam ihm vor, als sei er erst gestern verschwunden. Gott, musste sein Vater damals stolz gewesen sein. Auch seine Mutter war bester Laune. Was immer sie in späteren Jahren bedrücken sollte, hier war noch nichts davon zu spüren. Justin betrachtete einen Moment lang wehmütig das Bild seiner Eltern, dann zoomte er heraus.

Da war Onkel Chester, der neben seinem Bruder stand. Und Rupert, der grinsend ein Bauteil in die

Kamera hielt, während eine andere Frau sich etwas abseits von der Gruppe mit einem kleinen dicken Mann stritt. Cassandra Janus! Dieselbe Frau, die heute Direktorin des Amtes für Zeitkontrolle war und Justin vorhin so eindringlich vor den Konsequenzen weiterer Zeitreisen gewarnt hatte.

Justin war sprachlos. Wie konnte es sein, dass ausgerechnet sie an der Entwicklung der ersten Zeitmaschine mitgewirkt hatte? Und wie jung alle aussahen! Er überflog den Text unter dem Bild. Mit Ausnahme des Projektleiters Professor Curicaberis waren die wissenschaftlichen Mitarbeiter offensichtlich noch Studenten. Justin ließ sich das Bild ausdrucken, steckte es ein und setzte die Suche fort, fand aber außer den reißerischen Aufmachern über das Verschwinden seiner Eltern nichts mehr, was noch hilfreich sein konnte.

Er überlegte. Eigentlich mussten die wissenschaftlichen Unterlagen des AION-Projektes irgendwo archiviert sein.

„Verbinde mich mit dem Archiv des Science Museum."

„Verbunden", erwiderte der Computer.

„Wie viele Einträge gibt es zum AION-Projekt?" Justin kreuzte die Finger und hoffte, dass es nicht so viele sein würden.

„491."

Justin seufzte. „Gibt es einen Untereintrag zum Thema Avery Time?"

„Positiv."

Es erschien ein Bild von Justins Vater und eine Liste seiner akademischen Auszeichnungen: bester Absolvent im Fachbereich Temporalphysik seines Jahrgangs, Großer Preis der Internationalen Forschungsgemeinschaft Helsinki für seine Arbeit an der allgemeinen Feldtheorie, jüngstes Mitglied der Wuerth-Gesellschaft Frankfurt – Avery Time hatte mit fünfundzwanzig Jahren schon mehr erreicht als manch emeritierter Professor, der die achtzig überschritten hatte.

„Ich brauche eine kurze Zusammenfassung über die Geschichte des AION-Projektes."

Der Bildschirm flackerte kurz und rief dann eine Reihe von Bildern und Filmen auf.

„Im Jahr 2368 gelang Avery Time mit dem Prototypen eines modellhaften Zeitportals der praktische Nachweis, dass Sprünge in die Vergangenheit möglich waren. Im selben Jahr erhielt das Projekt unter der Leitung von Professor Curicaberis von der Europäischen Akademie der Wissenschaften den Auftrag, die Konsequenzen dieser Entdeckung zu erforschen. Sie bewilligte eine Summe von 3,5 Milliarden Euro und beauftragte den Professor mit dem Bau eines ersten Prototypen, mit dem Menschen transportiert werden konnten. Curicaberis berief in seinen Wissenschaftlerstab ausschließlich Studenten seiner Fakultät: Cassandra Janus, Rupert Bontempi, Chester Time, dessen Bruder Avery Time sowie Annie Time, seine Frau. Im Jahre 2378 konnte offiziell das erste funktionsfähige Portal vorgestellt werden. Die

Inbetriebnahme endete in einer Katastrophe. Offensichtlich wurde die Steuerung der Zeitmaschine manipuliert, sodass Avery und Annie Time bei der Jungfernreise ums Leben kamen. Im amtlichen Untersuchungsbericht hieß es später, dass die Manipulation aus technischen Gründen nur Avery Time selbst hatte vornehmen können. Die Motive für seine Tat sind bis heute unklar. Im Zuge der Untersuchungen wurde das Projekt gestoppt. Professor Curicaberis zog sich aus dem Wissenschaftsbetrieb zurück und lebt seither in der Nähe des Polarkreises auf Philpots Island, Kanada. Dr. Janus wurde zur Direktorin des Amtes für Zeitkontrolle ernannt. Da die Akademie der Wissenschaften mit der Einstellung des AION-Projektes auch eine Menge Geld verlor, einigten sie sich fünf Jahre später darauf, Chester Time die erste Lizenz zur kommerziellen Nutzung einer Zeitmaschine zu verkaufen. Die Auflagen für den Betrieb sind streng: Nachdem eine Reihe von Notfallprogrammen entwickelt wurde, musste sich die Chrono Travel Inc. der Aufsicht des Amtes für Zeitkontrolle unterwerfen ...“

Justin lehnte sich zurück und dachte nach, denn etwas kam ihm mehr als merkwürdig vor: Reisen in die Vergangenheit waren offensichtlich gefährlich – nicht nur für die Zeitlinie der Gegenwart, sondern auch für den Reisenden selbst. Wieso hatte dann aber die Akademie der Wissenschaften ausgerechnet für so einen Unsinn wie ein Zeitreisebüro grünes Licht gegeben? Ging es wirklich nur ums Geld? Und dann blieb immer noch die Geschichte mit seinen Eltern. Justin war davon überzeugt, dass nicht sein Vater das Zeitportal manipuliert hatte. Er ließ sich noch einmal durch den Kopf gehen, was er von dem Vorgang wusste: Ein Steuermodul wurde verändert, sodass das Ziel der Reise im Nachhinein nicht mehr bestimmt werden konnte. Nur einer hatte die Gelegenheit gehabt, diese Tat zu begehen: Justins Vater musste das Modul ausgebaut haben, um es in der Nacht vor der Reise neu zu justieren. Kein anderer hatte Zugang zu dem Gerät. Aber es fehlte das Motiv. Natürlich wusste jeder, was für ein brillanter Kopf Avery Time war. Doch auch wenn er an krankhaftem Ehrgeiz gelitten haben sollte, wie manche unterstellten, war das noch lange kein Grund, eine Reise ins Nirwana anzutreten und dabei seine Frau mitzunehmen.

Justin wandte sich wieder dem Terminal zu: „Ich benötige den offiziellen Untersuchungsbericht."

„Anfrage kann nicht bearbeitet werden. Der Untersuchungsbericht wurde am 3.5.2382 um 9.45 Uhr mitteleuropäischer Sommerzeit gelöscht."

Justin hob die Augenbrauen.

„Wurde vorher noch eine Kopie angefertigt?"

„Positiv."

„Von wem?"

„Von Dr. Cassandra Janus, Direktorin des Amtes für Zeitkontrolle."

Justin schreckte aus einem unruhigen Schlaf hoch. Sein Nacken war steif, und sein Rücken schmerzte entsetzlich. Vor ihm blinkte das Terminal in Ruheposition. Schlagartig fiel ihm wieder ein, wo er sich befand. Stundenlang hatte er im Netz nach Informationen über AION gesucht, aber nichts gefunden, das ihm über die Ereignisse in den letzten Tagen des Projektes Auskunft gegeben hätte.

Irgendwann musste er über den Recherchen eingeschlafen sein.

Ächzend erhob er sich und warf einen Blick aus dem Fenster. Draußen dämmerte bereits der Morgen. Justin trat aus der Tür. Das Bett von Onkel Chester um die Ecke war unberührt. Von seinem Onkel war keine Spur zu sehen. Er schien die ganze Nacht durchgearbeitet zu haben.

Justin nahm eine Ultraschalldusche und kleidete sich hastig an. Schließlich zog er die Tür hinter sich zu und fuhr mit dem Lift hoch zum Kontrollraum.

Das Labor besaß keine Fenster, und im künstlichen Licht wirkten die Gesichter von Chester und Rupert bleich und angespannt. Rupert saß vor dem Hauptrechner, während Chester auf dem Wandmonitor eine Kurve im Auge behielt.

„Wo seid ihr denn gestern Abend gewesen?“, fragte Justin. „Ich habe auf euch gewartet.“

Chester drehte sich um und blickte seinen Neffen müde an. „Justin, jetzt bitte nicht.“ Er zeigte auf einen Sessel in der Ecke des Raumes. „Setz dich da hin, ich kümmere mich nachher um dich.“

Justin spürte die Anspannung im Raum und setzte sich ohne Widerrede. Von seinem Platz aus folgte er Chesters Blick auf den Wandmonitor. Wie gestern Nachmittag war auch heute ein Diagramm aufgerufen, aber diesmal sah es anders aus. Die Farben hatten gewechselt, und auch die Zahlen schienen im Unterschied zu gestern verschoben. Doch nach wie vor wies die punktierte Linie im vorderen Drittel einen deutlichen Zacken nach oben auf.

Justin konnte nicht still sitzen, er musste einen Blick auf die Anzeigen werfen. „Ist das immer noch ein Temporalalarm?“, fragte er alarmiert.

„Ja“, antwortete Chester knapp.

„Aber Herr Hanfstäckl ist doch wohlbehalten in der Gegenwart gelandet.“

Rupert nickte. „Du hast recht, Justin. Deswegen sind wir auch noch hier. Kurz nachdem du gestern Abend ins Apartment gegangen bist, zeigte uns der Monitor erneut eine Störung der Zeitlinie an.“

„Wir haben die ganze Nacht damit zugebracht, die Fehlfunktion herauszufinden“, knurrte Chester. „Aber egal, was wir machen, die Sensoren liefern dasselbe Ergebnis.“

Justin sah verwirrt von einem zum anderen. „Wie kann es denn schon wieder zu einer Störung der Zeitlinie kommen?“

„Eine Fehlanzeige ist die eine Möglichkeit. Ein Zeitreisender die andere.“

„Der springende Punkt ist nur, wir haben niemanden in die Vergangenheit geschickt“, sagte Chester.

„Und doch verändert jemand aus der Gegenwart die Geschichte – wenn wir dem Computer glauben."

Rupert seufzte. „Es passiert auf der Londoner Weltausstellung im Jahr 1862", sagte er und deutete auf das Datum unter der Diagrammlinie. „Auf ihr wird eine Rechenmaschine präsentiert, hergestellt von einem gewissen Charles Babbage." Er reichte Justin ein Papier. Es war ein Ausdruck aus einer historischen Datenbank. „Dieser Prototyp war noch nicht funktionstüchtig und sollte es auch nie werden. Babbage hatte nicht das Geld gehabt, seine Arbeit zu vollenden."

Justin runzelte die Stirn. „Und was hat das mit der Störung in der Zeitlinie zu tun?", fragte er und blickte unsicher auf den Wandmonitor.

„Das, was du hier siehst, ist die Meldung, dass der Urgroßvater aller Computer auf dieser Weltausstellung vollkommen funktionstüchtig erstmals einem größeren Publikum vorgestellt wurde." Chesters Stimme klang grimmig. „Der erste funktionierende Rechner wurde aber erst in den Vierzigerjahren des 20. Jahrhunderts konstruiert."

Justin überlegte einen Moment. Das Ganze ergab überhaupt keinen Sinn. Wenn er Rupert richtig verstanden hatte, konnte nur jemand aus der Gegenwart verantwortlich dafür sein, dass diese Rechenmaschine auf der Weltausstellung funktionstüchtig gemacht wurde. Ganz ähnlich wie Hanfstäckl, der den Magneten am Kompass angebracht hatte und dadurch den Lauf der Geschichte veränderte. Nur gab es hier den Unterschied, dass überhaupt niemand auf eine Zeitreise geschickt worden war.

Rupert erriet Justins Gedanken. „Stell dir das Ganze so vor: Reist jemand aus der Gegenwart in die Zeit, verändert sich die Zeitlinie. Diese Änderung wird von jedem Zeitportal registriert. Bewegt sie sich innerhalb eines bestimmten, sehr niedrigen Wertes, ist alles in Ordnung. Wird er jedoch überschritten, geht ein Alarm los." Er zeigte auf den gezackten Verlauf der Diagrammlinie. „Das, was Herr Hanfstäckl mit der *Beagle* anstellen wollte, war so ziemlich das Gravierendste, was er tun konnte. Gefährlich wird es immer dann, wenn man Kontakt zu Menschen in der Vergangenheit hat. Und wenn es sich um so eine Abweichung handelt, wie sie hier abgebildet ist ... Die Folgen wären verheerend. Die Welt, wie wir sie kennen, würde aufhören zu existieren. Darwin hätte nie seine Evolutionstheorie aufgestellt, und mit der Vorverlegung des Computerzeitalters würde ebenfalls das ganze Gefüge unserer Gegenwart zusammenbrechen."

Justin schwirrte der Kopf. „Du hast gesagt, dass jedes Zeitportal einen Temporalalarm registriert. Gibt es denn noch weitere außer diesem hier?"

„Das Amt für Zeitkontrolle hat noch ein Portal", erwiderte Rupert. „Es ist der Vorläufer unseres Modells. Jeder Sprung, den wir vornehmen, wird vom anderen Portal registriert. Und umgekehrt."

Justin nickte nachdenklich. Deswegen war Dr. Janus auch sofort über die Geschehnisse von gestern im Bild gewesen. Ihre Maschine hatte die Zeitstörung angezeigt.

Er ging ein paar Schritte auf und ab. Langsam wurde ihm klar, warum Rupert und Chester die Nacht über so fieberhaft gearbeitet hatten. Wenn es sich bei der Störung nicht um eine Fehlfunktion von Chesters Portal handelte, würde sie natürlich auch dem Amt für Zeitkontrolle angezeigt. Und die würden sofort vermuten, dass nur einer von Chesters Zeitreisetouristen dafür verantwortlich sein konnte. Und das würde die Schließung der Chrono Travel Inc. bedeuten.

Justin wandte sich Chester zu, der während Ruperts Erklärungen wieder seinen Arbeitsplatz eingenommen hatte und gerade einen Protokollstreifen aus dem Drucker riss. Nach einem kurzen Blick darauf seufzte Chester. „Es hat keinen Zweck, Rupert“, sagte er. „Wir kommen nicht darum herum.“

Justin schaute ihn an. „Was meinst du damit?“, fragte er.

„Er meint damit“, sagte Rupert, „dass jemand zur Weltausstellung reisen muss, um die Geschichte zu überprüfen.“

Diesmal war es Onkel Chester selbst, der den Sprung wagen wollte. Justin war es recht. Auch wenn seine Reise zur *Beagle* relativ reibungslos verlaufen war, fühlte er sich in der Gegenwart entschieden wohler.

„Vergessen Sie das PAD nicht“, ermahnte Rupert

seinen Chef. „Es wird durch Ihren Daumenabdruck aktiviert und dient gleichzeitig als Schlüssel für die Notausgänge."

Chester Time streifte den Transponder über, steckte das PAD ein und stellte sich auf die Plattform. „Und Sie sind sicher, dass alles wieder in Ordnung ist, Rupert? Kein Fünfzig-Kilo-Limit mehr? Ich habe keine Lust, als halbe Portion in der Vergangenheit zu landen."

Rupert überprüfte die letzten Einstellungen. „Nein, es ist alles in Ordnung. Wir erreichen das erforderliche Energieniveau in vierzig Sekunden."

„Sehr gut."

„Sie werden Samstagabend, den 3. Mai 1862 im Ausstellungsgebäude landen. Zu diesem Zeitpunkt ist die Rechenmaschine noch unvollendet. Sie überprüfen, ob das bis zum nächsten Morgen so bleibt. Ist das der Fall, haben wir es eindeutig mit einer Fehlanzeige unserer Instrumente zu tun." Er sah auf die Konsole. „Noch zwanzig Sekunden."

„Wunderbar. Gibt es sonst noch etwas, woran ich denken muss?"

Rupert schüttelte den Kopf. „Achten Sie nur darauf, dass Sie weder den Transponder noch das PAD verlieren. Die automatische Peilung ist nach wie vor fehlerhaft. Wer weiß, wen wir an Ihrer Stelle zurückholen würden. Jack the Ripper vermutlich. Zehn Sekunden."

„Dann wünscht mir eine gute Reise!"

Doch zur Antwort steckte sich Rupert nur die Finger in die Ohren. Justin schaute den Assistenten irritiert an.

„Drei ... zwei ... eins ... null!"

Auf einmal gab es einen Knall, dass Justin die Ohren klingelten. Onkel Chester war verschwunden.

„Was war denn das?"

„Das geschieht jedes Mal, wenn jemand in die Vergangenheit springt. Er hinterlässt ein Vakuum, das schlagartig von der Luft gefüllt wird. Ein unangenehmer Nebeneffekt der Reise, aber wir haben bis jetzt noch kein Mittel dagegen gefunden. Schon damals, als wir im AION-Team die ersten Tests mit unbelebten Objekten durchführten, ging uns das auf die Nerven."

Justin griff in seine Hosentasche und fand das zusammengefaltete Gruppenbild, das er gestern Abend ausgedruckt hatte.

„Was hast du denn da?", fragte Rupert.

„Das habe ich im Netz gefunden." Justin hielt dem Assistenten den Bildausdruck hin. Rupert betrachtete ihn. „Hm, das ist aber sehr alt." Er dachte nach. „Wenn mich nicht alles täuscht, wurde es aufgenommen, als wir uns in der Planungsphase des AION-Projektes auf Long Island getroffen haben, um ein paar Tage am Meer zu verbringen." Rupert grinste. „Du weißt schon, um das Angenehme mit dem Nützlichen zu verbinden."

„Ich wusste gar nicht, dass Cassandra Janus dem Team angehörte."

„Oh, sie war sogar die rechte Hand des Professors.

Armer Kerl. Er hat die Ereignisse nie ganz verwunden. Ich weiß gar nicht, was aus ihm geworden ist. Ich glaube, er hat sich auf irgendeine einsame Insel zurückgezogen und züchtet jetzt Rosen ..."

„Ich habe Dr. Janus gestern getroffen."

Rupert schaute Justin überrascht an. „Dann weiß sie also, dass du hier bist?"

„Sie weiß sogar noch mehr. Sie hat von Hanfstäckl erfahren."

Rupert lächelte leicht säuerlich. „Das wundert mich nicht. Das Amt für Zeitkontrolle würde seine Arbeit schlecht erledigen, wenn dem nicht so wäre."

„Sie sagte, wir hätten Glück gehabt, dass unser Rettungsversuch so erfolgreich war, sonst hätte sie die Chrono Travel heute geschlossen."

Plötzlich knackte es in einem der Lautsprecher. Eine leicht verzerrte und weit entfernt klingende Stimme war zu hören. Es war Onkel Chester.

„Rupert? Justin? Hört ihr mich?"

„Laut und deutlich", erwiderte Bontempi. „Wo befinden Sie sich?"

„Es war eine punktgenaue Landung! Ich bin jetzt auf dem Weg in die Halle für philosophische Instrumente." Im Hintergrund war ein seltsames Poltern zu hören.

„Philosophische Instrumente?" Rupert war verwirrt. „Was soll denn das sein?"

„Kannst du schon etwas sehen?", fragte Justin.

„Nein, leider noch nicht. Außerdem habe ich keinen Ausstellungsplan. Ich weiß also nicht, wo ich suchen muss." Man hörte Chester schwer atmen. „Es ist seltsam hier. Fast unheimlich, würde ich sagen. Außerdem ist ein höllisches Unwetter zugange. Hört ihr nicht den Donner?"

„Ich habe mich schon gefragt, was das für Geräusche sind!"

„Es ist jedenfalls stockduster. Viel zu erkennen ist nicht, nur wenn es ab und zu einmal blitzt ... Ah, ich glaube, dahinten ist es ... Ja, richtig! Hier muss sie irgendwo stehen ..."

„Suchen Sie nach einem Gerät, das wie eine Rechenmaschine aussieht! Es muss aus Messing sein und verschiedene Walzen haben, die durch eine Kurbel betätigt werden!"

„Moment ... Ja, ich glaube, ich hab's!" Auf einmal wurde Chesters Stimme zu einem Murmeln. „... da wird doch der Hund in der Pfanne verrückt ..."

„Was sagtest du, Onkel Chester?"

„Hier hat sich tatsächlich jemand zu schaffen gemacht! Und offensichtlich habe ich unseren Freund gerade gestört! Ich muss vorsichtig sein. Vielleicht bin ich nicht allein ..."

Auf einmal war ein dumpfes Poltern zu hören.

„Wer ist da?" Chesters Stimme zitterte vor Anspannung.

„Alles in Ordnung, Chef?"

„Nein! Bleiben Sie mir vom Leib! Rupert! Schnell – Hilfe!"

„Onkel Chester!" Justin war aufgesprungen. „Was ist los?"

Offensichtlich fand in der Vergangenheit ein heftiger Kampf statt. Aus den Geräuschen konnten Rupert und Justin nicht schließen, was gerade geschah, aber es klang nicht gut.

„Mr. Time! Antworten Sie!“

Das Poltern wurde immer lauter. Schließlich gab es ein hässliches Knirschen, dann war die Leitung tot.

„Onkel Chester! Antworte! Hol ihn zurück, Rupert!“

„Es hat keinen Zweck, Justin“, sagte Rupert leise. „Irgendjemand hat den Transponder deaktiviert! Wir haben ihn verloren.“

IV.

Manchmal kann ein gelangweilter Geist zu erstaunlichen Leistungen fähig sein. Als im Jahre 1812 der junge Charles Babbage in den Räumen der Analytischen Gesellschaft von Cambridge über einem Mathematikbuch einschlief, begann er zu träumen. Zahlen marschierten vor seinem geistigen Auge auf und ab, bis sie sich zu immer neuen Gruppen zusammensetzten, in gigantischen Tabellen in den Himmel wuchsen und sich im Nichts verloren.

Es war ein schöner Traum, der weit entfernt war von der traurigen Realität der Logarithmentafeln, mit denen Babbage sich seit einiger Zeit herumschlagen musste und die so ungenau waren, dass er die Ergebnisse jeder mühsam aufgestellten Gleichung immer wieder kontrollieren musste. Dem Autor dieser Tabellen war kein Vorwurf zu machen. In der Regel war davon auszugehen, dass er eine solide Arbeit abgeliefert hatte. Aber selbst das, so musste Babbage zugeben, war nicht mit letzter Sicherheit zu sagen. Die meisten Fehler entstanden beim Übertragen auf eine Druckplatte, das oft von einer ungelernten, von der monotonen Arbeit ermüdeten Hilfskraft vorgenommen wurde.

Wie wäre es, so dachte Babbage, wenn diese endlosen Kolonnen von Zahlen nicht mühsam von einem menschlichen Geist ausgebrütet werden müssten? In Gedanken begann er eine Maschine zu konstruieren, die diese trübselige Arbeit ohne große Vorbereitungen übernahm. Die Beherrschung der vier Grundrechenarten war für die gängigen Rechenmaschinen seit einiger Zeit kein Problem mehr. Bisher war jedoch niemandem die Konstruktion eines Gerätes gelungen, das selbständig und automatisch die Berechnung komplexer mathematischer Gleichungen vornahm und das Ergebnis auch gleich ausdruckte.

Dieser Apparat, den er *Differenzmaschine No. 1* nennen wollte, ließ Babbage fortan nicht mehr los, und rund zehn Jahre später wurden ihm tatsächlich Forschungsgelder für den Bau einer solchen Maschine zur Verfügung gestellt. Doch etliche Jahre danach stoppte die britische Regierung die Konstruktion kurz vor der Endphase. Zu viele Schwierigkeiten, zu hohe Kosten, lautete die Begründung. Seitdem wurde die Maschine unter einer Glashaube in einem kleinen Museum des King's College aufbewahrt, bis man 1862, als die Weltausstellung zum zweiten Male in London stattfinden sollte, ein Einsehen hatte. Fast fünfzig Jahre nach der ersten Idee bestand nun erneut die Möglichkeit, das Interesse an der Differenzmaschine zu wecken. Doch Babbage war alles andere als davon überzeugt, seine Maschine jemals vollendet zu sehen. Das Schreiben, das er an diesem Morgen vom Königlichen Bauamt erhielt, war so niederschmetternd, dass es seine Laune für den Rest des Tages ruinieren sollte. Er hielt es wie ein Pamphlet in die Luft, sodass sein Freund Mr. Gravatt es in all seiner Pracht bewundern konnte.

„Das ist die Krönung!“, polterte Babbage. „So viel geballte Dummheit sollte strafbar sein.“

„Hat die Regierung ihre Zusage wieder zurückgezogen?“ Gravatt nahm den Brief und begann zu lesen.

„Nein, das hat sie nicht gewagt. Die Maschine wird ausgestellt, so viel ist sicher. Aber lesen Sie einmal, unter welchen Bedingungen!“

Mr. Gravatt, der wohl als Einziger das Potenzial der Differenzmaschine in all seinen Möglichkeiten einschätzen konnte, klemmte umständlich seinen Zwicker auf die Nase und begann murmelnd zu lesen. Er runzelte die Stirn. „Ich wusste gar nicht, dass Ihre Differenzmaschine ein philosophisches Instrument der Klasse XIII ist.“

„Ich bis jetzt auch nicht. Aber das ist noch nicht alles. Betrachten Sie doch bitte einmal den Ausstellungsplan, der dem Schreiben beigefügt ist.“

Gravatt musste angestrengt suchen, bis er den Platz fand, den man der Differenzmaschine zugedacht hatte. „Das ist alles andere als großzügig. Ein Meter fünfzig mal ein Meter achtzig – ich muss zugeben, mein Hund hat mehr Auslauf.“

Babbage stand mürrisch auf und warf ebenfalls einen Blick auf den Grundriss. „Hinzu kommt, dass sich links davon das Büro des Leiters der Abteilung befindet."

Gravatt faltete Plan und Brief wieder zusammen. „Das Interesse der Regierung an diesem Apparat scheint in den letzten Jahren nicht sonderlich gewachsen zu sein."

„Nein", seufzte Babbage. „Ich hatte mich bereits mit den Konstrukteuren der schwedischen Kalkulationsmaschine in Verbindung gesetzt, die seinerzeit in Paris ausgestellt wurde. Mir schien es ganz passend, beide Maschinen in ihrer Funktion und Arbeitsweise miteinander zu vergleichen."

„Seien Sie froh, dass es nicht geklappt hat. Wo hätten beide Maschinen auch stehen sollen?"

„Man hätte sie uns sowieso nicht als Leihgabe zur Verfügung gestellt. Die schwedische Regierung arbeitet nämlich bereits mit ihr und benutzt sie für bevölkerungsstatistische Untersuchungen. Wieder einmal ein Beweis dafür, wie wichtig und nützlich solche Maschinen sind." Babbage schüttelte traurig den Kopf. „Wenn zweitklassige Männer auf hohen Posten sitzen, besteht ihre einzige Sorge darin, nur ja nicht den Verdacht aufkommen zu lassen, vollkommen ungeeignet für ihre Arbeit zu sein."

„Was werden Sie jetzt machen?", fragte Mr. Gravatt.

Babbage schnaubte. „Mitspielen natürlich. Was habe ich schon für eine Möglichkeit? Offensichtlich setzt irgendjemand alles daran, dass diese Maschine in der Versenkung verschwindet. Aber da werde ich ihm einen Strich durch die Rechnung machen." Babbage stand auf und griff nach seinem Mantel. „Kommen Sie, Gravatt. Schauen wir uns den Ort des Trauerspiels einmal genauer an."

Babbage und Gravatt nahmen die Kutsche, denn von Babbages Haus in der Dorset Street Nummer 1 bis zur Exhibition Road am südlichen Ende des Hydeparks legte man eine gehörige Strecke zurück. Es war ein normaler Wochentag in London, was bedeutete, dass der Verkehr sich mit einer Zähigkeit durch die Straßen wälzte, die selbst die Geduld des langmütigsten Menschen herausforderte. Dennoch liebte Babbage diese Stadt. Seit seinem Abschluss in Cambridge im Jahre 1817 hatte er sein ganzes Leben hier verbracht und keinen Tag bereut. London war stets für eine Überraschung gut, trotz aller verstaubter Traditionen und Rituale, die noch immer das Leben bestimmten. Doch vielleicht war das ja die richtige Mischung: Man konnte nur etwas Neues wagen, wenn man sich des Alten sicher war. Zudem befand sich das Empire auf dem Höhepunkt seiner Macht: ein Reich, in dem die Sonne niemals unterging.

Nachdem die Kutsche von der Baker Street auf die Oxford Street eingebogen war, wurde der Verkehr dichter. Kurz vor Marble Arch kam die Kutsche zum Stehen. Als es nach fünf Minuten noch immer nicht weiterging, begann Babbage, nervös mit den Fingern zu trommeln, und schaute zum Fenster hinaus.

„Was ist denn da vorne los, Kutscher?"

„Da hat wohl jemand geschossen!"

„Geschossen? Grundgütiger! Hoffentlich ist niemand verletzt worden!"

„Nicht von dem Schuss, denke ich mal, Sir. Einige Pferde sind durchgegangen und haben eine Kutsche umgeworfen. Scheint aber gleich weiterzugehen!"

Babbage ließ sich auf seinen Sitz fallen und schaute Gravatt kopfschüttelnd an. „Schüsse am hellichten Tag! Auf der Oxford Street! Man könnte meinen, man sei im Eastend und nicht in Mayfair!"

„Die Welt war noch nie ein sicherer Ort, Mr. Babbage", sagte Mr. Gravatt.

„Nein, vermutlich", brummte Babbage. Schließlich setzte sich die Kutsche mit einem Ruck in Bewegung und fuhr langsam an der Unfallstelle vorbei. Offensichtlich hatte ein Wagen eine ganze Ladung Kohl verloren. Zwei Männer versuchten, ein nervös tänzelndes Pferd zu beruhigen, während sich eine Gruppe von Passanten um einen kleinen, ungewöhnlich gekleideten Burschen scharte, der offensichtlich noch unter Schock stand. Eine merkwürdige Szene, dachte Babbage und musterte den Jungen genauer. Für einen kurzen Augenblick trafen sich ihre Blicke. Dann bog die Kutsche in die Park Lane ein und verschwand hinter den Bäumen.

Justin fluchte leise. Irgendetwas war schon wieder schiefgelaufen. Eigentlich hätte er in einer stillen Ecke des Hydeparks materialisieren sollen, aber stattdessen stand er mitten auf einer belebten Straße. Offensichtlich war Justins plötzliches Erscheinen sowie der laute Knall der verdrängten Luft der Grund dafür, dass einige Pferde gescheut hatten und durchgegangen waren. Überall kullerten Kohlköpfe auf der Straße herum. Ein feister Mann mit einem gewaltigen Schnurrbart saß auf der Deichsel seiner umgestürzten Kutsche und schwitzte am ganzen Leib.

„Aber wenn ich es euch sage, der Junge ist mit einem Mal da gewesen!"

„Erzähl keinen Quatsch, Walker. Das hat es doch noch nie gegeben, dass ein Junge einfach so mitten aus dem Nichts auf der Oxford Street erscheint!" Ein kleiner sehniger Mann, der mit seinem Fuhrwerk hinter dem des Dicken stand, stieg ab und schüttelte lachend den Kopf. „Gib's zu, du hast dir mal wieder zu viel Gin hinter die Binde gekippt."

„Nein, habe ich nicht!"

„Dann musst du eben eingeschlafen sein."

„Bin ich auch nicht! Verdammt nochmal, so glaubt mir doch endlich!"

Die Diskussion konnte ewig weitergehen, was Justin eigentlich nur recht war. Vielleicht hatte er so die Chance, sich unbemerkt zu verdrücken. Doch plötzlich schob sich ein Mann an den Umstehenden vorbei und blickte mit einer Mischung aus Autorität und Feindseligkeit in die Runde. Offensichtlich ein Polizist in Zivil. Sofort erstarb das Gelächter. „Hätte jemand die Güte, mir zu erklären, was hier geschehen ist? Sie vielleicht, Sir?“ Er schaute den Dicken durchdringend an.

„Also ...“ Der Kutscher schluckte. „Ich fahr hier so auf der Oxford Street Richtung Bayswater, wie ich es jeden Tag um diese Zeit zu tun pflege, als es plötzlich einen Knall gibt und dieser Junge ...“ Mit diesen Worten zeigte er wütend auf Justin, „... dieser Junge auf der Straße steht und meinem armen Pferd einen Heidenschreck einjagt. Mir übrigens auch, ich zittere jetzt noch.“

Der Polizist holte einen Notizblock hervor und drehte sich nun zu Justin um. „Und, junger Mann? Was hast du dazu zu sagen?“

Justin versuchte, seinen Hemdkragen ein wenig zu lockern, der auf einmal ziemlich eng saß. „Also ...“, stammelte er. „Ich bin genauso überrascht wie der Herr dort. Erklären kann ich mir das Ganze auch nicht.“ Doch schon während er sprach, war ihm klar, dass er damit niemanden überzeugen konnte.

„Wie lautet dein Name?“ Der Polizist zückte jetzt seinen Stift wie eine Waffe, mit der er den Jungen vor sich aufspießen wollte.

Justin überlegte verzweifelt, wie er reagieren sollte. Er hatte noch gut in Erinnerung, was ihm Rupert gesagt hatte: Besonders gefährlich wurden Zeitreisen erst, wenn man im Kontakt mit anderen Menschen Informationen preisgab, die diese nicht erfahren durften. Was sollte Justin jetzt sagen? Seinen richtigen Namen? Nein, es war am besten, wenn er so wenig Spuren wie möglich in der Zeit hinterließ. Plötzlich kam ihm eine Idee.

„David Copperfield! Das ist mein Name!"

Jetzt schaute ihn der Polizist mit großen Augen an, aber nur für einen Moment.

„David Copperfield?" Ein kleines Mädchen kicherte, verstummte aber sofort wieder, als der Beamte es böse anfunkelte. Dann steckte der Polizist Block und Stift wieder in seine Jackentasche. „So. Du bist also David Copperfield." Er legte auf den Namen eine ironische Betonung. „Ich habe schon viel von dir gehört. Mein Name ist übrigens Inspektor Horatio Bardike. Nett, dich kennenzulernen."

Irgendwie hatte Justin einen Fehler gemacht, wenn er auch nicht genau wusste, welchen.

„Im Gegensatz zu deinem Namen ist meiner jedoch echt", zischte Inspektor Bardike. „Und ich schlage dir höflichst vor, dass du mich auf die Polizeiwache begleitest. Dort werden wir Mr. Dickens benachrichtigen. Der wird sich bestimmt freuen, wenn wir ihm mitteilen, dass eine seiner Romanfiguren heute früh auf der Oxford Street aus dem Nichts auftauchte, dort spazieren ging und einen Unfall verursachte."

Justin hätte sich ohrfeigen können, als ihm aufging, welchen Namen er sich ausgesucht hatte. Offensichtlich sah er nicht wie der Held eines Buches aus, das ausgerechnet in dieser Zeit wohl jeder kannte. Fieberhaft suchte er nach einem Ausweg aus der Situation.

Und da ihm nichts Besseres einfiel, rannte er einfach los.

Beinahe hätte der Polizist ihn noch erwischt, doch er bekam nur die aufgenähte Jackentasche zu fassen. Sie riss mit einem hässlichen Geräusch ab. Justin schaute sich nicht um, sondern stürmte weiter. Hinter ihm blies der Beamte in seine Pfeife, um seine Kollegen zu alarmieren.

Justin ahnte, dass er sich in einer höchst unangenehmen Situation befand. Er kannte sich schon nicht im London seiner Zeit aus, aber diese Stadt war ihm so fremd wie die Rückseite des Mondes. Dennoch musste er unbedingt ein Versteck finden, um seine Lage neu zu überdenken.

Ein Schild wies die Straße vor ihm als Duke Street aus. An deren Ende sah er eine Art Rondell, von dem aus mehrere Straßen abzweigten. Hastig schaute er sich um. Zwar hatte er zwischen sich und Inspektor Bardike beinahe hundert Meter bringen können, doch war ihm der Weg rechts durch heranstürmende Constables verwehrt. Nur die Straße zu seiner Linken schien frei zu sein. An ihrem Ende entdeckte er einen kleinen Park. Vielleicht würde es ihm dort gelingen, seine Verfolger abzuschütteln. Er sprintete los, als wäre der Teufel hinter ihm her. Jetzt rächte sich, dass er sich in der Schule vor dem Sportunterricht gedrückt hatte. Seine Lunge pfiff, und in der Seite machte sich ein unangenehmes Ziehen bemerkbar. Langsam ging ihm die Luft aus, und im Gegensatz zu ihm schienen die Polizisten einigermaßen gut im Training zu stehen. Wenn Justin nicht bald etwas einfiel, würde er den Rest des Tages auf einem Polizeirevier verbringen. Und dann hätte er ein echtes Problem.

Plötzlich kam aus der Orchard Street eine schwarze Kutsche herangerollt und hielt an der Ecke in Höhe des Parks. Eine Tür schwang auf. Justin blieb verdutzt stehen, als der vierschrötige Kutscher ihn angrunzte und mit einem Nicken anwies einzusteigen. Der Inspektor und die beiden Streifenpolizisten waren keine fünfzig Meter entfernt und bliesen erneut auf ihren Pfeifen. Ein letzter Blick zurück, dann nahm sich Justin ein Herz und sprang durch den offenen Verschlag. Mit einem Ruck setzte sich die Kutsche in Bewegung und raste in halsbrecherischem Tempo die Straße hinauf.

„Da hast du ja ein schönes Durcheinander angerichtet!“ Neben ihm saß ein offensichtlich wohlhabender schnauzbärtiger Herr mit Zylinder, Cut, Gamaschen und Spazierstock. „Aber ich glaube, du bist dem Arm des Gesetzes noch einmal entwischt.“ Der Mann zog seine grauen Wildlederhandschuhe aus und legte sie in den Hut, den er jetzt abgenommen hatte.

„Wer sind Sie?“, fragte Justin unsicher. Eine Wolke Herrenparfüm schlug ihm entgegen.

„Oh, ich war nur Zeuge des kleinen ... Unfalls. Du scheinst fremd hier zu sein, nicht wahr?“

„Ja", erwiderte Justin, der noch immer nach Luft rang.

„Das sieht man an deiner Kleidung. Genau genommen ist mir ein solcher Anzug noch nie untergekommen." Er betrachtete die ausgerissene Tasche. „Obwohl er offensichtlich nicht im besten Zustand ist, wenn mir die Bemerkung erlaubt sei."

„Das ist meine Schuluniform."

„Eine Schuluniform. So, so." Der Mann musterte Justin mit einer Mischung aus Interesse und Belustigung. „Ich werde dich jetzt nicht fragen, was du um diese Zeit mitten in London suchst, während deine Klassenkameraden ihren täglichen Geschichtsunterricht über sich ergehen lassen müssen. Wie heißt du eigentlich, mein Junge?"

Justin überlegte kurz. Noch so einen Fehlgriff wie *David Copperfield* durfte er sich nicht leisten. Er schaute aus dem Fenster. Schon seit einiger Zeit fuhr die Kutsche an einer riesigen Baustelle entlang. Es sah aus, als versuchte man, eine Eisenbahnlinie unter die Erde zu legen. Im Abstand von mehreren hundert Metern waren Bahnhöfe errichtet worden, alle mit einem Schild gekennzeichnet.

„Mein Name ist Justin."

„Einfach nur Justin?"

„Ja."

Der Mann streckte seine rechte Hand aus. „Mein Name ist Adalbert Queue de Bœuf."

Zögerlich erwiderte Justin den Gruß. „Sie sind Franzose?"

„Belgier."

„Oh. Dafür ist Ihr Englisch aber hervorragend."

Der Mann verneigte sich leicht. „Danke schön. Ich lebe schon sehr lange in dieser Stadt. Mein Vater war Militärattaché der belgischen Botschaft hier in London. Ehrlich gesagt ist mein Englisch sogar besser als mein Französisch, *malheureusement.*" Er seufzte. „Ich weiß, wie schwer es für jemanden in deinem Alter ist, sich in einer fremden Stadt zurechtzufinden. Besonders wenn es sich um eine so große wie die Hauptstadt des Britischen Empires handelt. Ich würde dir gerne helfen."

Justin schaute seinen Wohltäter überrascht an. „Warum sollten Sie das tun wollen?"

„Weil du in diesem Aufzug keine zehn Minuten herumlaufen könntest, ohne Aufmerksamkeit zu erregen."

Justin musste zugeben, dass er recht hatte. Darüber hinaus würde die Sache nicht einfacher werden, wenn erst jeder Polizist der Umgebung eine Beschreibung von ihm hatte.

„Danke für das Angebot. Ich müsste zur großen Ausstellung. Wenn Sie mich dort hinbringen könnten?"

„Zu welcher großen Ausstellung?"

„Na, die Weltausstellung!"

Monsieur Queue de Bœuf überlegte einen Moment, doch dann fiel es ihm ein. „Du meinst die Veranstaltung in der Nähe des Imperial College! Was willst du denn da? Sie wird erst morgen eröffnet."

„Morgen erst?“ Ein unbehagliches Gefühl beschlich Justin. Offensichtlich war die Fehlfunktion der Zeitmaschine doch gravierender, als Rupert vermutet hatte. „Könnten Sie mir vielleicht sagen, welches Datum wir heute haben?“

Monsieur Queue de Bœuf schmunzelte. „Heute ist der 30. April.“

„Bitte. Das ganze Datum. Mit Jahr.“

„Du weißt nicht, in welchem Jahr wir leben? Ich kenne nur wenige, die sich das fragen. Und die trinken mehr, als ihnen guttut. Wir schreiben das Jahr 1862. Ist dir damit gedient?“

Justin fluchte leise vor sich hin. Wenigstens stimmte das Jahr, aber er war immer noch einige Tage zu früh. Viele Möglichkeiten blieben ihm nicht. Er konnte zwar so lange in dieser Zeit bleiben, bis sein Onkel ankam, doch das würde ohne Geld und in diesem Aufzug mehr als schwierig für ihn werden.

Also musste er zurück und noch einmal von vorn beginnen. Das schien ihm der beste Weg zu sein. Er würde einfach einen der Notausgänge benutzen, deren Liste er auf seinem PAD abrufen konnte. Justin tastete seine Jacke ab und vergewisserte sich, dass es noch immer in der Innentasche steckte. Ohne das Ding wäre er aufgeschmissen. Nur mit Hilfe dieses Gerätes konnte die Notfallsequenz des Ausgangs gestartet werden. Dies war eine Sicherung, damit es nicht zum versehentlichen Transfer einer unbefugten Person kam. Justin wagte jedoch nicht, es hervorzuholen. Wenn sich jemand über den Aufzug eines Jungen wunderte, war das eine Sache, technische Spielereien aus der Zukunft hingegen etwas ganz anderes.

„Alles in Ordnung mit dir?“

Justin schreckte aus seinen Gedanken auf. „O ja. Sicher.“

Monsieur Queue de Bœuf glättete mit den Fingern seinen Schnurrbart. „Gut. Dann schlage ich vor, wir fahren erst einmal nach Hause. Alles andere wird sich finden.“

Justin zuckte mit den Schultern. Ihm war es gleich, wo er ausstieg. Das PAD konnte er überall benutzen. Jetzt ging es vor allem darum, nicht unnötig das Misstrauen des Herrn zu erregen.

Die Strecke, die sie mit der Kutsche zurücklegten, war erstaunlich lang. Und je weiter sie sich nach Osten bewegten, desto schäbiger und ärmlicher wurde die Stadt. Die Menschen, die Justin auf der Straße sah, wirkten verhärmt und zerlumpt. Über den Häusern hing der Qualm zahlreicher Fabrikschlote, der mit dem Gestank der offenen Kanalisation eine widerliche Mischung einging. Was hatte ein Mann wie Monsieur Queue de Bœuf in so einer Gegend verloren?

Die Kutsche hielt an einem geschlossenen Fabriktor, das nach einem lauten Pfiff des Kutschers geöffnet wurde. Während hinter ihnen das Tor donnernd ins Schloss fiel, rumpelten sie in einen Hof.

Monsieur Queue de Bœuf gab Justin einen Stoß. „Raus mit dir.“

Sowohl der höfliche Tonfall als auch die perfekten Manieren waren mit einem Schlag verschwunden. Justin stolperte hinaus und schaute sich um. Er befand sich auf dem Gelände einer alten Manufaktur, die sich in einem erbärmlichen Zustand befand. Die meisten der Fenster waren eingeworfen oder vernagelt. Auf der linken Seite befanden sich Ställe, in denen einige junge Burschen arbeiteten. Sie schauten neugierig zu ihnen herüber. Der rückwärtige Teil bestand aus einer großen, teilweise eingestürzten Halle, in der alte Kutschen vor sich hin rotteten. Rechts neben der Einfahrt duckte sich ein niedriges Gebäude. Offensichtlich war es bewohnt, denn einige Kinder sahen aus den Fenstern. An der Tür hing ein verwittertes Schild mit der Aufschrift *Verwaltung*.

Monsieur Queue de Bœuf drückte die Spitze seines Stocks in Justins Rücken. „Vorwärts. Immer der Nase nach."

„Was soll das? Was wollen Sie von mir?", fragte Justin.

Er lächelte Justin schmierig an. „Du glaubst doch nicht im Ernst, dass ich dir aus reiner Barmherzigkeit geholfen habe, Junge? Du hast jetzt Schulden bei mir, und für die wirst du arbeiten."

„Lassen Sie mich sofort gehen, sonst ..."

„Sonst was? Holst du die Polizei?" Der Mann lachte kurz auf, warf dann aber Justin einen drohenden Blick zu. „Los, rein mit dir. Deine neuen Freunde warten schon auf dich. Dimitry? Komm her."

Der Kutscher sprang mit einem Grunzen vom Bock und watschelte mit affenartigen Bewegungen zu seinem Herrn. „Ich glaube, unser neuer Gast muss noch lernen, sich hier einzufügen.“

Dimitry grinste und entblößte ein kautabakschwarzes Gebiss. Dann packte er Justin beim Kragen und gab ihm einen heftigen Tritt, während der falsche Belgier seinem Diener lächelnd folgte.

Justin wurde in einen großen Saal geführt. Ein älterer Bursche von etwa sechzehn Jahren, der ununterbrochen hustete, fegte die Dielen. Er hielt in seiner Arbeit inne, als er Justin sah. Queue de Bœuf zog ein Taschentuch aus der Brusttasche, wedelte ein Stäubchen von einem Schemel und ließ sich nieder. „So, dann wollen wir doch einmal sehen, was unser junger Freund so alles bei sich hat. Dimitry?“

Der Diener begann, Justin mit seinen groben Händen zu durchsuchen. Er tastete das Jackett ab und schaute den Jungen triumphierend an, als er etwas hervorholte, das entfernt an ein Zigarettenetui erinnerte. Er warf es Queue de Bœuf zu. Justin fluchte leise. Es war sein PAD.

„Ei, was haben wir denn da?“ Queue de Bœuf drehte das Gerät in seinen Händen und betrachtete es von allen Seiten. Offensichtlich konnte er nicht viel damit anfangen. „Wem hast du denn dieses Kleinod aus der Tasche gezogen?“

„Niemandem. Es gehört mir.“

„Ach, wirklich? Hm, ich möchte wetten, dass es einen Knopf gibt, mit dem dieses Dingsda geöffnet werden kann." Geschickt tastete Queue de Bœuf den Rand ab. Mit einem leisen Klick öffnete sich das PAD, und der Bildschirm leuchtete auf.

Queue de Bœuf schaute Justin erstaunt an. „Ich frage dich noch einmal: Was zum Teufel ist das?"

Doch Justin schwieg. Dimitry fuhr mit der Durchsuchung fort. Schließlich fand er den Transponder an Justins Handgelenk. Er öffnete mit seinen schwieligen Fingern das Armband, hielt das Gerät irritiert an sein Ohr und schüttelte es. Mit einem Achselzucken gab er es seinem Herrn.

„Oh, eine Uhr!" Er untersuchte das Peilgerät genauer. „Nein. Erstaunlicherweise nicht. Hm, wollen doch einmal sehen, was geschieht, wenn ich auf diesen kleinen roten Knopf drücke."

Ein leises Knacken ertönte, gefolgt von statischem Rauschen.

Weit entfernt und ganz dünn ertönte eine Stimme. Eine Drehung am großen Regler, und mit einem Mal wurde der Empfang klar und deutlich.

„Justin? Bist du das?"

Justin riss sich von Dimitry los. „Rupert! Ich brauche Hilfe. Jemand hat mich ..." Plötzlich traf ihn ein Fausthieb, und er stürzte taumelnd zu Boden. Sofort saß Dimitry auf ihm und drückte ihm seine gewaltige Pranke auf den Mund.

Queue de Bœuf hatte erschrocken den Transponder fallen gelassen. Ruperts Stimme klang aus einem kleinen Lautsprecher. „Justin? Ich hatte dein Signal verloren! Es ist wieder zu einer Fehlfunktion gekommen. Ist alles in Ordnung bei dir? Was ist mit Babbage? Melde dich!“, quäkte es aus dem kleinen Lautsprecher. Justin strampelte mit den Beinen und versuchte, Dimitrys Hand wegzuschieben, doch der Mann war einfach zu kräftig, als dass Justin auch nur den Hauch einer Chance gehabt hätte.

Vorsichtig betätigte Queue de Bœuf wieder den kleinen Schalter, und Ruperts Stimme erstarb zusammen mit dem statischen Rauschen. Nachdenklich kratzte er sich am Kinn. „Ich weiß zwar nicht, wer du bist oder woher du kommst, Junge. Aber du scheinst etwas ganz Besonderes zu sein. Wer ist Rupert? Und was hat es mit diesem Babbage auf sich?“

„Scheren Sie sich zum Teufel!“, rief Justin, doch das hätte er besser nicht getan. Dimitry verpasste ihm eine solche Ohrfeige, dass er für einen kurzen Moment Sterne sah.

„War noch etwas in seinen Taschen?“ Queue de Bœuf war aufgestanden. „Irgendwelche Zettel oder etwas, was uns verraten könnte, wo das Bürschchen herkommt?“

Dimitry schüttelte den Kopf. Justin atmete unhörbar auf. Wenigstens das Bild seiner Eltern mit dem AION-Team hatte dieser Klotz übersehen.

„Schade“, sagte Queue de Bœuf nachdenklich und befühlte Justins Jackett. „Kein billiger Stoff. Und das Spielzeug, das du bei dir hast, kauft man auch nicht an jeder Straßenecke.“ Er sah zu Dimitry. „Vielleicht hat er ja recht, und das Spielzeug gehört wirklich ihm. Dann muss er aber reiche Eltern haben, die ihm so etwas schenken. Wie viel sie wohl bezahlen würden, um ihn wieder in ihre Arme schließen zu dürfen?“ Er ließ seinen Stock durch die Luft zischen. „Wie war dein Name? Justin? Vermutlich ist er genauso echt wie meiner.“ Er tippte Dimitry an die Schulter, und der Diener schaute auf. „Tu mir doch den Gefallen und sag den Jungs, sie sollen mal die Ohren aufhalten. Wenn die Buschtrommeln etwas von einem verschwundenen Jungen erzählen, will ich als Erster davon erfahren.“

Mit einem Satz war der Diener auf den Füßen und watschelte hinaus.

„So. Und bis wir deine Eltern gefunden haben, wirst du für mich arbeiten.“ Queue de Bœuf trat einen Schritt zurück und nahm Maß. „Eigentlich die perfekte Größe.“ Er schnippte mit den Fingern, und der Junge, der zuvor den Raum gefegt hatte, kam herüber.

„Ja, Sir?“

„Davy, gib ihm was anderes zum Anziehen und bring mir dann seine merkwürdige Schuluniform. Wo ist Cronkite heute?“

„In der Chicksand Street, Whitechapel.“

„Whitechapel. Gut. Wenn du mit Justin fertig bist, liefere ihn dort ab und sag, er sei der Ersatzmann für Finch.“

Davy schaute Queue de Bœuf ungläubig an. „Ich weiß nicht, ob das eine so gute Idee ist, Sir. Der Junge hier sieht mir nicht danach aus, als sei er für diese Arbeit geeignet.“

„Er ist klein genug. Das reicht mir."

„Aber ..."

Queue de Bœuf schaute Davy wie ein Kind an, das schwer von Begriff war. „Wenn dir meine Entscheidungen nicht passen, kannst du gerne unsere kleine Gemeinschaft verlassen. Ist es das, was du möchtest?"

Davy schüttelte den Kopf. „Nein, Sir."

Queue de Bœuf warf noch einen kurzen Blick auf Justin. „Das wird er schon schaffen. Ehrliche Arbeit hat noch keinem geschadet." Dann steckte er die beiden Geräte ein und ging.

Es lag eine seltsame Spannung in der Luft, als der Junge mit dem Besen Justin musterte. Auch wenn er erst sechzehn Jahre alt sein mochte, schien es, als sei er schon vor etlichen Jahren erwachsen geworden. Seine Persönlichkeit füllte den Raum aus und war fast greifbar, auch wenn er regungslos dastand.

Sie starrten sich eine Zeitlang an, bis Justin dem Blick nicht mehr standhalten konnte und blinzelte. Davy nickte kaum merklich. Er hatte gewonnen, und das genügte ihm, um zu zeigen, wer hier das Sagen hatte. „Also gut. Ausziehen."

Ohne zu protestieren, gehorchte Justin. Unauffällig barg er dabei das Bild in der Hand und ließ es in die Tasche der Hose gleiten, die er im Tausch von Davy bekam. Sie kratzte und hatte einen langen Riss am rechten Bein. Das Hemd war ebenfalls in keinem besseren Zustand. Außerdem stank es, als wäre es seit Wochen nicht gewaschen worden.

„Wer ist eigentlich dieser Adalbert Queue de Bœuf?“, fragte Justin.

„Adalbert Queue de Bœuf? Hat er dir wirklich den Namen genannt? Mann, dass es noch immer Leute gibt, die auf diese Masche reinfallen! Sein eigentlicher Name ist Bertie Oxtail. Er ist in der Granary Road in Spitalfield aufgewachsen. Man nannte ihn schon als Kind den Schönen Bertie, weil er immer versuchte, den feinen Pinkel zu geben. Ein Betrüger und Hochstapler, wie er im Buche steht. Aber täusch dich nicht in ihm. Auch wenn er ziemlich lächerlich aussieht: Er ist kalt, skrupellos und äußerst verschlagen.“

„Aber was hast du mit ihm zu tun?“

„Irgendwann hat der Schöne Bertie festgestellt, dass es einfacher ist, andere für sich arbeiten zu lassen, als selbst einen Finger zu rühren. Er sammelt Kinder von der Straße auf, die von zu Hause ausgerissen sind, gibt ihnen zu essen und vermietet sie dann an die Fabrikbesitzer. Für die müssen sie zwölf Stunden am Tag schuften. Besonders beliebt sind die kleinen wendigen Burschen und Mädchen bei den Webereien. Sie werden als Picker eingesetzt, die unter den laufenden Maschinen die Baumwollreste einsammeln, damit die Mechanik nicht blockiert. Viel Platz gibt es da unten nicht. Für diese Arbeit bist du allerdings bereits zu groß, sonst wärst du nicht Cronkite zugeteilt worden.“

Justins Hose rutschte immer wieder, sodass er sie mit beiden Händen festhalten musste. Davy warf ihm eine Schnur zu, die als Ersatz für einen Gürtel herhalten musste. „Aber für die Schornsteine reicht es noch."

Justin verstand nicht, was Davy meinte. „Was habe ich mit Schornsteinen zu tun?"

„Ab heute eine ganze Menge. Du wirst in sie hineinklettern und sie saubermachen."

„Und wenn ich mich weigere?"

„Dann bekommst du Ärger mit deinem Vorarbeiter. Cronkite ist Berties bester Mann, wenn auch Oxtail nicht ahnt, dass Cronkite seine eigenen Pläne hat, seinen Boss aus dem Geschäft zu drängen. Cronkite versteht im Übrigen überhaupt keinen Spaß, wenn nur einer seiner Leute aus der Reihe tanzt. Er achtet sehr auf Disziplin, um es mal so auszudrücken. Beim ersten Mal wirst du gewarnt. Spurst du dann noch immer nicht, kümmert sich Dimitry um dich. Der wird es wie einen Unfall aussehen lassen. Darin hat er Übung. So, und nun müssen wir gehen."

Es war diese Mischung aus Mitleid und Sorge in Davys Blick, die Justin das Schlimmste befürchten ließ, als sie hinaus in den Hof traten und sich auf den Weg in die Chicksand Street machten.

Viel zu schnell waren sie in Whitechapel angelangt. Justin wusste, dass er unbedingt einen Weg finden musste, wie er an sein PAD gelangte. Aber vorerst blieb ihm nichts anderes übrig, als Davy zu folgen.

Als er die Hausdächer in der Chicksand Street sah, verstand er, warum nur kleine Kinder die Schornsteine reinigten. Für einen Erwachsenen war die Öffnung viel zu klein. Davy hatte ihm unterwegs erklärt, was zu tun war: Justin sollte sich langsam an einem Seil hinablassen und dabei nicht nur das Mauerwerk überprüfen, sondern den Schlot auch mit einer Art Drahtbesen von Ruß und Teer befreien. Einzige Lichtquelle war eine Kerze, die auf einem Holzstück befestigt wurde, das man sich zwischen die Zähne klemmte.

Die Besitzerin der Hausnummer 17 war eine ältere Dame, deren Stimme selbst hinter der verschlossenen Tür unangenehm schrill klang. „Wer seid ihr? Gehört ihr etwa auch zu den nichtsnutzigen Burschen oben auf dem Dach?"

„Ja", erwiderte Davy. „Dürfen wir hereinkomen?"

Eine kleine dicke Frau riss die Tür auf und baute sich vor Davy auf, der sie um gut einen Kopf überragte. Offensichtlich war sie gerade erst aus dem Bett gestiegen. „Das ist das letzte Mal, dass ihr meinen Schornstein saubermacht. Ich weiß nicht, wer euch das beigebracht hat, aber das könnte selbst mein unfähiger Mann besser."

Davy schaute die Frau fragend an. „Was ist geschehen?"

„Was geschehen ist? Ihr bringt hier beinahe das ganze Haus zum Einsturz! Mein Kamin hat einen Riss bekommen, genau unterhalb der Decke. Und der Radau, den deine Freunde dabei veranstalten, ist nicht zu ertragen." Sie führte Justin und Davy hinauf in den obersten Stock, von wo aus eine Leiter hinaus aufs Dach führte. Als die beiden aus der Dachluke kletterten, trafen sie auf einen kräftigen Burschen, der sich die Mütze in den speckigen Nacken geschoben hatte und gelangweilt in die Tiefe schaute.

Flößte Davy Respekt ein, so ließ sich das Gefühl, das Justin bei Cronkite hatte, am besten mit Angst beschreiben. Dieser Bursche wollte, dass man ihm aus dem Weg ging. Niemand käme auf die Idee, Cronkites Freundschaft zu suchen. Man war froh, wenn man ihn nicht zum Feind hatte.

„Was ist los, Cronkite? Machst du wieder Ärger?", fragte Davy.

Cronkite schaute träge hoch und lächelte Davy in provozierender Harmlosigkeit an. „Na ja, es gab wohl einen kleinen Unfall. Abgestürzt und eingeklemmt, würde ich sagen. Kein Wunder, wenn man mir immer nur Nieten zuteilt."

Davy stieß Cronkite beiseite und schaute in das dunkle Loch. Es war so finster, dass man keinen Meter weit sehen konnte. „Und warum stehst du hier noch so dumm herum?"

„Pah, da ist eh nicht mehr viel zu machen."

Bleich vor Wut, packte Davy Cronkite beim Kragen. „Das wäre dein zweiter Mann, den du alleine in dieser Woche auf dem Gewissen hast!"

Cronkite ließ sich nicht beeindrucken. „Reg dich nicht auf, sonst hustest du wieder Blut", sagte er und grinste Davy schmierig an. „Solange der Schöne Bertie genug Nachschub liefert, kann dir das doch egal sein."

„Du Ratte!"

„Vorsicht! Vergreif dich nicht im Ton."

Davy atmete tief durch und ließ dann ab. „Was ist mit dir, Justin? Traust du dir das zu?"

Justin schluckte. „Da runterzuklettern?"

Davy hob ein Seil auf und knüpfte eine Schlinge. „Ich werde dich hinablassen müssen. Und zwar mit dem Kopf voran."

Cronkite zog die Nase hoch und spuckte aus. „Wer ist denn der Karottenkopf da?"

„Justin soll in deinem Trupp arbeiten", sagte Davy tonlos.

Cronkite hob die Augenbrauen. „Ach wirklich?" Er packte Justins Hände und betrachtete sie von allen Seiten. „Ein verdammtes Muttersöhnchen. Mal wieder. Kein Wunder, dass die alle bei mir draufgehen, wenn man mir immer nur Ausschuss zuteilt."

„Also, wie sieht es aus, Rotschopf?", fragte Davy. Justin schluckte. Die Vorstellung, sich kopfüber in einen engen, finsteren Kamin abseilen zu lassen, gefiel ihm überhaupt nicht. Auf der anderen Seite: Schlimmer als seine erste Reise mit der Zeitmaschine konnte es auch nicht werden.

„Ich mach's."

„Gut." Davy befestigte ein Seil an den Füßen und schlang ein weiteres um Justins Brust. „Das Ende hier bindest du um den armen Kerl, der vermutlich wie ein Korken in der Flasche sitzt. Gib Bescheid, wenn du so weit bist. Wir ziehen euch beide hoch."

Justin legte sich bäuchlings über die Kante. Er atmete tief durch und nickte Davy zu. „Dann mal los!"

„In Ordnung. Wir lassen dich jetzt hinab."

Zentimeter um Zentimeter ging es nach unten. Justin hatte die Arme über den Kopf gestreckt, da er sie wegen der Enge nicht am Körper vorbeiführen konnte. Blut schoss in seinen Kopf. Überall klebte widerlicher Teer, und es stank nach kalter Asche. Er tastete das Mauerwerk ab und konnte fühlen, wie morsch und spröde die Ziegel waren. An manchen Stellen musste er aufpassen, dass sich kein Stein löste und auf den armen Kerl unter ihm fiel.

Plötzlich bekam Justin etwas Weiches zu fassen. Es war ein Arm. „Ich hab ihn!", rief er.

„Dann vorsichtig! Schau, wo du das Seil befestigen kannst!" Davys Stimme war so dumpf und leise, dass Justin ihn kaum verstehen konnte.

„Noch etwas mehr Seil!" Es gab einen kleinen Ruck. Jetzt bekam er einen Haarschopf zu greifen. „He. Du da unten. Alles in Ordnung mit dir?"

Ein leises Stöhnen erklang. „Was ist passiert?" Die Stimme war nicht mehr als ein Flüstern.

„Du bist abgestürzt. Kannst du dich bewegen?"

„Nein ..."

„Was ist mit deinem Arm? Spürst du ihn?"

„Ja ..."

„Ich werde jetzt das eine Ende des Seiles um dein

Handgelenk knüpfen. Das andere ist um meine Brust geschlungen. Wir werden dich dann herausziehen."

„Passt lieber auf. Ich weiß nicht, ob noch alles an mir dran ist." Die Stimme hatte etwas an Festigkeit gewonnen.

Justin schnappte überrascht nach Luft. „Du bist ein Mädchen!"

„Klar bin ich ein Mädchen. Hast du ein Problem damit?"

„Nein", erwiderte Justin und schlang das Seil einige Male um den nach oben ragenden Arm. „Ich werde sicherheitshalber auch noch deine Hand festhalten. Bist du so weit?"

„Wenn du es bist."

„Dann los", rief Justin nach oben. Er hörte das Seil knirschen, als Davy und Cronkite versuchten, sie beide hinaufzuziehen. Steine polterten unter ihnen in die Tiefe.

„Sag denen da oben, die sollen langsam machen", stöhnte das Mädchen. „Hier stürzt alles ein."

Es dauerte noch einige Minuten, bis Justins Füße im Freien waren. Davy packte ihn beim Hosenbund und zerrte ihn auf die Kante. Dann beugte er sich über den Schacht. „Alles in Ordnung?"

„Danke der Nachfrage. Mir geht's gut."

„Fanny?", rief Davy erstaunt.

„Ja. Oder zumindest das, was von mir noch übriggeblieben ist." Mühsam zog sich das Mädchen aus dem Kamin und ließ sich erschöpft auf das Dach fallen. Sie starrte vor Schmutz, und ihre Haare standen nach allen Seiten ab, was ihr ein besonders wildes Aussehen verlieh. Und obwohl sie genauso alt wie Justin sein mochte, war sie ein gutes Stück kleiner als er.

Davy konnte nur mühsam seine Wut zügeln. „Wann ist dir Fanny zugeteilt worden?“

Cronkite grinste frech. „Sie wurde mir nicht zugeteilt, ich habe sie mir ausgesucht. Dachte mir, das täte dir gefallen. Bertie fand die Idee auch gut. Meinte, es würde dich ein wenig umgänglicher machen.“

„Warum sie? Los, rede!“

„Vielleicht weil dir so viel an ihr liegt.“

Davy holte aus, um Cronkite einen Faustschlag ins Gesicht zu versetzen, als ihn plötzlich ein Hustenanfall schüttelte.

„Wer soll denn vor dir noch Angst haben!“ Cronkite lachte gehässig. „Du bist nur ein Wrack!“

„Ach ja?“ Fanny hatte sich jetzt aufgerappelt. Sie war mit Ruß und Teer bedeckt und blutete aus mehreren Wunden. Aber das machte ihr nichts aus. Obwohl sie Cronkite nur bis ans Kinn reichte, zeigte sie keinerlei Angst. „Trotzdem ist Davy das beste Pferd im Stall. Keiner macht mehr Geld als er. Noch nicht einmal du mit deiner großen Klappe!“

Cronkite schaute verächtlich auf sie hinab. „Halt’s Maul, du Zwerg!“

„Noch einmal so ein Ding, und ich werde dir zeigen, wozu Zwerge in der Lage sind.“

„Geh mir aus dem Weg und mach deine Arbeit.“ Cronkite gab Fanny einen so heftigen Stoß, dass sie gegen den Schornstein taumelte. Dann fiel sein Blick auf Justin. „Was ist mit dir, du Held? Glotz nicht so dumm, wir haben noch jede Menge zu tun! Du scheinst ja Schornsteine zu lieben. Und du, Davy ..." Mit diesen Worten drehte er sich um und hob drohend den Zeigefinger. „Dir würde ich raten, schleunigst zu verschwinden."

„Mach, was er sagt", flüsterte ihm Fanny zu. „Ich werde mit dem aufgeblasenen Kerl schon fertig."

Davy war sich da nicht so sicher. „Übertreib es nicht. Halt dich zurück. Das Gleiche gilt für dich, Justin."

Justin nickte unsicher.

„Hör zu." Davy sprach leise und hastig. „Du scheinst ganz anständig zu sein, aber ich glaube nicht, dass du die geringste Ahnung hast, in was du hineingeraten bist. Cronkite kann Leute wie dich nicht ausstehen. Er wird dir das Leben verdammt schwermachen. Und er wird nicht zögern, es dir zu nehmen, wenn es ihm gefällt! Du wärst nicht der Erste. Ich warne dich lieber, denn Fanny und ich, wir sind dir etwas schuldig." Er reichte Justin die Hand. „Pass auf sie auf, wenn ich nicht da bin."

Davy gab Fanny einen Kuss auf die Wange, dann stieg er die Treppe hinab.

„Ein netter Kerl", stellte Justin fest. „Ich frage mich, wieso er für jemanden wie den Schönen Bertie arbeitet."

„Er wird dazu gezwungen, wie wir alle." Fanny zuckte mit den Schultern und schaute hinüber zu

Cronkite, der das Seil zusammenrollte. „Nun ja, wie fast alle. Für manche ist Berties Arbeitshaus auch ein Zuhause."

„Aber was hat Bertie gegen Davy in der Hand, dass er ihn zur Arbeit zwingen kann?"

„Davy wird von der Polizei gesucht."

„Warum? Hat er etwas gestohlen?"

„Nein, er hat jemanden umgebracht. Davy ist ein Mörder."

Bertie Oxtail roch nachdenklich am Korken einer Flasche Rotwein, während sein Blick über die Habseligkeiten dieses merkwürdigen Jungen wanderte. Dimitry servierte gerade ein opulentes Dinner aus Nierenpastete, Kartoffelbrei und Erbsen.

„Ich werde aus der ganzen Sache nicht schlau", sagte Bertie und schenkte sich ein Glas ein. Dimitry schlurfte in eine Ecke des Zimmers, wo er nasebohrend stehenblieb, um weitere Befehle seines Herrn abzuwarten.

Oxtail schlug mit der flachen Hand auf eine Ausgabe der Times. „Keiner scheint den Bengel zu vermissen. Selbst in der Zeitung steht nichts. Dabei hat er bestimmt reiche Eltern, sonst wäre er anders gekleidet gewesen. Ich kann das Geld förmlich riechen, das dahintersteckt." Der Schöne Bertie rührte einen Teelöffel Zucker unter den Wein. „Zu dumm, dass dieser kleine sprechende Apparat nicht mehr funktioniert."

Oxtail konnte nicht ahnen, dass er vergessen hatte, den Transponder auszuschalten, woraufhin sich die Energiezellen nach einer Stunde geleert hatten. Er nahm nun das PAD in die Hand und betrachtete es von allen Seiten. Auf dem Deckel war eine Vertiefung eingelassen, die er mit seinem Daumen berührte. Das Kästchen gab ein Zirpen von sich, ansonsten tat sich aber nichts. Auch rohe Gewalt hatte nicht weitergeholfen. Fluchend versuchte Bertie sein Glück mit einem Messer, ebenfalls ohne Erfolg. Wütend warf er das Besteck nach Dimitry. „Glotz nicht so blöd! Oder hast du vielleicht eine bessere Idee?“ Doch Dimitry grunzte nur entschuldigend.

„Irgendetwas ist faul an dieser Sache. Schau dir das an!“ Der Schöne Bertie nahm sein Glas Wein und leerte es auf Justins Jackett aus, doch der Wein perlte einfach ab.

„Das ist noch nicht alles.“ Er nahm einen Ärmel und hielt ihn in die Flamme der Kerze. Aber so lange er auch wartete, das Jackett fing kein Feuer. „Ich frage mich, wo gibt es solche Kleidungsstücke zu kaufen? Selbst der Name des Schneiders ist mir nicht geläufig. ‚Hergestellt von Pertoft & Selke, Mars, Solare Union.‘ Hast du jemals etwas von einer Stadt namens Mars gehört? Und was ist das für ein Straßenname: Solare Union?“

Oxtail ließ sich in seinen Sessel zurückfallen, nahm die Serviette ab und warf sie zu Boden. „Mir ist der Appetit vergangen. Hat sich Cronkite schon zurückgemeldet?“

Rückwärtslaufend und sich mehrfach verneigend, verließ Dimitry den Raum. Kurz darauf erschien Justins specknackiger Truppführer.

„Setz dich“, forderte ihn der Schöne Bertie auf. Cronkite ließ sich am anderen Ende des Tisches nieder und schaute seinen Chef misstrauisch an. Oxtail nahm sich einen Apfel aus der Obstschale und begann, ihn umständlich zu schälen.

„Was kann ich für Sie tun, Sir?“

„Der Neue, du weißt schon, dieser ...“

„Justin.“

„Genau der. Was hältst du von ihm?“

„Ein Unruhestifter, wie er im Buche steht. Und ein verwöhnter Bursche, der noch nie in seinem Leben gearbeitet hat.“ Cronkite grinste boshaft. „Aber das hat sich heute geändert.“

„Sehr gut, sehr gut“, erwiderte der Schöne Bertie nachdenklich. „Ich möchte, dass du ihn im Auge behältst.“

„Natürlich, Sir. Und worauf soll ich besonders achten?“

Oxtail zuckte mit den Schultern. „Melde mir alles, was dir auffällt. Und sorge dafür, dass er unter keinen Umständen abhaut, klar? Du bist mir persönlich dafür verantwortlich. Denn wenn mich nicht alles täuscht, ist der Bursche ein kleines Vermögen wert.“

Cronkites Augen blitzten kurz auf, dann nickte er. „Jawohl, Sir. Sonst noch was?“

„Nein.“ Oxtail naschte ein letztes Stück von der

Nierenpastete und schob dann den Teller fort. „Ich lasse dir freie Hand. Du kannst mit ihm machen, was du willst, solange er am Leben bleibt."

Cronkite nickte. „War das alles?"

„Das war alles", erwiderte der Schöne Bertie.

Als Cronkite den Raum verlassen hatte, räumte Dimitry geräuschvoll den Tisch ab. Oxtail war aufgestanden und schaute durch das Fenster in den Hof. Die letzten Kinder kamen von der Arbeit zurück, unter ihnen auch Justin und die kleine Fanny Hayward. Wer war der Junge? Und warum war er vor der Polizei geflüchtet? Bertie kam wieder das Gespräch in den Sinn, das er mit Justin am Morgen in der Kutsche geführt hatte. Was hatte der Junge gesagt, wo er hinwollte? Ach ja, zu dieser seltsamen Weltausstellung. War er dort mit jemandem verabredet? Gedankenverloren steckte Oxtail die rechte Hand in die Hosentasche und stieß auf Justins Transponder. Er holte das uhrenähnliche Gerät hervor und betrachtete es nachdenklich. Die dünne Stimme kam ihm wieder in den Sinn.

„Babbage", fragte er sich so laut, dass sich Dimitry mit einem überraschten Grunzen zu ihm umdrehte. „Was ist mit Babbage?"

Vielleicht war das ja eine erste Spur. „Dimitry, mein minderbemittelter Freund", sagte der Schöne Bertie. „Du darfst dich freuen! Morgen werden wir endlich etwas für deine Bildung tun."

Nach seinem ersten Arbeitstag konnte sich Justin nur mit Mühe auf den Beinen halten. Cronkite hatte ein irrwitziges Arbeitstempo angeschlagen, wohl um herauszufinden, wie belastbar sein Neuzugang war. Justin hatte die Zähne zusammengebissen und gute Miene zum bösen Spiel gemacht. Was blieb ihm auch anderes übrig? Er konnte nicht einfach alles hinschmeißen und eine Flucht wagen. Wo hätte er sich schon verstecken sollen? Solange der Schöne Bertie im Besitz des Transponders war, hatte er keine andere Wahl, als auf eine günstige Gelegenheit zu warten, seine Besitztümer wieder an sich zu nehmen. So hatte er an diesem Tag ein gutes Stück des Eastend kennengelernt, und er war erschüttert, als er sah, unter was für erbärmlichen Bedingungen die Menschen lebten.

Es war eine traurige Ansammlung hohlwangiger Kinder, die im großen Saal zum Essen anstand. Kein Lachen war zu hören, nur ab und zu hustete jemand gequält. Viele hatten sich noch nicht einmal die Mühe gemacht, sich draußen zu waschen, wohl weil sie Angst hatten, kein Abendbrot mehr zu bekommen. Wahrscheinlich war es den meisten aber auch einfach egal.

„Das sind die Ärmsten von allen. Sie sind schon seit Jahren dabei und kennen nichts anderes als Bertie und seine Gastfreundschaft“, flüsterte Fanny. Sie stand hinter Justin in der Schlange. „Sie haben alle Hoffnung aufgegeben, irgendwann einmal ein anständiges Leben führen zu können.“

„Sind denn die Waisenhäuser so schlimm?", fragte Justin.

„Es kommt drauf an, denke ich. Man kann Glück haben, es kann aber auch ziemlich übel sein."

„Dann würde ich das Risiko eingehen. Besser, als hier vor die Hunde zu gehen."

„Was glaubst du denn? Die meisten haben geklaut, um nicht zu verhungern. Das reicht, um ins Gefängnis zu kommen. Und Bertie ist immer noch besser als Newgate."

„Newgate?", fragte Justin.

Fanny seufzte. „Muss man dir denn alles erklären? Das Gefängnis. Fast so alt wie der Tower und mindestens genauso schrecklich. Wer einmal in Newgate war, will es nie wieder von innen sehen."

„Du meinst, wenn du mit vierzehn Jahren ein Brot gestohlen hast, wanderst du hinter Gitter?"

Fanny musterte ihn irritiert. „Natürlich, weißt du das nicht? Und das ist immer noch besser, als gehängt zu werden, so wie früher."

Justin schluckte. Kein Wunder, dass unter solchen Umständen Leute wie Bertie Oxtail leichtes Spiel hatten.

Er schaute nach vorn, wo Dimitry neben dem Topf stand und mit einem herausfordernden Grinsen an einer Reitgerte herumbog. Die Kinder hielten ihr Hemd auf und trugen so die dampfenden, angefaulten Knollen zu ihren Plätzen auf der Erde. Die Tische waren Truppführern wie Cronkite vorbehalten. Auch wenn das Essen schweigend verzehrt wurde, ging es dabei nicht besonders friedlich zu. Den Schwächsten wurde noch die kleinste Kartoffel gestohlen. Justin hatte sich in eine Ecke verzogen und schaute fassungslos zu, wie aus Kindern Tiere wurden. Einige Minuten später hatte auch Fanny ihre Ration abgeholt und sich neben Justin auf dem Boden niedergelassen.

„Na, was ist? Schmeckt's nicht?"

„Ich glaube, mir ist gerade der Appetit vergangen."

Ohne mit der Wimper zu zucken, schnappte sich Fanny Justins Kartoffeln und aß sie, so schnell sie konnte.

„He! Was soll das?"

„Wenn man mal auf der Straße gelebt hat", sagte Fanny mit vollem Mund, „dann legt man falsche Bescheidenheit als Erstes ab. Du wolltest dein Essen nicht, also hab ich es mir genommen. Andere hätten nicht mal gefragt."

„Da habe ich ja noch Glück gehabt", murmelte Justin trocken.

„Wenn du hier überleben willst, musst du einige Regeln lernen und befolgen. Erstens: Du bist dir selbst der Nächste. Keiner wird sich um dich kümmern, wenn du es nicht selbst tust. Verstanden? Die zweite Regel ist: Leg dich nicht mit falschen Leuten an – vor allen Dingen, wenn du keine Freunde hast. Traue niemandem. Halte dich aus allen Streitigkeiten heraus. Mach dich unsichtbar. Das sind die Regeln drei, vier und fünf."

Justin bereute es mittlerweile, dass er so leichtfertig auf seine Kartoffeln verzichtet hatte. Seit seiner Ankunft hatte er nichts gegessen, und langsam machte sich ein nagender Hunger breit. Plötzlich stieß ihn Fanny an.

„Da ist Cronkite. War wohl beim Schönen Bertie und hat sich neue Befehle geholt.“ Justins Gruppenführer stand einige Sekunden im Türrahmen, bis auch wirklich jeder seine Anwesenheit bemerkt hatte, und schritt dann breitbeinig zum Tisch. Sofort räumte ein anderer Junge den Platz am Kopfende und setzte sich auf den Boden. Cronkite nahm Platz und ließ sich von Dimitry einen Teller bringen. Offensichtlich waren es die Reste von Berties Dinner. Ein verlockender Duft stieg in die Luft, der auf alle anderen wie eine Beleidigung wirken musste. Doch keiner protestierte. Mit einem boshaften Grinsen schaute Cronkite von seinem Teller auf und drehte sich zu Justin um, der sich auf einmal ziemlich unwohl in seiner Haut fühlte.

„Anscheinend stehst du auf seiner Liste“, flüsterte Fanny.

„Weil ich dir geholfen habe?“

„Vielleicht. Cronkite ist wirklich unberechenbar.“

Justin schaute Fanny unsicher an. „Und was soll ich jetzt tun?“

Sie zuckte mit den Schultern. „Abwarten. Ich denke, heute Nacht wird dir nichts passieren. Wenn er jemanden in die Mangel nimmt, dann macht er das ohne Zeugen.“

Fanny gähnte. Sie hatte die letzte Kartoffel mitsamt der Schale verschlungen und rollte sich nun wie alle anderen Kinder zusammen.

„Du willst doch wohl nicht hier auf dem Boden schlafen?“, fragte Justin.

Fanny drehte sich zu ihm um und schaute ihn an, als hätte er die dümmste Frage der Welt gestellt. „Natürlich. Wo denn sonst?“

„Gibt es keine Betten?“

„Keine was?“ Fanny musste lachen. „Betten? Womöglich noch mit Daunenkissen und weißem Laken! Nur die Truppführer bekommen einen Strohsack und vielleicht eine Decke. Hör zu, wir sind froh, dass wir ein Dach über dem Kopf haben und es einigermaßen trocken ist. Besser als unter der Brücke.“

Justin blieb nichts anderes übrig, als sich auch auf den blanken Dielenboden zu legen. „Und was macht ihr im Winter?“

„Dann wird hier ein Ofen aufgestellt. Kohlen müssen wir selbst besorgen. So, und jetzt schlaf. Wir stehen morgen um vier Uhr auf.“

Es dauerte nicht lange, und der Raum war vom Schnarchen der Kinder erfüllt. Justin wälzte sich von einer Seite auf die andere. Er vermied es, sich auf seinen wunden Rücken zu legen. An Schlaf war nicht zu denken.

Die ganze Verzweiflung, die den Tag über von der Last ungewohnter körperlicher Arbeit verdeckt worden war, stieg nun in ihm hoch.

Es hätte nicht schlimmer kommen können. Er war

komplett entwurzelt. Es lagen unüberbrückbare fünfhundert Jahre zwischen ihm und der Welt, die er kannte und die sein Zuhause war. In dieser Zeit war ihm alles fremd. Genauso gut hätte er auch auf einem der Siriusmonde stranden können – mit dem Unterschied, dass ihn da nur die räumliche Distanz von der Erde getrennt hätte. Er kannte die Regeln nicht, nach denen sich das Leben dieser Kinder abspielte. Alles, was er tat, konnte ein Fehler sein, niemand würde Verständnis für ihn haben. Für den Rest der Welt war er ein verkommener Straßenjunge, der auf keinerlei Hilfe hoffen durfte. Langsam dämmerte ihm, dass er sich in einer überaus gefährlichen Situation befand.

Und dazu lief ihm die Zeit davon. Seit Chesters Notruf war er überzeugt, dass der Temporalalarm nicht auf eine Fehlfunktion zurückzuführen war. Jemand würde Babbages Differenzmaschine fertigbauen. Doch was stand Chester bevor? Egal, was in wenigen Tagen geschehen würde, Justin war der Einzige, der es verhindern konnte. Aber das war ohne PAD und Transponder unmöglich. Justin stöhnte leise. Er musste schleunigst an die beiden Geräte herankommen, um unverzüglich einen der Notausgänge erreichen zu können. In der Gegenwart würde er mit Rupert zusammen überlegen, was zu tun war.

Er wartete noch eine Stunde ab. Dann kroch er auf allen vieren zu Cronkite, zog ihm behutsam den

Schlüsselbund aus der Jackentasche und kroch vorsichtig weiter in Richtung Tür. Langsam drehte er den Schlüssel um und schlüpfte durch den offenen Spalt. Dann humpelte er die Treppe hinab und versuchte dabei, so leise wie möglich zu sein, was auf den knarzenden Dielen gar nicht so einfach war. Unten angekommen, blieb er stehen und lauschte. Nichts war zu hören. Jetzt musste er noch herausfinden, wo seine Sachen waren.

Vorsichtig trat Justin hinaus in den Hof. Es hatte angefangen zu regnen, und überall hatten sich große Pfützen gesammelt. Er dachte kurz nach, um sich zu orientieren. Links waren die Ställe, rechts der Saal für die Kinder, weiter hinten die verfallene Fabrikhalle. Justin würde es erst einmal dort versuchen und sich dann die anderen Flügel vornehmen. Er drehte sich um – und wäre beinahe in Cronkite gelaufen, der plötzlich hinter ihm stand.

„Sieh an, sieh an, unser kleiner Meisterdieb. Da will uns doch jemand verlassen! Wie schade! Gefällt es dir etwa nicht bei uns? Hat man dich vielleicht zu hart angefasst?" Bei den letzten Worten stieß er Justin an die Schulter. „He, ich rede mit dir!" Der zweite Stoß war heftiger.

„Lass mich in Ruhe, Cronkite", sagte Justin. „Das hier geht dich gar nichts an."

„Da täuschst du dich, Zuckerpüppchen! Du bist in meinem Trupp. Wenn so ein kleiner Pinscher wie du einfach abhauen will, dann heißt es, ich hätte meine Leute nicht im Griff. Wenn du mir schon auf der Nase herumtanzt, was werden erst die anderen machen? Allen voran deine neue Freundin." Er zog Justin grinsend an sich heran und flüsterte: „Wenn ich dem guten Davy erzähle, dass du dich an sie heranmachst, wird er dich umbringen. Du weißt ja vielleicht, dass er damit kein Problem hat." Er stieß Justin so heftig von sich weg, dass der Junge stolperte und in einer Pfütze landete. Cronkite ließ jeden Finger seiner Hand genüsslich einzeln knacken, als er sich vor ihm aufbaute. „Ich kann es mir nicht leisten, dass die Leute hier den Respekt vor mir verlieren."

Justin wollte etwas darauf erwidern, aber er fand auf einmal nicht mehr die Luft dazu. Cronkite trat auf ihn ein, wobei er darauf achtete, weder Hände noch Beine, noch den Kopf zu treffen. Eine Schmerzwelle durchzuckte Justin. „Du hast Pech. Der Schöne Bertie will unbedingt, dass du am Leben bleibst und weiterarbeitest. Sonst hättest du es vielleicht schon bald hinter dir. In dem Fall aber ..." Cronkite trat so heftig zu, dass Justin für einen kurzen Moment schwarz vor Augen wurde. Der nächste Tritt landete in der Seite. „Jetzt kannst du Zuckerpüppchen mal erleben, wie das richtige Leben so schmeckt", zischte ihn Cronkite an. Er stellte einen Fuß auf Justins Kopf und drückte ihn tief in den Matsch. „Bin mal gespannt, ob du nun immer noch denkst, du wärst was Besseres, du Waschlappen. Und komm ja nicht auf die Idee, dich morgen krankzumelden, sonst war das hier erst der Anfang."

Hustend und spuckend kam Justin hoch. Er konnte gerade noch sehen, wie Cronkite den Schlüssel wieder in die Jackentasche steckte und im Regen verschwand, dann wurde er ohnmächtig.

Justin wusste nicht, wie lange er so dalag. Er spürte auch nicht, wie der Regen auf ihn fiel. Sein Körper war taub vor Schmerz. Erst als jemand versuchte, ihn aus der Pfütze zu ziehen, stöhnte er auf.

„Du musst ins Trockene, Justin“, flüsterte Fanny. „Oder du holst dir den Tod.“

Justin versuchte, nach oben zu schauen, aber er hatte Mühe, die Augen zu öffnen.

„O Mann, was für ein Glück, dass ich gerade keinen Spiegel dabeihabe. Du siehst aus, als wärst du von einer Kutsche überfahren worden.“

„Genau so fühle ich mich auch“, wisperte Justin.

„Meinst du, du schaffst es rüber zum Stall?“, fragte Fanny.

Justin nickte. Er biss die Zähne zusammen, als Fanny ihm auf die Beine half.

„Was hattest du überhaupt draußen zu suchen?“

„Ich muss von hier weg. Und zwar so schnell wie möglich.“

„Das glaube ich mittlerweile auch. Beim nächsten Mal schlägt Cronkite dich tot.“

„Nein, du verstehst mich nicht“, stöhnte Justin. „In drei Tagen wird etwas geschehen, das ich um jeden Preis verhindern muss.“

„Und deswegen wolltest du fliehen? Was kann so wichtig sein, dass du dafür dein Leben riskierst?“

„Das kann ich dir nicht sagen."

„Oh", murmelte Fanny. „Schon in Ordnung. Regel Nummer sechs. Hatte ich ganz vergessen: Stelle niemals dumme Fragen."

„Es hat nichts mit dir zu tun, glaub mir. Wenn ich dir alles erzählen könnte, würde ich es tun. Aber je weniger du weißt, desto besser ist es für alle."

Fanny schaute Justin prüfend an. Offensichtlich glaubte sie, er hätte einen Schlag zu viel auf den Kopf bekommen. Justin bemerkte ihren Blick nicht. Er hatte sich auf sie gestützt und war so zum Stall gehumpelt, wo er sich langsam ins Stroh hinabließ. Er zwang sich, seine Lage zu überdenken. Das PAD konnte er wohl vergessen. Bertie und Cronkite würden ihn ab sofort nicht aus den Augen lassen. Blieb nur noch Onkel Chester. Er hatte auf jeden Fall die Liste mit den Notausgängen.

„Ich brauche deine Hilfe", sagte er. „Weißt du, wo die große Ausstellung stattfinden soll?"

„Irgendwo in der Nähe des Hydeparks. Da, wo die ganzen Museen sind."

„Da muss ich Samstagabend sein."

Fanny schüttelte den Kopf. „Wie stellst du dir das vor? Dazu musst du ans andere Ende von London. Du brauchst einen ganzen Tag, um dort hinzukommen. Wenn dich nicht vorher die Polizei erwischt! Denn so wie du aussiehst, wird man dich spätestens in Knightsbridge schnappen."

„Es muss gehen", sagte Justin eindringlich.

„Wie du meinst – ist ja nicht meine Sache." Sie

stockte und dachte einen Moment nach. „Oder warte. Ich schlage dir ein Geschäft vor. Ich helfe dir, von hier zu verschwinden, aber du musst uns mitnehmen."

„Uns?"

„Davy und mich."

„Also gut", sagte Justin. „Versprochen."

„Ich muss mich darauf verlassen können", sagte sie eindringlich. „Gib mir deine Hand und dein Ehrenwort darauf, dass du uns nicht im Stich lässt!"

Glücklicherweise sah Fanny nicht, wie Justin rot anlief, als er ihr seine Hand reichte. Er hatte ein Versprechen gegeben, das er nie würde einhalten können. Fanny und Davy mussten in dieser Zeit bleiben. Und er konnte auch nicht in ihr Leben eingreifen, obwohl er das schon längst getan hatte. Nur hoffte er, dass sein Einfluss sich noch in den Grenzen des Erlaubten bewegte. Sicher war er sich da aber nicht.

„Wo ist eigentlich Davy? Ich habe ihn heute Abend gar nicht gesehen."

„Er arbeitet", sagte Fanny knapp.

„Und was arbeitet man so in der Nacht?"

„Das geht dich nichts an", erwiderte sie kühl.

Na gut, dann ging es ihn nichts an. Sei's drum. Er wurde aus dieser Fanny nicht schlau. Sie war launisch, und das machte den Umgang mit ihr nicht einfach. Doch er konnte es sich nicht leisten, Fanny vor den Kopf zu stoßen. Und dass Davy mit von der Partie sein sollte, war vielleicht gar nicht so schlecht. Mit ihm würden seine Chancen steigen. Er mochte

Davy. Er war geradeheraus, selbstbewusst und ehrlich – ganz im Gegensatz zu Justin. Er kniff die Augen zusammen und stöhnte.

„Hab ich dir weh getan?“, fragte Fanny erschrocken.

„Nein. Überhaupt nicht. Ich versuche nur, einen klaren Kopf zu bekommen.“

Er rutschte ein wenig tiefer ins Stroh. Den klaren Kopf brauchte er in der Tat, um einen neuen Plan auszuarbeiten. Und er musste sich beeilen, denn die Zeit lief ihm davon.

Die Idee, in London eine unterirdische Zuglinie zu bauen, die alle wichtigen Stadtteile miteinander verband, war eigentlich so alt wie die Erfindung der Eisenbahn. Bereits um 1835 herum hatte man den Einfall, eine Bahnlinie südlich von Euston unter der Gower Street an das Ufer der Themse zu führen. Doch erst 1851 unternahm man einen ernsthaften Versuch, für London eine Untergrund-Bahn zu planen. In diesem Jahr feierte die Stadt die Eröffnung der Great Northern Railway, die zeitweise eine Haltestelle an der zukünftigen King's Cross Station hatte. Da zu diesem Zeitpunkt auch eine große Straße gebaut werden sollte, kam den Planern der Einfall, nicht nur einen unterirdischen Bahnhof mit acht Gleisen zu errichten, sondern diese Trasse auch nach Südosten Richtung Farringdon zu verlängern, wobei die Straße als Tunneldecke dienen sollte. Da aber die Eigentümer der Great Northern Railway wenig Interesse an einem solchen Projekt zeigten – schließlich mussten sie dafür mit der Konkurrenz zusammenarbeiten –, wurde die Idee zunächst wieder fallengelassen. Dafür schien aber eine andere Strecke, die sich nur auf den innerstädtischen Verkehr beschränkte, viel reizvoller. Immerhin mussten für dieses Unternehmen keine größeren Kopfbahnhöfe gebaut werden. Im Jahr 1853 erteilte die Regierung die Baugenehmigung für eine U-Bahn-Strecke in Ost-West-Richtung, die sowohl über Paddington Station als auch King's Cross an das Fernschienennetz angebunden wurde.

Natürlich konnten die Gleise nicht sehr tief unter der Erde verlegt werden. Da die Züge von Dampflokomotiven gezogen wurden, mussten im Abstand von fünfzig Metern Öffnungen in die Decke eingebaut werden, damit die Passagiere nicht erstickten. Dennoch waren sich die Erbauer sicher, ein vollkommen neues Verkehrskonzept entwickelt zu haben, das erstmals einen brauchbaren Versuch darstellte, die überfüllten Straßen Londons zumindest im Bereich der Edgware Road und Baker Street zu entlasten. Im Juni 1862 waren die wichtigsten Arbeiten abgeschlossen, sodass zu Beginn des nächsten Jahres der Fahrbetrieb aufgenommen werden konnte.

Willi Gibson war das alles ziemlich egal. Zu dem Zeitpunkt, als Justin verzweifelt überlegte, wie er Cronkite und dem Schönen Bertie entkommen konnte, suchte Willi für die Nacht ein trockenes Plätzchen, und da kam ihm die Baker Street Station gerade recht. Im Winter war das Nachtasyl sein Quartier gewesen, weil er draußen nicht erfrieren wollte. Aber dort war es selbst ihm zu dreckig und verlaust. Außerdem wurde man beklaut. Einem Kumpel hatte man im Januar wegen eines Paars Stiefel die Kehle durchgeschnitten, und Willi hatte keine Lust darauf, dass mit ihm einmal dasselbe geschah. Er traute niemandem, weswegen er meist allein unterwegs war.

Eigentlich war er ja sehr anspruchslos. Eine Flasche Gin, ein wenig Sonnenschein und eine leidlich komfortable Bleibe – das war alles, was er brauchte. Jetzt im Frühling gab es wieder Schlafplätze im Freien, trocken waren jedoch die wenigsten.

Die Stationen der Untergrundbahn waren etwas Neues für Willi. Viele seiner Freunde hatten ihm davon abgeraten. Wenn man am anderen Morgen von den Arbeitern gefunden wurde, setzte es meist eine Tracht Prügel. Außerdem sollte es dort unten nicht geheuer zugehen.

Doch Willi scherte sich nicht um solche Ammenmärchen. Er hatte im Bauzaun an der Baker Street ein Loch entdeckt, sich vorsichtig umgeschaut und war dann hindurchgehuscht. Die Bauhütten waren leider abgeschlossen gewesen. Meist fanden sich in ihnen einige nützliche Sachen, und manchmal ließen die Leute sogar etwas Essbares liegen. Willi nahm einen kräftigen Schluck aus seiner Ginflasche, rülpste leise und schaute sich um. Dann torkelte er zu der Treppe, die hinab zu den Bahnsteigen führte, und rüttelte an dem Gitter, das den Zugang versperrte. Zu seiner Überraschung war es nicht verschlossen. Vorsichtig bewegte er es. Kein Quietschen war zu hören. Offensichtlich war es gerade erst geölt worden. Erneut zückte er seine Flasche, prostete diesmal dem unbekannten Wohltäter zu und schritt dann vorsichtig die Stufen hinab. Er musste sich an der Wand festhalten, denn hier war alles voller Sand und Bauschutt. Unten angekommen, folgte er einer Passage zum Bahnsteig.

Willi fröstelte. Ein Luftstrom wirbelte Papier und Staub hoch. Gibson stellte sich an die Bahnsteigkante, beugte sich nach vorn und versuchte, einen Blick in den Tunnel zu werfen. Es lief ihm kalt den Rücken hinunter. Er hatte das Gefühl, dass jeden Moment die Lichter eines Zuges in der Dunkelheit erscheinen müssten, um dann wie ein feuerspeiender Drache auf ihn zuzurasen.

Schwankend holte er erneut die Flasche aus der Manteltasche. Nun ja, es gab nichts, wogegen Gin nicht half. Langsam wurde es Zeit, sich nach einem heimeligen Plätzchen umzuschauen. War dahinten nicht ein blassblauer Schimmer zu sehen?

Unsicher einen Fuß vor den anderen setzend, tastete sich Gibson weiter. Plötzlich stolperte er über eine Kiste und schlug der Länge nach hin, wobei er sich heftig den Kopf stieß. Die Flasche zerschlug mit einem hellen Klirren. Stöhnend versuchte Willi, wieder auf die Beine zu kommen, und griff dabei in die Scherben. Er fluchte. Seine Ration für heute

Abend war zum Teufel. Ungelenk zog er sich das Hemd aus der Hose, riss zwei Stoffstreifen ab und wickelte sie sich als Verband um beide Hände.

Mittlerweile war der bläuliche Schein heller geworden. Ein Loch hatte sich in der Wand neben dem zweiten Treppenaufgang aufgetan. Es war nicht besonders groß und ging ihm vielleicht bis zum Bauch. Trotzdem schien es, als hätte er für heute Nacht das große Los gezogen. Willi ließ sich auf alle viere nieder und robbte auf den Ellbogen hinein in die Öffnung.

Die Höhle, in der er sich befand, war definitiv älter als der U-Bahn-Tunnel. Der vordere Teil war grob behauen. Doch nach wenigen Metern wurden die Wände glatt. Das grobe Mauerwerk ging in weißen Stein über. Je weiter Willi sich vorarbeitete, desto heller wurde es. Nach etlichen Metern konnte er sogar schemenhaft die Hände vor seinen Augen erkennen.

Plötzlich sah er einen Durchlass schimmern, durch den er bequem passte. Vorsichtig schob er sich durch die Öffnung. Und was er sah, raubte ihm den Atem.

Der Raum vor ihm war vielleicht zwei Meter hoch, drei Meter lang und ebenso breit. Gibson hatte nicht mehr das Gefühl, in London zu sein. Statuen aus Marmor bewachten ein Relief, doch es war zu dunkel, als dass irgendetwas zu erkennen gewesen wäre. Am rechten Rand der Umfassung war ein Stück Stein abgesplittert und hatte etwas freigelegt, was offensichtlich dieses blaue Licht ausstrahlte.

Schweratmend stand Gibson auf – und hielt sofort wieder inne. Etwas stimmte hier ganz und gar nicht. Er konnte Geräusche hören, bevor er sie verursachte, und sah Bewegungen, bevor er sie machte. Es war, als ob er seltsam gedehnt wurde und gleichzeitig die Welt auf ihn einstürzte. Ihm wurde schlecht.

Er wagte einen zögerlichen Schritt nach vorn. Plötzlich schickte sich seine Hand an, das blaue Licht zu berühren. Und als sie es schließlich nach einer halben Ewigkeit tat, durchfuhr ihn ein Blitz, der sich wie ein kalter Stromstoß in den Kopf bohrte. Mit einem Mal hatte Willi Gibson das Gefühl, das ganze Universum stürze auf ihn ein. Seine Sinne nahmen Dinge wahr, von denen er gar nicht wusste, dass man sie wahrnehmen konnte. Sein Kopf füllte sich rasend schnell mit Bildern, Klängen und Gerüchen. So viele, dass er Angst bekam, sein Gehirn könnte zu klein für diesen Ansturm sein.

Willi Gibson begann zu schreien. Er würde sterben, wenn er nicht sofort diese schreckliche Kammer verließ. Etwas lauerte hinter diesem steinernen Bild, und er wollte es um keinen Preis der Welt wecken. Abermals fiel er auf die Knie und rutschte rückwärts dem Ausgang entgegen. Langsam verwandelte sich seine Panik in eine Euphorie, die besser als jeder Ginrausch war. Er wischte sich fahrig den Schweiß von der Stirn. Sein ganzer Körper prickelte, und sein Verstand schien in Watte verpackt zu sein. Als er schließlich den Ausgang erreichte, brach er zusammen. Er spürte, wie der Wahnsinn in ihm hochstieg. Sein Kopf war voll mit Dingen, die er nicht verstand und die sich immer enger ineinander verflochten. Schließlich war es ihm, als würde er eine Stimme hören: „Worüber man nicht sprechen kann, davon soll man schweigen.“ Gibson hätte beinahe vor Erleichterung geweint.

Danke, danke für diese Gnade, dachte er.

Und gelobte, nie wieder ein Wort zu sagen.

V.

Die Weltausstellung 1862 war eine Demonstration menschlicher Zivilisation und in der Tat ein Ereignis, wenn sie auch nicht annähernd dieselbe Sensation hervorrief wie ihre Vorläuferin zwölf Jahre zuvor.

In dem alten Kristallpalast hatte man stets das Gefühl, sich an einem besonderen Ort zu befinden. Alles war damals licht und hell gewesen und erweckte den Eindruck, man befände sich in einer gläsernen Kathedrale des Fortschritts. Die Planer hatten sogar versucht, die Natur in die Hallen zu holen, und einige Bäume gepflanzt.

Nach der Eleganz dieses Geniestreichs konnte alles andere nur ein vergeblicher Versuch sein, mit bescheideneren Mitteln alte Größe zu übertrumpfen.

Die Mängel setzten sich natürlich im Kleinen fort. Es war ein trauriger Anblick, den die Differenzmaschine von Charles Babbage bei der Ausstellungseröffnung bot. Zwanzig Jahre alt, war sie zwar immer noch eine Glanzleistung britischer Ingenieurkunst, und das, obwohl sie nicht vollendet worden war. Doch man hatte sie an einem derart schmalen Stand ausgestellt, dass kaum Platz für die Maschine selbst, geschweige denn für Besucher blieb. An der rückwärtigen Wand war nur ein Bruchteil der zur Verfügung stehenden Zeichnungen aufgehängt, und in einer winzigen Vitrine präsentierte man einzelne Bauteile der unvollendeten Maschine. Zu allem Überfluss raubte ein flaches, niedriges Dach den Exponaten fast alles von dem sowieso schon spärlichen Licht.

Eine halbe Stunde nach Ausstellungseröffnung am Donnerstag, dem 1. Mai, hatte sich herumgesprochen, dass sich in Halle XIII ein kleines Wunderwerk befand. Der Andrang war immens. Doch immer nur drei Besucher auf einmal konnten einen zufriedenstellenden Blick auf die Differenzmaschine werfen.

Mit bitterer Genugtuung betrachtete Charles Babbage die Szene und schüttelte den Kopf. Auch wenn er es vorhergesehen hatte, schmerzte es ihn, dass seinem Werk, auf dessen Fertigstellung er so viele Jahre vergeblich gehofft hatte, nicht einmal ausreichender Platz zugebilligt worden war.

Erstaunlicherweise besuchte ein recht gemischtes Publikum den Stand. Nicht nur wissenschaftlich interessierte Besucher hatten sich eingefunden, auch der eine oder andere Laie folgte den Erklärungen Mr. Gravatts und blieb noch, nachdem dieser seinen Vortrag beendet hatte.

Einer von ihnen, der wie die Karikatur eines Gentlemans aussah, blätterte in seinem Führer, ohne ihn wirklich zu lesen. Schließlich gab er sich einen Ruck und räusperte sich.

„Entschuldigen Sie die Störung", näselte der Mann im breitesten französischen Akzent. „Aber ist einer von Ihnen zufällig ein Mr. Babbage?"

„Das bin ich." Eine Welle billigen Herrenparfüms schlug Babbage entgegen, die ihm fast den Atem raubte. „Mit wem habe ich das Vergnügen?"

„Mein Name ist Adalbert Queue de Bœuf." Der Mann reichte Babbage eine Karte. „Man hat mir Ihren Namen genannt, da Sie mir vielleicht bei einem technischen Problem helfen könnten." Er lächelte ölig. „Wenn ich mir Ihren Apparat näher betrachte, scheinen Sie in der Tat mit den neuesten Errungenschaften der Technik vertraut zu sein."

Babbage nickte bescheiden. „Nun, das kommt darauf an."

„Haben Sie jemals von einem Gerät gehört, mit dem sich die menschliche Stimme übertragen lässt? Drahtlos, wohlgemerkt."

Babbage war überrascht. „Nein, das habe ich nicht. Aber ich bin auch eher für mechanische Erfindungen zuständig. Das, was Ihnen vorschwebt, wird sich wohl nur mit Elektrizität bewerkstelligen lassen."

„Elektrizität?", fragte Queue de Bœuf unsicher.

Der falsche Gentleman spielte mit etwas in seiner Hosentasche, entschloss sich dann aber doch, es nicht hervorzuholen.

„Ist Ihnen vielleicht ein Junge namens Justin bekannt? Klein, rothaarig, nicht älter als dreizehn Jahre?“, fragte er schließlich.

Babbage schüttelte den Kopf. „Nein, tut mir leid. Der Name sagt mir nichts.“

„Oh. Er scheint Sie aber sehr gut zu kennen.“

„Da müssen Sie sich täuschen.“

Schließlich nickte Babbages Gegenüber. „Nun, dann nichts für ungut. Ich hoffe, ich habe nicht zu viel Ihrer kostbaren Zeit gestohlen.“

„Ganz und gar nicht, werter Herr. Es war mir ein Vergnügen, Monsieur!“ Babbage grinste Queue de Bœuf so unverschämt an, dass dieser sich räusperte und eiligst davonmachte.

„Das war doch kein Franzose“, raunte Gravatt.

„Natürlich nicht. Der entsetzlich falsche Akzent konnte weder von seinem schlechten Geschmack ablenken noch über die Tatsache hinwegtäuschen, dass er aus London kam.“

„Dies ist übrigens nicht der erste seltsame Besuch am heutigen Tag“, bemerkte Babbages Freund.

„Davon haben Sie ja noch gar nichts erzählt.“

„Es war eine halbe Stunde vor der Eröffnung. Im Gegensatz zu unserem falschen Franzosen hier handelte es sich jedoch um einen echten Gentleman. Auch kannte er sich mit Maschinen dieser Art erstaunlich gut aus und stellte Fragen mathematischer Art, die ich beim besten Willen nicht beantworten konnte. Und das will etwas heißen!“ Gravatt machte eine kurze Pause, bevor er seine Erklärung wieder aufnahm. „Der Herr sagte, er könne nicht umhin, diese vorzügliche Maschine zu bewundern. Ob es stimme, dass sie bereits zwanzig Jahre alt sei, aber bis jetzt noch nicht fertiggebaut werden konnte? Ich bejahte und erklärte, dass unsere Regierung leider nicht in der Lage sei, etwas Begonnenes auch zu vollenden. Er könne meinen Unmut nur zu gut verstehen, erwiderte der Gentleman. Männer mit Visionen seien für den, der angstvoll an Bewährtem festhält, stets eine Bedrohung."

Babbage schmunzelte: „Ein sympathischer Zeitgenosse."

„Er selber sei Physiker und hoffe, während seines Aufenthaltes in London Vorlesungen von Maxwell und Faraday besuchen zu dürfen, zwei Kollegen, die er sehr verehre. Elektrodynamik und alle daraus resultierenden Probleme seien sein Spezialgebiet."

„Dann war er offensichtlich zu früh da. Monsieur Queue de Bœuf oder wie auch immer er heißen mag, hätte bestimmt eine anregende Unterhaltung mit ihm führen können."

„Der Mann war jedenfalls sehr an der Maschine interessiert."

„Obwohl sie mit der Hand und nicht per Elektrizität betrieben wird?"

„Den Einwand brachte ich auch vor. Er erwiderte, dass nur die Ergebnisse zählten. Und die seien ein Nutzen für jeden Wissenschaftler. Immerhin ermöglichten sie es, auf den Gebrauch der sehr ungenauen Logarithmus-Tabellen zu verzichten. Er seufzte und bedauerte, dass die Funktionen der hier ausgestellten Differenzmaschine so eingeschränkt seien."

„Ein seltsamer Vogel."

„Nicht wahr? Aber die Frage, die er dann stellte, überraschte mich noch mehr. Er wollte wissen, ob ich die Baupläne für die komplette Differenzmaschine nicht zufälligerweise bei mir hätte. Ich verneinte und sagte ihm, dass sie sich im Besitz des Erfinders befänden. ‚Wie schade', murmelte er daraufhin nachdenklich. Dann dankte er mir für die Hilfe und verabschiedete sich." Gravatt überlegte kurz. „War diese Maschine nicht ursprünglich für das Marineamt bestimmt?"

Babbage nickte. „Das ist aber schon zwanzig Jahre her."

„Dennoch ist sie noch immer auf der Höhe ihrer Zeit."

„Aber ja doch. Ich weiß nur von einer anderen, schwedischen Kalkulationsmaschine, die Ähnliches leistet. Worauf wollen Sie hinaus?"

„Nun ...", flüsterte Gravatt ihm zu und tat übertrieben geheimnisvoll. „Erst der Besuch dieses seltsamen Herrn, der wissen wollte, ob ich die Pläne für Ihre Differenzmaschine habe. Dann der falsche Franzose, der Sie nach einem Apparat fragt, den es nicht gibt, und nach einem Jungen, den Sie nicht kennen."

„Meinen Sie", raunte Babbage zurück, „wir sind einer Verschwörung auf der Spur? Spionage vielleicht? Dunkle, ausländische Kräfte, die sich des

Besten bemächtigen wollen, was Britannien zu bieten hat?“

Mr. Gravatt schaute sich verstohlen um und nickte dann vorsichtig. Babbage musste an sich halten, um nicht laut loszuprusten: „Mein lieber Gravatt, Sie haben ja richtiggehend Humor!“

„Lachen Sie nicht“, sagte Gravatt und hob mit gespieltem Tadel den Zeigefinger. „Wie sagte mein Vater immer: ‚Der Teufel ist ein Eichhörnchen.‘ “

Es war die schlimmste Nacht in Justins Leben gewesen. Cronkite hatte ihn ausgesperrt, sodass er im Freien schlafen musste. Fanny hatte ab und zu nach ihm sehen können und sogar eine alte Pferdedecke für ihn aufgetrieben. Dennoch hatte der Schüttelfrost Justin fest im Griff gehabt. Erst am Morgen war er in einen unruhigen Dämmerzustand gefallen.

„Bist du wach?“ Fanny rüttelte vorsichtig an Justins Schulter. Er zuckte stöhnend zusammen. „Es tut mir leid, dass ich dich wecken muss.“

„Ich habe nicht geschlafen“, murmelte Justin. Sein Gesicht war aschfahl und schweißnass.

Fanny legte eine Hand auf seine Stirn. „Um Himmels willen, du glühst ja!“

„Ich habe Durst. Kannst du mir etwas zu trinken besorgen?“, fragte Justin matt. Ihm schien, als hätte die Nacht sein halbes Leben gedauert. Jeder Knochen in seinem malträtierten Körper schmerzte, doch war dies nichts gegen die Eiseskälte, die sich in ihm breitgemacht hatte. Ihn fror so erbärmlich, dass seine Zähne laut aufeinanderschlugen. Er wusste, dass er sich heute nicht allein auf den Beinen halten konnte, und an Arbeit war schon gar nicht zu denken.

„Warte. Ich werd sehen, was ich machen kann. Bleib ruhig liegen, hörst du? Bin gleich wieder da."

Justin nickte. Ihm war es einerlei. Er wünschte sich nur noch, die Augen zu schließen und für den Rest seines Lebens zu schlafen. Was sehnte er sich nach seinem Bett im Internat!

Seine Lage war ohne Frage verzweifelt. Rupert wusste nicht, was mit ihm geschehen war, jeglicher Kontakt zur Gegenwart war abgerissen. Seine einzige Hoffnung waren ein Mädchen und ein schwindsüchtiger Junge, die keine Ahnung hatten, wer er war und woher er kam.

Justin versuchte, einen klaren Gedanken zu fassen, aber immer wieder entglitt er ihm wie ein Stück Seife.

Fünf Minuten später war Fanny mit einem Krug Wasser und einem Teller Haferbrei zurück.

„Trink langsam, oder du wirst dich übergeben müssen!"

Er meinte, noch nie etwas Köstlicheres getrunken zu haben. Nachdem er den Krug geleert hatte, war sein Blick ein wenig heller.

„Geht es dir besser?", fragte Fanny.

Justin nickte. „Nicht viel, aber immerhin."

„Meinst du, du kannst etwas essen?"

Justin verzog das Gesicht. „Nein, ich glaube nicht."

„Hör zu, ich habe das Essen extra für dich organisiert, damit du wieder auf die Beine kommst. Hier."

Doch bevor Justin einen Löffel zu sich nehmen konnte, wurde der Teller plötzlich weggeschlagen. Cronkite!

„He, Kleine: Ich habe dir nicht erlaubt, deine Ration diesem Zuckerpüppchen zu geben."

„Was ich mit meinem Essen mache, geht dich überhaupt nichts an."

„Nach dem Schönen Bertie bin ich hier der Boss. Und wenn ich sage, dass dieser Weichling nichts zu essen bekommt, dann hältst du dich daran. Und dein Davy wird dir dabei ausnahmsweise einmal nicht helfen können! Übrigens: Heute habe ich eine besonders feine Arbeit für euch. Ihr seid den nächsten Monat an Bryant & May ausgeliehen." Er grinste. „Und wer weiß? Wenn ihr euch bewährt, wird vielleicht euer Vertrag verlängert."

Als Fanny den Firmennamen hörte, sprang sie augenblicklich auf die Beine. „Bist du wahnsinnig? Willst du ihn umbringen?"

Cronkite grinste. „Nein, noch nicht. Das hebe ich mir für einen späteren Zeitpunkt auf. Los jetzt, ihr seid sowieso schon spät dran."

Dimitry spannte gerade die Pferde an, während Cronkite Fanny, Justin und eine Reihe anderer Kinder zum Wagen trieb. Justin konnte nur mithilfe zweier kräftiger Jungs auf die Ladefläche klettern.

„Eine Schande, wie er mit dem Kleinen umgeht", raunte einer von ihnen. Er musterte Justin mitleidig. „Wird Zeit, dass Cronkite mal das Handwerk gelegt wird."

„Dann tut es endlich und schwingt nicht nur Reden!", zischte Fanny. „Ihr habt genau die richtige Figur, um ihm einen Denkzettel zu verpassen!"

„Das stimmt", überlegte der andere und wischte sich geräuschvoll die Nase am Ärmel ab. „Aber du vergisst, dass er Berties Liebling ist."

Fanny konnte die Angst der beiden nicht verstehen. „Wir sind so viele, und er ist allein!"

„Und warum hat noch nicht einmal Davy etwas unternommen? Das kann ich dir sagen: weil ihn der Schöne Bertie in der Hand hat. Genau wie uns alle."

Dimitry schwang die Peitsche, und das Pferd setzte sich müde in Bewegung. Nachdem der Balken aus der Verriegelung gehoben worden war, öffnete sich das Tor, und der Wagen holperte hinaus auf die Straße.

„Wer sind Bryant & May?" Justin biss die Zähne zusammen. Er spürte jedes Schlagloch doppelt und dreifach.

Fanny schüttelte verwundert den Kopf. „Hast du noch nie Streichhölzer benutzt?"

„Was sind Streichhölzer?", fragte Justin.

„Also, ich fass es nicht! Das sind kleine Holzstückchen, mit denen man Feuer machen kann!" Sie schaute ihn entgeistert an. „Deine Eltern müssen ja stinkereich sein. Bei euch hat sich wohl das Personal um alles gekümmert."

„Was erwartet uns bei Bryant & May?" Justin hatte nicht vor, auf Fannys Bemerkung einzugehen.

„Wie fandest du gestern deine Arbeit als Schornsteinfeger?"

„Furchtbar."

„Dann weißt du nicht, was jetzt kommt. Arbeitsbeginn ist um sechs Uhr morgens, Feierabend abends um sechs. Das macht zwölf Stunden, die nur durch eine Mittagspause unterbrochen werden. Der Rest der Zeit wird im Stehen verbracht, das dürfte dich besonders freuen. Der Schöne Bertie bekommt Geld für unsere Arbeit, aber davon sehen wir nichts. Acht Shilling die Woche sind es. Die gibt es übrigens nur, wenn wir anständig arbeiten. Sind unsere Füße nicht gewaschen oder ist der Boden unter der Arbeitsbank verdreckt, werden drei Pence abgezogen. Geht auch nur eines der Streichhölzer in Flammen auf – und das tun sie manchmal von ganz alleine –, wird ein Shilling abgezogen. Vergisst du ein oder zwei Streichhölzer und du hast bereits mit einer neuen Schachtel begonnen, macht das drei Pence Abzug. Wer zu spät kommt, wird für einen halben Tag ausgesperrt, abgezogen wird aber mehr als die Hälfte des Tageslohns. Eine Freundin von mir bekam einen Shilling weniger, weil die Schneidemaschine verrückt spielte und sie ihre Finger in Sicherheit brachte. Weißt du, was man ihr sagte? Sie solle besser auf die Maschine aufpassen und auf ihre Finger pfeifen. Verstehst du jetzt, warum ich Angst um dich habe? Du wirst den ersten Tag dort kaum überleben."

Justin hatte Fannys Wortschwall mit wachsender Verzweiflung zugehört. Sein Kopf schmerzte unsagbar, und seine Gedanken kreisten unaufhörlich darum, wie aussichtslos seine Lage war. Wenn Fanny nicht ihr Versprechen wahr machte und ihm half, würde er für immer in dieser Epoche stranden.

Gegen das, was ihm hier passierte, erschien ihm das Abenteuer auf der *Beagle* harmlos wie ein Kindergeburtstag. Hinreise, Rückreise, Problem gelöst. So einfach konnte es sein.

Ausgenommen, wenn man in der Vergangenheit verschwand.

Die Worte von Dr. Janus kamen ihm in den Sinn. „Du bist in die Fußstapfen deines Vaters getreten."

Die Leiterin des Amts für Zeitkontrolle wusste gar nicht, wie recht sie gehabt hatte. Auch seine Eltern waren in der Zeit verschwunden, und Justin fühlte sich ihnen näher als je zuvor. Bis vor Kurzem hatte er an ihren Tod geglaubt, hatte an ihren Tod glauben müssen, denn das war es, was man ihm immer erzählt hatte. Doch inzwischen war er sich nicht mehr sicher.

Die Kutsche mit den Kindern holperte durch das Fabriktor der Zündholzfabrik und hielt vor dem Pförtnerhaus. Dimitry sprang vom Kutschbock und grunzte mürrisch. Mit einer herrischen Geste trieb er seine Fracht von der Ladefläche. Mühsam und mit schmerzverzerrtem Gesicht ließ sich Justin als Letzter hinab.

„Siehst du das dahinten, Justin?“, fragte Fanny. „Was ist da bloß los?“

Justin folgte ihrem Blick. Eine Handvoll aufgebrachter Frauen hatte sich um einen Mann versammelt und redete wütend auf ihn ein. Er versperrte mit verschränkten Armen und gleichgültigem Gesichtsausdruck eine Tür. Eine seltsame Spannung lag in der Luft.

Während Berties Diener in einem kleinen Anbau verschwand, um sich seine Lieferung neuer Arbeitskräfte quittieren zu lassen, nutzte Fanny die Gelegenheit, um den Grund für die Unruhe unter den Arbeiterinnen herauszufinden. Einige Minuten später war sie wieder zurück.

„Es hat einen Unfall gegeben“, flüsterte sie. „Eine der Arbeiterinnen ist in die Sägemaschine gekommen und hat dabei einen Arm verloren. Der Vorarbeiter hat sich geweigert, einen Arzt zu holen. War ihm zu teuer.“

„Was ist mit ihr geschehen?“, fragte einer der Burschen, der Justin auf den Wagen gehoben hatte.

„Sie ist tot. Verblutet“, sagte Fanny finster. „Die anderen Frauen haben dagegen protestiert und sind dafür ausgesperrt worden.“

„Sie *streiken*?“, fragte der andere Junge entgeistert, als sei schon allein die Vorstellung, bewusst die Arbeit niederzulegen, ein Kapitalverbrechen.

„Holzkopf!“, zischte Fanny. „Hör mir doch zu,

wenn ich etwas sage: Sie streiken nicht, man hat sie für einen Tag rausgeschmissen. Wenn die Frauen keinen Lohn bekommen, können sie ihre Familie nicht durchbringen."

Justin beobachtete die Szene, die sich vor dem Portal abspielte. Die Stimmung der Frauen, die zunächst nur zusammenstanden, um die Lage zu diskutieren, wurde immer aufgeheizter. Als einige begannen, mit Steinen zu werfen, tauchte eine Gruppe kräftiger Männer auf, die sich das Treiben kurz anschauten. Dann griffen sie sich auf ein Zeichen des Mannes an der Tür gezielt die Anführerinnen heraus und zerrten sie mit Gewalt vom Fabrikgelände.

Jeder auf dem Hof beobachtete gespannt die Szene – mit Ausnahme eines dicken, schnauzbärtigen Mannes, der zu einer Kutsche hastete.

Fanny stieß Justin an. „Sieh dir den da an. Offensichtlich wird's ihm hier zu brenzlig."

Sie musste grinsen, doch mit einem Mal wurde ihre Miene nachdenklich. Vorsichtig schaute sie sich nach allen Seiten um. Niemand achtete auf die Kinder.

„Justin", zischte sie. „Das ist die Gelegenheit!" Sie deutete zur Kutsche. Auf dem Bock versuchte der dicke Mann gerade, die verknoteten Zügel zu sortieren. „Bei dem Tumult wird keiner auf uns achten."

Sie packte Justin am Arm, zerrte ihn zum Wagen und schob ihn auf die hintere Ladefläche. Der Kutscher schnalzte mit der Zunge, und das Gespann setzte sich in Bewegung.

Justin und Fanny hatten die Plane über sich gezogen und verhielten sich mucksmäuschenstill, während draußen der Tumult immer heftiger wurde.

Justin schoss durch den Kopf, dass es eigentlich erst zwei Tage her war, dass er in Brighton etwas ganz Ähnliches erlebt hatte. Es kam ihm wie eine Ewigkeit vor.

Mit einem Knarren öffnete sich das Tor, und der Kutscher lenkte die Pferde auf die Bow Road. „Ein Irrenhaus ist das hier", rief er dem Pförtner zu. „Mich würde es nicht wundern, wenn euch eines Tages der ganze Laden um die Ohren fliegt!" Ohne eine Antwort abzuwarten, knallte er mit der Peitsche. Die Kutsche rumpelte auf die Straße.

„Wir haben es geschafft." Justins Stimme zitterte vor Erschöpfung.

„Freu dich nicht zu früh." Fanny lächelte ihn an. „Erst müssen wir zu Davys Versteck gelangen. Ich hoffe, du hast keine Angst vor Gespenstern."

Die Fahrt dauerte eine halbe Stunde. Kurz bevor sie in eine Hofeinfahrt einbogen, sprangen Justin und Fanny vom Wagen. Erst jetzt bemerkte der dicke Schnauzbart, dass jemand die Gelegenheit für eine Freifahrt genutzt hatte.

„He! Bleibt stehen", rief er und schüttelte drohend die Faust. Fanny hätte er niemals eingeholt, aber Justin konnte kaum einen Fuß vor den anderen setzen. Mit drei Schritten war er bei den Kindern. Er wollte schon zu einem Donnerwetter ansetzen, als er Justin sah.

„Um Himmels willen, Junge. Was haben sie denn mit dir gemacht?“

Fanny funkelte den Mann wütend an.

„Wagen Sie es ja nicht, uns anzufassen!“

Der Kutscher hob beschwichtigend die Hände. „Ho, ho, junge Dame. Das kam mir beileibe nicht in den Sinn, so gefährlich, wie ihr ausseht. Arbeitet ihr zwei etwa in der Fabrik der beiden Blutsauger Bryant & May?“

„Nein“, schnappte Fanny zurück. „Wir sollten, aber wir wollten nicht.“

„Ihr wolltet nicht? Jeder andere wäre froh, wenn er dort wenigstens ein paar Shilling verdienen könnte.“ Er musterte die beiden eingehend. Dann dämmerte es ihm. „Ah, jetzt verstehe ich. Straßenkinder. Wer hat euch denn dazu gezwungen, dort hinzugehen?“

„Das geht Sie gar nichts an!“ Fanny hatte ihr Misstrauen nicht abgelegt. „Wir wollen schließlich nicht bei der nächsten Gelegenheit verpfiffen werden.“

„Ich verpfeife niemanden“, sagte der Kutscher ernst. „Verdammt, keiner verdient es, so zu leben. Und Kinder schon gar nicht.“ Er kramte in seiner Jackentasche, holte ein kleines Paket hervor und reichte es Fanny. „Hier, nimm. Ihr habt doch bestimmt schon lange nichts Anständiges gegessen. Das hat mir meine Frau für die Mittagspause gemacht.“

Fanny wickelte sprachlos zwei dickbelegte Schinkenbrote aus. „Danke“, murmelte sie auf einmal sehr verlegen.

„Keine Ursache. Tut mir mal ganz gut, wenn ich eine Mahlzeit auslasse", sagte er und klopfte mit der flachen Hand auf seinen Bauch. „Das ist leider alles, was ich für euch tun kann."

„Geht in Ordnung, Sir", sagte Fanny lächelnd. „Es ist ja schon was wert, dass Sie uns für die Freifahrt nicht verdroschen haben." Sie half Justin auf die Beine und gab ihm eines der Brote. „Wir müssen jetzt weiter. Danke nochmal."

Fanny hatte Justin bei der Hand genommen und zerrte ihn nun wie ein müdes Kind hinter sich her.

Justins Zustand wurde immer bedenklicher, daran änderte auch die Mahlzeit nichts. Sein Fieber war gestiegen, und zu allem Überfluss hatte es wieder angefangen zu regnen. Fanny wusste, dass sie beide ein ziemliches Aufsehen erregten.

Es wurde höchste Zeit, dass sie untertauchten.

Der Gibraltar Row Burial Ground in Bethnal Green war der Friedhof, auf dem die Bewohner des Eastend ihre Toten in mehr oder weniger bescheidenen Gräbern bestatteten. Dennoch gab es einen Teil, der offensichtlich für die reichere Kundschaft reserviert war. Dort befanden sich die zum Teil großzügigen Familiengräber. Offensichtlich schien sich aber schon seit längerer Zeit niemand mehr um die Pflege dieser Ruhestätten zu kümmern, machten sie doch einen recht verwahrlosten Eindruck.

Mittlerweile goss es in Strömen, sodass Justin und

Fanny bis auf die Haut durchnässt waren. Selbst Fanny fror nun erbärmlich. Sie versuchte sich gar nicht erst vorzustellen, wie es Justin ging. Vor dem Eingang zu einer Gruft blieb sie stehen und schob den Efeu wie einen Vorhang beiseite.

„Davy hat mir von dem Versteck erzählt. Er benutzt die Gruft selber ab und zu als Unterschlupf." Die verrostete Tür war nicht verschlossen, ließ sich aber nur mit Gewalt öffnen.

Drinnen war es dunkel und kühl, aber wenigstens trocken. Fanny führte Justin in eine Ecke zwischen zwei Sarkophage, wo er sich stöhnend niederließ. Dann entzündete Fanny eine Kerze, die Davy bei einem seiner früheren Besuche mitsamt einer Packung Streichhölzer dagelassen hatte.

Justin lehnte sich mit angezogenen Beinen an die Wand. Er zitterte am ganzen Leib. Das zerschlissene Hemd klebte ihm nass am Körper, und seine Augen glänzten vor Fieber. „Mutter? Geht da nicht rein ... nein, geht nicht. Es wird euch fressen ... Wo seid ihr? Ich muss sie suchen, muss los." Aufgeregt versuchte Justin, auf die Beine zu kommen, aber Fanny hielt ihn sanft zurück. Langsam wurde er wieder etwas ruhiger. „Dunkel ... und kalt ... Die Differenzmaschine, Onkel Chester. Sie tickt. Hörst du sie ticken? Wie ein riesiges Uhrwerk ..."

Mit jedem Wort von Justin stieg in Fanny die Verzweiflung hoch. Der Junge fantasierte, und sie wusste nicht, wie sie ihm helfen konnte.

Bei einem der Särge, die auf der linken Seite standen, war der Deckel verschoben. Manchmal hatte Davy einige nützliche Sachen dort versteckt, doch heute lagen nur ein paar morsche Knochen darin.

„Hör zu, Justin", flüsterte Fanny. „Du musst noch ein bisschen durchhalten. Heute Nacht kann ich losziehen, um etwas zu essen und trockene Kleidung zu besorgen."

Sie beugte sich zu ihm hinab und strich ihm durchs nasse Haar. Seine Stirn war so heiß, dass Fanny erschrak. Es blieb nicht viel Zeit. Doch wenn es ihr auch schwerfiel, sie musste den Schutz der Dunkelheit abwarten. Berties Spitzel waren bestimmt schon längst gewarnt. Tagsüber würde sie keine Chance haben, ihnen zu entgehen.

Fanny hoffte nur, dass es dann nicht zu spät war. Denn wenn sie sich nicht beeilte, würde die Gruft auch noch zu Justins Grab werden.

Das Bethlehem Royal Hospital, eher bekannt unter dem umgangssprachlichen Namen Bedlam, war eines der ersten Hospitäler Londons, das sich weniger auf die Behandlung körperlicher Erkrankungen konzentrierte, als die Verwirrungen des menschlichen Geistes in den Mittelpunkt der ärztlichen Heilkunst zu stellen. Für die meisten Londoner war Bedlam jedoch einfach nur „Die Irrenanstalt".

Im Jahr 1851 waren die Zustände dort so menschenunwürdig, dass eine Regierungskommission jährliche Untersuchungen anordnete. Sie sorgte schließlich nicht nur für die Behebung der gröbsten Missstände, sondern machte aus Bedlam ein vorbildliches Hospital für geistig Kranke. Vorbei waren die Zeiten, in denen die Patienten einfach weggesperrt wurden und außer den üblichen drei Mahlzeiten am Tag keinerlei Zuwendung, geschweige denn irgendeine Behandlung erfuhren.

Einer der Patienten war Richard Dadd, der vor seiner Einweisung ein begnadeter und angesehener Künstler gewesen war. So begnadet, dass er im Jahr 1841 den Auftrag erhielt, für das „Buch der Britischen Balladen" eine Reihe von Holzschnitten anzufertigen. Diese Arbeiten sowie das zur gleichen Zeit entstandene Ölbild „Der Schlaf der Titania", inspiriert durch Shakespeares „Sommernachtstraum", ließen Dadd das erste Mal jene friedvolle Welt erblicken, in die er bald höchst blutig eingehen sollte.

Im Juni 1842 brachen er und sein Lehrer Sir Thomas Phillips zu einer Reise in den Mittleren Osten und das südliche Europa auf. Dadd genoss sie in vollen Zügen, da sie seine Fantasie anregte und ihm eine ganz neue Sicht auf die Kunst vermittelte.

Doch das sollte sich an jenem Abend im Tal der Könige ändern, als Dadd seine erste Bekanntschaft mit dem Wahnsinn machte.

Eine Gruppe von Arabern hatte sich vor einem der Grabmale um etwas versammelt, was Dadd später eine Blubber-Blasen-Flasche nannte, und gab sich dem Rauchgenuss eines unbekannten Krautes hin.

Als sie Dadd sahen, luden sie ihn kurzerhand in ihre Runde ein. Später sollte er erzählen, dass er fünf Tage und Nächte eine Wasserpfeife nach der anderen geraucht habe. Obwohl die Männer kein Wort mit ihm oder untereinander wechselten, war Dadd davon überzeugt, dass das Blubbern der Flasche eine verschlüsselte Nachricht war. Am fünften Tag meinte er, sie enträtseln zu können, behielt aber ihren Inhalt für sich.

Nach diesem Vorfall plagten Dadd heftige Kopfschmerzen. Auch sein Verhalten wurde auffälliger, was aber sein Reisegefährte als die Begleitumstände eines Sonnenstichs abtat. Doch mit ihrer Ankunft in Rom verschlechterte sich Dadds Zustand dramatisch. Nur mit Mühe konnte er dem unstillbaren Verlangen widerstehen, den Papst während einer öffentlichen Audienz zu erwürgen. Als sie schließlich ein Jahr später in Paris eintrafen, war Dadd so aggressiv, dass Phillips schließlich eine ernstere Erkrankung als einen simplen Sonnenstich in Betracht ziehen musste.

In England wurde ein Arzt konsultiert, der sofort eine schwerwiegende geistige Störung feststellte. Er erklärte Dadd für unzurechnungsfähig und empfahl dringend die Einweisung in eine Anstalt.

Doch dazu sollte es vorerst nicht kommen.

Einen Tag später wurde Dadds Vater tot aufgefunden, sein Sohn war spurlos verschwunden.

Als die Polizei Dadds Londoner Wohnung durchsuchte, in der Vermutung, ihm sei ebenfalls etwas zugestoßen, fanden die Beamten ein Skizzenbuch, das sehr anschaulich schilderte, was Dadd einigen seiner Mitmenschen antun wollte. Ganz oben auf der Liste stand der Name seines Vaters. Sofort wurde eine Personenbeschreibung von Richard Dadd herausgegeben, und schließlich kam man ihm in Paris auf die Spur.

Im Alter von siebenundzwanzig Jahren wurde er schließlich in Bedlam eingewiesen, wo die Ärzte bei Dadd eine manische Depression nachwiesen. Als Teil der Therapie empfahl man ihm, die Malerei wieder aufzunehmen. Doch sein Stil hatte sich geändert. Waren es früher Abbildungen englischer Landschaften gewesen, bevölkerten seine Bilder nun Elfen, Trolle und Gnome.

Das erste seiner Bilder, das er in Bedlam vollendete, hieß „Widerstreit: Oberon und Titania" und bezog sich auf Shakespeares „Sommernachtstraum". 1855 begann er mit einem anderen Gemälde. Er wusste, dass dieses Werk etwas Besonderes sein würde. Woche für Woche, Monat für Monat, Jahr für Jahr verbrachte er eine genau festgelegte Zeit des Tages mit Pinsel und Lupe vor der Leinwand und durchwanderte eine Welt voller Harmonie und Stille. Er hasste es, wenn man ihn von seiner Arbeit ablenkte, zumal die wenigsten seiner Mitpatienten verstanden, was er da tat.

Als an jenem Abend ein neuer Patient in Bedlam aufgenommen wurde, war Dadd alles andere als erfreut. Der Blick des Mannes war schreckensweit und so gehetzt, als ob die arme Seele befürchtete, jede Sekunde hinterrücks angegriffen zu werden. Schlimmer als die Angst, die sich in den Augen der zerlumpten Gestalt spiegelte, war der bestialische Gestank, der von ihr ausging. Offensichtlich hatte er sich vor lauter Panik in die Hose gemacht. Dadd grunzte, konzentrierte sich wieder auf seine Leinwand und hoffte, dass dieser Unglückliche seinen Dämon draußen gelassen hatte. Er wusste, dass seine Hoffnung vergeblich war. Immerhin waren deswegen alle Patienten hier: weil sie etwas gesehen hatten, das sie nun nicht mehr losließ und regelmäßig heimsuchte.

Dadd hörte Schritte durch den leeren Korridor hallen. Er beugte sich vor und schaute an seiner Staffelei vorbei. Der alte Dr. Morison erschien in Begleitung einer Frau, die Dadd nicht kannte und die er auf Anhieb nicht leiden konnte. Obwohl sie eher kleingewachsen war, ging von ihr nichts Kindliches aus. Er fragte sich, ob sie eine neue Pflegekraft war. Nein, dachte er, dazu war sie zu gut gekleidet. Und auch ihr Auftreten war zu selbstbewusst. Dadd grinste: Eigentlich würde sie eine gute Patientin abgeben. Wenn er in ihre Augen blickte, wusste er, dass sie wie er von Dämonen besessen war.

Dr. Morison beugte sich zu seinem Neuzugang hinab und versuchte, dessen Blick einzufangen. „Guten Abend, Sir. Können Sie mir sagen, wie Sie heißen?“

Doch der Mann antwortete nicht. Der Arzt nahm

eine der verletzten Hände in Augenschein und wickelte den schmutzigen Verband ab. Eine tiefe Wunde, offenbar bereits entzündet, kam zum Vorschein. Und auch die andere Hand sah nicht viel besser aus.

„Würde es Ihnen etwas ausmachen, vielleicht die Jacke auszuziehen?"

Als der Mann wieder nicht antwortete, half der Arzt dem Verwirrten Arm für Arm aus dem zerschlissenen Kleidungsstück. In einer Tasche fand er die Karte eines Nachtasyls, auf der fein säuberlich der Name William Gibson stand.

„Mein Name ist Dr. Alexander Morison, Mr. Gibson. Wie es scheint, haben Sie einen schweren Unfall gehabt. Haben Sie Angehörige, die wir benachrichtigen sollen?"

Doch der Arzt erhielt keine Antwort. Der Mann schien unter einem schweren Schock zu stehen. Dadd bemerkte, wie Dr. Morison der Frau einen wütenden Blick zuwarf. Doch die zeigte sich davon vollkommen unbeeindruckt.

Dr. Morison versuchte noch einmal, seinem neuen Patienten in die Augen zu schauen, doch der wich dem Blick aus. „Ich bin sofort wieder da, dann werden wir uns erst einmal um Ihre Schnittwunden kümmern." Der Arzt richtete sich auf und verschwand mit der Frau in einem Behandlungszimmer.

Richard Dadd schaute seinen neuen Mitpatienten misstrauisch aus den Augenwinkeln an.

„Sie sehen ja übel aus", brummte er. „Sind wohl überfallen worden, was?"

Doch Dadd erhielt keine Antwort.

„Sie reden nicht mit jedem, richtig?“ Er kicherte. „Vielleicht sind Sie ja so krank wie ich, dann werden wir uns wahrscheinlich anfreunden müssen. Aber vorher werde ich darauf bestehen, dass man Sie wäscht. Mit Verlaub, Sie riechen wie ein Pavianhintern.“ Dadd rutschte mit seinem Stuhl und seiner Staffelei ein Stück näher. „Meist lassen sie einen ja in Ruhe, aber manchmal, da ist es ganz übel. Aber dem Willen des Vaters kann man sich nicht entziehen. Und ich, Horus, Sohn des Osiris, bin ein folgsames Kind, o ja. Sein Zorn ist furchtbar, und ich bin sein Werkzeug. Damals, in Ägypten, hat er sich mir nach zweitausend Jahren offenbart. Es ist sehr schwer, seinem Willen Folge zu leisten. Sehr schwer. Deswegen bin ich auch in Bedlam. Hier habe ich endlich meine Ruhe. Er weiß, dass ich an diesem Ort nicht viel für ihn tun kann. Und deswegen male ich all die schönen Dinge. Schauen Sie ...“

Dadd drehte die Staffelei so, dass Gibson das Bild besser sehen konnte. „Es heißt ‚Des Feen-Fällers Meisterhieb‘. Vor sieben Jahren begann ich damit, und dennoch ist es weit von seiner Vollendung entfernt.“

Das Bild war nicht sehr groß, vielleicht einen halben Meter hoch und wenig mehr als dreißig Zentimeter breit. Man hatte den Eindruck, als habe sich ein heimlicher Betrachter an eine Feen- und Elfenversammlung herangeschlichen. Ein Holzfäller schwang eine Axt, um mit einem einzigen Hieb einen Haselnussstrauch zu fällen. Es war eine bizarre Szene, seltsam verzerrt, aber doch so realistisch, dass das Auge an jeder einzelnen Figur immer wieder neue Einzelheiten entdecken konnte.

„Hier rechts steht der Wirt der Feenschenke, die Hände auf die Knie gestützt, und schaut, ob der Holzfäller seine Arbeit auch gut macht. An der Seite des Wirts ist der Zwergenmönch. Ein lustiger Geselle, nicht wahr? Der aufgeräumte Bursche rechts davon ist der Pflüger, der sich über den gleichgültigen Stellmacher Will lustig macht. Sehen Sie, da ist er. Direkt unter der Axt. Die beiden gekrönten Häupter in der Mitte des oberen Drittels sind Oberon und Titania. Und dann gibt es noch einen Soldaten, einen Seemann, einen Kesselflicker, einen Bauernburschen, einen Apotheker, der mich an irgendjemanden erinnert, und einen Dieb. Die wichtigste Figur jedoch ist der alte Erzmagier. Können Sie ihn sehen? Ihn da mit der dreifachen Krone? Er ist der Mittelpunkt des Bildes. Mit seiner rechten Hand gibt er dem Holzfäller ein Zeichen, wann er losschlagen darf. Achten Sie genau auf das, was er in der Hand hält ...“

Weiter kam Dadd nicht, denn auf einmal stieß Gibson einen markerschütternden, nicht enden wollenden schrillen Schrei aus, der selbst Dadd einen kalten Schauer den Rücken hinunterjagte. Irgendetwas auf dem Bild schien für Gibson der Inbegriff des Schreckens zu sein. Alarmiert von dem Geheul, stürzten Dr. Morison und die Frau auf den Flur.

„Halten Sie ihn fest, Miss Abbadon! Passen Sie

auf, dass er sich nicht verletzt!“, rief Morison. Während Miss Abbadon versuchte, die Arme festzuhalten, zog der Arzt eine Spritze auf und injizierte dem tobenden Mann ein Beruhigungsmittel.

„Was ist geschehen? Warum hat der Mann hier angefangen zu schreien?“

Dadd schluckte. „Ich kann es mir nicht erklären. Ich habe nur ein paar Worte mit ihm gewechselt, mehr nicht.“

„Was haben Sie zu ihm gesagt? Los! Nun reden Sie schon!“

Dadd war vollkommen verwirrt. „Nichts Besonderes. Mein Bild habe ich ihm gezeigt, das ist alles.“

„Verdammt ...“, fluchte Dr. Morison und schaute Miss Abbadon ärgerlich an. „Glauben Sie mir jetzt, dass es keine gute Idee war?“

„Meine Aufgabe war es, in dieser Epoche die Notausgänge in die Gegenwart zu deaktivieren.“ Sie seufzte ungeduldig. „Hören Sie, ich habe keine Lust, meine Aktionen mit Ihnen zu diskutieren. Es kommt Bewegung ins Spiel. Die Karten werden neu gemischt. Und ich will ein gutes Blatt haben.“

„Ja, aber mussten Sie dermaßen schlampig zu Werke gehen?“

„Oh, ich war nicht schlampig. Ich habe mir erlaubt, diesen speziellen Notausgang in eine Falle umzufunktionieren. Leider ist der Falsche hineingetappt.“

„Warum haben Sie das nicht mit mir abgesprochen?“, entgegnete Dr. Morison wütend.

„Weil es Sie nichts angeht“, antwortete Miss Abbadon ungerührt. „Je weniger Sie wissen, desto besser."

„Was wollen Sie tun? Mich auch umbringen?", fragte Dr. Morison grimmig. „Glauben Sie mir, ich bin zweiundachtzig Jahre alt. Ich habe keine Angst vor dem Tod."

Miss Abbadon lächelte versöhnlich. „Niemand hat vor, Sie umzubringen. Ich möchte Sie nur schützen."

Dr. Morison schnaubte verächtlich. „Gut. Dann können Sie mir ja sagen, was ich mit unserem Mr. Gibson machen soll."

Miss Abbadon zuckte mit den Schultern. „Retten Sie halt den letzten Rest Verstand, den er noch hat."

„Und wenn ich scheitere?"

„Dann werden Sie ihn in Bedlam behalten. Genau wie die anderen auch."

Es war kurz nach ein Uhr in der Nacht, als Charles Babbage im Erdgeschoss seines Hauses No. 1 Dorset Street das Licht löschte. Mr. Gravatt war gerade gegangen. Bei einem Glas Wein hatten die Männer den Eröffnungstag der Weltausstellung Revue passieren lassen.

Babbage begab sich ein Stockwerk höher und ging zu Bett, wo er noch eine Seite in einer wissenschaftlichen Zeitschrift las. Dann blies er die Lampe aus und fiel in einen leichten Schlaf.

Mitten in der Nacht wurde er plötzlich wach. Irgendetwas hatte ihn geweckt. Nachdem es den ganzen Abend geregnet hatte, schien nun der Mond durch das Fenster. Es war Viertel nach drei. Benommen rieb er sich die Augen und lauschte in die Stille.

Da. Jetzt war es deutlich zu hören. Ein Knirschen, als würde Glas zertreten. Irgendjemand schien im Erdgeschoss zu sein! Babbage hörte, wie Schubladen vorsichtig aufgezogen wurden. Die Haushälterin war es auf keinen Fall. Also konnte es sich nur um einen Einbrecher handeln. Kurioserweise kam ihm der falsche Franzose mit seiner drahtlosen Sprachübertragung in den Sinn. Was hätte Babbage jetzt darum gegeben, so einen Apparat zu besitzen, um aus seinem Schlafzimmer heraus die Polizei zu rufen.

Er war nicht mehr der Jüngste, und gegen einen kräftigen Burschen würde er keine Chance haben.

Das Beste war wohl, wenn er sich ruhig verhielt und sein Bett nicht verließ. Auf der anderen Seite erzürnte ihn die Vorstellung, dass ein Strolch in seinen privaten Sachen herumstöberte, so sehr, dass er alle Vorsicht fahrenließ. Leise stieg er aus seinem Bett und schlüpfte in den Morgenmantel. Durch die offene Tür konnte er einen Lichtschein erkennen, der von unten aus seinem Arbeitszimmer zu kommen schien. Ab und zu flammte ein Blitz auf. Behutsam schlich Babbage die Treppe hinab, immer darauf bedacht, sich nicht so ungeschickt wie sein ungebetener Gast zu verhalten. Unten angekommen, schaute Babbage sich nach einem geeigneten Gegenstand um, den er als Waffe benutzen konnte. Sein Blick fiel auf einen hässlichen Mohren aus Porzellan, den er nach kurzem Zögern ergriff. Dann tapste er leise zu seinem Arbeitszimmer.

Der Mann, der sich gerade über Babbages Schreibtisch beugte und in einem Buch blätterte, war ganz und gar in Schwarz gekleidet. Das Gesicht war nicht zu erkennen, es wurde komplett von einer dunklen, enganliegenden Maske verhüllt. In der rechten Hand hatte der Einbrecher einen Stift, der einen scharfgebündelten Lichtstrahl auf die Unterlagen warf. Mit der anderen hielt er einen kleinen Apparat vor das Gesicht, der immer wieder mit einem Surren aufblitzte.

Der Vorhang bauschte sich im Nachtwind. Offensichtlich war das Glas der Verandatür eingeschlagen worden. Das war vermutlich auch das Geräusch gewesen, das Babbage aus dem Schlaf gerissen hatte.

Babbage hatte nicht viel Erfahrung mit Dieben, in seinem Haus schon mal gar nicht. Er wusste auch nicht, was er Geistreiches in dieser Situation von sich geben sollte. Deswegen sagte er nur: „Was machen Sie da?“ – und hätte sich beinahe im selben Moment für diese außerordentlich dämliche Frage ohrfeigen können.

Der Mann hinter dem Schreibtisch schaute erschrocken auf und richtete den Strahl der Lampe in Babbages Gesicht.

„Hören Sie, was immer Sie da vorhaben, Sie werden nicht damit durchkommen.“ Babbage kniff geblendet die Augen zusammen.

Der Einbrecher schaute sich kurz um. Dann schaltete er den Strahler aus und sprang hinaus auf die Veranda. Babbage konnte gerade noch hören, wie er durch die Büsche hastete. Dann war alles ruhig.

Es dauerte einige Minuten, bis die bunten Flecken vor Babbages Augen verschwanden und er sich wieder an die Dunkelheit gewöhnt hatte. Dann entzündete er die Schreibtischlampe und betrachtete die wüste Unordnung, die der Dieb hinterlassen hatte.

Schon mit einem Blick konnte Babbage erkennen, was den Einbrecher so interessiert hatte: Es waren die Originalbaupläne der Differenzmaschine.

Als Polizeiinspektor Bardike in der Nacht mit seinem Sergeant zu einem Einbruch in der Dorset Street gerufen worden war, hatte er nichts Ungewöhnliches erwartet. Seit Wochen machte eine Bande das Eastend unsicher, und jetzt wurde sie anscheinend immer dreister. Nachdem er jedoch den Fall aufgenommen hatte, war er sich nicht mehr so sicher, dass er es mit gewöhnlichen Einbrechern zu tun hatte.

„Und Sie sind sicher, dass Sie nichts vermissen, Mr. Babbage?“, vergewisserte er sich. „Keine Wertgegenstände, keinen Schmuck, keine Gemälde?“

Babbage schüttelte den Kopf. „Der Dieb interessierte sich nur für die Baupläne einer Rechenmaschine. Erstaunlich, nicht wahr?“

„Können Sie uns erklären, um was für eine Rechenmaschine es sich handelt?“

Babbage bot Bardike und Sergeant Lamerton einen Platz auf dem Sofa an. Er selbst jedoch ging zu seinem Schreibtisch und blieb dort stehen.

„Es ist eine Maschine zum Berechnen von Logarithmen. Sie wurde aus finanziellen Gründen niemals fertiggestellt, aber den Prototypen können Sie auf der großen Ausstellung besichtigen."

„Wie hoch schätzen Sie ihren Wert?"

„Das kann ich nicht beurteilen. Sie ist ein unvollendetes Einzelstück. Wenn jemand wirklich darauf aus gewesen ist, der Krone zu schaden, dann hätte er sich nicht dafür interessiert. Vor einigen Jahren habe ich mich mit einem Nachfolgemodell befasst, das in der Tat für Außenstehende von einem gewissen Wert sein könnte. Es vereinigt eine Reihe komplexer Rechenoperationen, hat einen Arbeitsspeicher und lässt sich über Lochkarten sowie mit einer speziellen mechanischen Notation steuern, mit deren Hilfe das Ergebnis sofort ausgedruckt werden kann. Doch diese neuen Pläne ..." Babbage wedelte mit einem Stapel Papiere in der Luft. „Diese Pläne sind nicht angerührt worden!"

„Könnte es sich nicht um ein Versehen handeln? Vielleicht hat der Dieb sie ja übersehen."

„Ach, Unsinn!" Babbage schüttelte den Kopf. „Sie lagen auf demselben Stapel!"

Bardike dachte kurz nach. „Ist Ihnen sonst noch etwas aufgefallen? Irgendetwas Ungewöhnliches, das in den letzten Tagen geschehen ist?"

Babbage runzelte die Stirn. „Nun, es mag nicht

von Belang sein ...“, er zögerte, „aber zwei Personen haben gestern auf der Ausstellung ein rätselhaftes Interesse an der Maschine gezeigt.“

Der Inspektor beugte sich gespannt nach vorn. „Können Sie mir die beiden beschreiben?“

„Den einen habe ich nicht persönlich kennengelernt. Mr. Gravatt, der die Differenzmaschine vorführt, hat mir davon berichtet. Ein Herr habe sich für den Apparat interessiert und sein Bedauern über ihren unvollendeten Zustand geäußert. Er fragte auch nach den Plänen.“

„Ach, tatsächlich?“ Inspektor Bardike zückte einen Block und machte sich Notizen. „Ist dieser Mr. Gravatt morgen früh wieder in der Ausstellung?“

„Ja, aber es ist sein letzter Tag. Was wollen Sie von ihm?“

„Wir benötigen die Beschreibung dieses mysteriösen Gentlemans. Vielleicht ist er unsere erste Spur“, erklärte Lamerton.

„Mit dem anderen Besucher habe ich persönlich gesprochen“, fuhr Babbage fort. „Es war ein eitler Geck namens Adalbert Queue de Bœuf. War gekleidet wie ein Pfau und tat so, als sei er ein Franzose.“

Bardike schaute überrascht auf. „Adalbert Queue de Bœuf? Sind Sie sich da sicher?“

Babbage nickte. „Ja, absolut. Kennen Sie ihn etwa?“

„Oh, er ist ein alter Kunde von uns. Heißt eigentlich Bertie Oxtail. Was hat er Sie denn noch gefragt?“

„Ob ich von einem Apparat wissen würde, mit dem

sich Sprache drahtlos übertragen lässt. Ich verneinte und dachte bei mir, er sollte in einigen Jahrzehnten noch einmal wiederkommen, dann wäre die Wissenschaft bestimmt weiter."

Sergeant Lamerton wurde aus der Sache nicht schlau. „Wieso interessiert sich jemand wie der Schöne Bertie für technische Dinge?"

Bardike zuckte mit den Schultern. „Keine Ahnung." Er sah zu Babbage hoch. „Was meinen Sie, ähnelte Ihr Einbrecher vielleicht Oxtail?"

„Kann ich nicht sagen. Der Dieb war ja komplett in Schwarz gekleidet, selbst sein Gesicht war durch eine Art Maske verborgen. Aber er hatte etwas bei sich, das ich noch nie gesehen habe. Es war eine Lampe, die nicht mit Petroleum betrieben wurde!"

„Vielleicht ein Gaslicht?"

„Nein, auf gar keinen Fall. Dazu war sie zu klein. Die Lampe war nur so groß wie mein Zeigefinger, aber sie strahlte hell und weiß. Wie eine kleine Sonne. Dabei bündelte sie ihren Strahl sehr eng. Wenn ich es nicht besser wüsste, würde ich sagen, sie wurde elektrisch betrieben. Aber das ist unmöglich, weil es kein elektrisches Licht gibt. Und schon gar nicht ein galvanisches Element, das so klein und leistungsfähig ist."

Sergeant Lamerton schüttelte verwundert den Kopf: „Ich kann mir aus der ganzen Sache keinen Reim machen."

Der Inspektor stimmte zu. „Noch einmal zu Bertie Oxtail", wechselte er das Thema. „Hat er sich gestern auf der Ausstellung vielleicht auch für die Pläne interessiert?"

„Nein. Er fragte nur nach einem kleinen rothaarigen Jungen namens Justin, den ich aber nicht kannte."

Inspektor Bardike hatte bei der Erwähnung des Jungen den Kopf gehoben und Babbage aufmerksam gemustert. Plötzlich stand er unvermittelt auf. „Vielen Dank, Mr. Babbage. Sie waren uns eine große Hilfe. Wir werden uns bei Ihnen melden, wenn wir etwas Neues wissen oder noch Fragen haben!"

Draußen vor der Tür holte ihn Lamerton ein. „Inspektor", keuchte er. „Warum haben Sie es denn auf einmal so eilig? Ist Ihnen etwas eingefallen?"

„So könnte man es nennen." Bardike öffnete den obersten Kragenknopf, trotz des kühlen Nachtwindes.

Er holte einen Zettel aus seiner Tasche und reichte ihn an seinen Kollegen weiter.

„Vor zwei Tagen habe ich auf der Oxford Street einen rothaarigen Jungen verfolgt. Verflixt merkwürdige Sache. Ist aus dem Nichts aufgetaucht, hat mich frech angelogen und ist abgehauen. Doch das hier hat er dabei verloren. Ich rätsele schon seit Tagen darüber."

Lamerton untersuchte den Zettel genauer. „Sieht wie die Seite eines Buches aus", sagte er ratlos.

„Genauer gesagt, ist es ein Lebenslauf. Schauen Sie, was unter Babbages Bild steht."

Und dann sah Lamerton, was der Inspektor meinte. „Charles Babbage, geboren am 26. 12. 1791, gestorben am 20. 10. 1871“, las er vor. Er blickte den Inspektor an. „Das ist ja wohl ein schlechter Scherz, oder?“

„Ich habe keine Ahnung“, erwiderte der Inspektor. „Aber mich würde brennend interessieren, ob dieser rothaarige Bengel, den ich auf der Oxford Street verfolgt habe, zufällig Justin heißt. Und was er mit Bertie Oxtail zu schaffen hat.“

VI.

Fanny wusste nur zu gut, dass Justin kein ehrliches Spiel mit ihr trieb. Irgendetwas verbarg er, und er war dumm, wenn er glaubte, dass sie es nicht bemerkte.

Nach all den Jahren auf der Straße hatte sie sehr gut gelernt, Menschen einzuschätzen, und dabei so etwas wie einen sechsten Sinn entwickelt, der sie schon manches Mal vor dem Schlimmsten bewahrt hatte. Doch diesmal war sie gezwungen gewesen, ihre innere Stimme zu ignorieren.

Ihre Lage war verzweifelt. Seit einigen Monaten beobachtete sie, wie es mit Davy immer weiter bergab ging. Sein Husten war so schlimm geworden, dass er seit geraumer Zeit Blut spuckte.

Nur ein Arzt würde ihm noch helfen können, aber Davy weigerte sich, etwas an ihrer Situation zu ändern. Er beharrte darauf, dass sie bei Bertie blieben. Von Oxtail konnten sie jedoch keine Hilfe erwarten. Und Cronkite zählte nur die Tage, bis er seinem Konkurrenten den Rest geben konnte.

Fanny allerdings wollte nicht so lange abwarten.

Sie würde Davy einfach vor vollendete Tatsachen stellen, ob es ihm passte oder nicht. Nur aus diesem Grund hatte sie so schnell zugestimmt, als Justin sie um Hilfe bat. Egal, was er vorhatte, er war ihr Fahrschein aus diesem Sumpf. Denn hinter Justin steckte jede Menge Geld, und Fanny war wild entschlossen, diese Chance zu nutzen. Vielleicht war es ihre letzte.

Fanny verbrachte den ganzen Abend und den größten Teil der Nacht damit, Davy zu suchen und etwas zu essen und trockene Kleidung für Justin aufzutreiben. Sie hatte gehofft, Davy in der Nähe der Häuser abfangen zu können, deren Schornsteine sie gestern gereinigt hatten. Doch erst als sie zum zweiten Mal das Viertel durchstreifte, hatte sie Glück. Ein Schatten sprang über die Mauer, als sie um die Ecke in die Chicksand Street einbog.

„Fanny? Verdammt nochmal, kannst du mir vielleicht sagen, was du um diese Zeit hier draußen suchst?"

„Wir sind abgehauen."

„Was heißt hier *abgehauen*? Und wer ist *wir*?", fragte Davy.

„Justin und ich."

Davy rieb sich müde die Augen, dann zerrte er Fanny in den Schatten eines Torbogens. Der Mond stand hoch am Himmel und hüllte die Straße in ein bleiches Licht.

„Bist du von allen Sinnen? Was ist passiert?"

„Justin wollte letzte Nacht fliehen, wurde aber von

Cronkite dabei erwischt. Und der hat ihn ziemlich übel zugerichtet."

Davy sah wütend aus. „Ihr habt Glück, dass der Schöne Bertie euch noch nicht gefunden hat. Du weißt doch, dass er seine Spitzel überall hat."

„Ich habe aufgepasst." Fanny klang jetzt trotzig. Davy sollte nur nicht glauben, dass sie von ihrem Plan abweichen würde. Doch Davy machte ihr keine weiteren Vorwürfe.

„Wo ist Justin jetzt?", fragte er nur.

„Ich habe ihn zu deinem Versteck auf dem Friedhof geführt. Hör zu, es geht ihm wirklich dreckig. Er hat hohes Fieber. Ich wollte dich treffen und dir Bescheid sagen."

Davys Gesicht verzog sich zu einem Lächeln. „Braves Mädchen."

„Hast du irgendetwas dabei, was du mir geben könntest?"

Davy schüttelte traurig den Kopf. „Leider nicht. Der Schöne Bertie hat eine sehr genaue Einkaufsliste gehabt, und ich wollte auch nicht mehr mitnehmen. Der Sack ist sowieso schon zu schwer. Jedes fehlende Stück würde er bemerken. Hör zu, ich bringe das hier nach Ratcliffe. Ich werde versuchen, nachher auf den Friedhof zu kommen."

Fanny nickte. „In Ordnung."

„Verhaltet euch in der Zwischenzeit ruhig. Verlasst das Versteck nur, wenn ihr sicher seid, dass euch keiner sieht." Er gab ihr einen Kuss auf die Wange. „Pass auf dich auf!"

„Du auch“, erwiderte Fanny.

Sie nahm die Warnung vor den Spitzeln sehr ernst und bewegte sich trotz der späten Stunde über Umwege zum Friedhof zurück. Es war bereits früher Morgen, als sie die Gruft betrat. Sie hoffte, dass sie nicht zu spät kommen würde.

Fanny hatte mit allem gerechnet, doch was sie sah, ließ ihr vor Staunen den Mund offen stehen. Justin lag in mehrere Decken gehüllt. Auf einem der Sarkophage fand sie zwei fein säuberlich zusammengefaltete Kleiderstapel. Der eine war für Justin, der andere offensichtlich für sie. Daneben stand ein kleiner Korb mit Schinken, Wurst, Brot und frischem Obst sowie mehrere Flaschen Wasser.

Vorsichtig befühlte sie die Kleider. Sie waren von guter Qualität, nicht besonders auffällig und offensichtlich neu. Sie beugte sich zu Justin hinab, der gleichmäßig atmend ruhig schlief. Als sie die Hand auf seine Stirn legte, um die Temperatur zu fühlen, schlug er die Augen auf.

„Hallo, Fanny“, flüsterte er.

„Wie geht es dir?“

„Gut. Besser.“

„Dein Fieber hat nachgelassen.“

„Dank deiner guten Pflege“, sagte Justin. „Wo hast du denn die Decken her?“

„Die sind nicht von mir. Ich bin gerade erst gekommen.“

„Aber von wem sind sie dann?“, fragte er. Er rieb sich die Augen und setzte sich auf.

„Du hattest wohl Besuch diese Nacht. Schau.“ Sie zeigte ihm die Kleidung und den Korb.

„Aber ... davon habe ich nichts bemerkt.“

„Das wundert mich nicht. Du warst mehr tot als lebendig.“

Justin schlug die Decken beiseite und betrachtete die Gaben genauer.

„Es scheint, als hätten wir einen geheimnisvollen Gönner“, sagte Fanny und untersuchte das Kleid. Es schien perfekt zu passen. „Und es ist offensichtlich jemand mit Augenmaß.“

„Sieh mal, was ich gefunden habe“, sagte Justin und holte einen Briefumschlag hervor, der in seinem Kleiderstapel versteckt war.

„Zeig her.“ Fanny streckte die Hand aus. Sie öffnete das Kuvert und schaute hinein. „Heiliges Kanonenrohr!“, flüsterte sie atemlos.

„Was ist denn drin? Red schon!“

Als sie nicht reagierte, sondern noch immer mit offenem Mund in den Umschlag starrte, warf er selbst einen Blick hinein. „Zehn ... zwanzig ... dreißig ... vierzig ... hundert Pfund.“ Er schaute sie verlegen an. „Ist das viel?“

„Ob das viel ist?“ Sie lachte. „Ich müsste Jahre, ach, was sage ich, mein ganzes Leben arbeiten, um so viel zu verdienen. Und da fragst du, ob das viel ist. Sag mal, hast du eigentlich nie Geld in der Hand gehabt?“

„So wie das hier? Nein, noch nie.“

Sie schüttelte den Kopf und musterte ihn scharf.

„Wer zum Teufel bist du? Woher kommst du? Was hast du hier zu suchen? Und was ist, verdammt nochmal, dein Geheimnis?“

Justin wollte etwas erwidern, doch Fanny hob abwehrend die Hand. „Nein, sag nichts. Nachher wird Davy kommen. Und dann will ich endlich die Wahrheit hören.“ Sie machte auf dem Absatz kehrt, griff nach dem Korb und machte es sich vor dem Eingang der Gruft bequem.

Nachdem Justin sich an einem nahe stehenden Brunnen gewaschen und die neue Kleidung angezogen hatte, gesellte er sich zu ihr. Gemeinsam nahmen sie ein umfangreiches Frühstück ein.

Fanny sah in ihrem neuen Kleid hübsch aus. Nichts erinnerte mehr an das zerlumpte, hungernde Mädchen, das in Schornsteinen herumkroch, um sich mühsam ein paar Pennys zu verdienen. Justin musste lächeln, als er genauer über seine Situation nachdachte: Da saß er nun fünfhundert Jahre in der Vergangenheit im Eingang zu einer Gruft und frühstückte im Sonnenaufgang mit einem Mädchen, das er unter normalen Umständen nie kennengelernt hätte.

„Ich möchte mitlachen“, sagte Fanny auf einmal, und Justin blinzelte kurz, als hätte sie ihn aus einem Traum gerissen. „Was?“

„Ich sagte, ich möchte mitlachen. Du hast gerade so ausgesehen, als hättest du an etwas sehr Unterhaltsames gedacht.“

„Mir kam in den Sinn, wie seltsam das alles ist.

Eigentlich dürfte ich gar nicht hier sitzen. Ich meine, dies ist alles andere als ein normales Leben."

Fanny zuckte mit den Schultern. „Was ist schon normal?"

„Bist du auch von zu Hause ausgerissen?", fragte Justin. „So wie die anderen Kinder?"

„Es gab kein Zuhause mehr für sie", erklang eine Stimme. Justin schaute nach oben und sah Davy wie einen alten Wasserspeier auf dem Dach der Katakombe hocken. Leichtfüßig sprang er herab und schaute sich misstrauisch um. „Das hier ist ein Ort der Stille, wusstet ihr das nicht? Ihr macht einen Lärm, der Tote weckt. Ich für meinen Teil würde mir nur ungern ein neues Versteck suchen wollen."

„Entschuldigung", sagte Fanny verlegen.

„Wo bist du die ganze Zeit gewesen?", fragte Justin.

„Das geht dich nichts an", erwiderte Davy und lief an ihm vorbei in die Gruft, wo er sein Bündel achtlos in eine Ecke warf. „Wo hast du das Kleid her?"

Fanny stand auf, hob den Rocksaum ein wenig an und drehte sich wie eine Tänzerin im Kreis. „Ist es nicht hübsch?"

„Ich fragte, wo du das Kleid herhast!"

Fanny hielt inne und schaute Davy ängstlich an. „Du hast getrunken!"

Davy zuckte gleichgültig mit den Schultern. Fanny holte tief Luft und lehnte sich an die Wand. „Das hätte ich nicht gedacht. Nach allem, was wir durchgemacht haben ..."

Davy wirbelte wütend herum. „Ja und? Was geht dich das an? Führ dich nicht so auf, als wärst du Mutter. Mutter ist tot."

„Bitte, Davy!", flehte Fanny. „Tu es nicht. Ich will dich nicht auch noch verlieren."

„Unser Leben ist sowieso verpfuscht. Schau dich doch um! Ist das der richtige Ort für ein Mädchen wie dich?" Er lachte bitter. „Obwohl ... eigentlich passt dieser Friedhof ganz gut zu uns." Er breitete die Arme aus. „Willkommen im Reich der lebenden Toten."

„Hör auf!", fuhr ihn Fanny an. „Du weißt nicht, was du da sagst."

Davy grinste müde und holte eine Flasche aus seinem Bündel. „Vielleicht lässt sich dieser Irrsinn wirklich nur mit einer Flasche Gin ertragen." Er legte den Arm um Fanny und winkte Justin zu sich heran. „Hat dir das Mädchen hier an meiner Seite in der Zwischenzeit erzählt, mit was für Pack du dich eingelassen hast?"

Justin fühlte sich ziemlich unbehaglich. „Nur, dass du ... dass du ..."

„... ein Mörder bist, sag es schon. Aber nicht einfach ein Totschläger, der irgendeiner armen Seele im Dunkeln auflauert und für ein paar Shilling die Kehle durchschneidet. Nein, ich bin da etwas Besonderes. Ich hab unseren Vater umgebracht. Du willst doch bestimmt die Geschichte hören. Ich versprech dir, sie geht so richtig ans Herz." Davy prostete Justin zu und nahm einen kräftigen Schluck.

Fanny schloss die Augen und begann leise zu weinen.

„Am Anfang ist immer alles schön. Vater war Dachdecker und verdiente gutes Geld, Mutter machte als Näherin zusätzlich ein paar Shilling. Eine richtig nette, kleine Familie waren wir, die in einem reizenden Häuschen in Leyton wohnte. Bis zu dem Tag, an dem Vater vom Dach fiel und sich beide Beine brach."

Davy musste husten. Er nahm einen weiteren Schluck und wischte sich ungelenk den Mund ab. „Danach war nichts mehr wie früher. Vater verlor die Arbeit, wir mussten aus dem Haus ausziehen, und er begann zu trinken. Die paar Pennys, die wir hatten, brachte er in irgendwelchen Kneipen durch." Davy lachte bitter und bekam einen Hustenanfall. Er setzte die Flasche an, hielt dann aber inne. „Unsere Eltern fingen an zu streiten. Erst ab und zu, dann immer häufiger. Wenn er betrunken war, schlug er meine Mutter. Ausgenüchtert heulte er wie ein Hund, weil ihm alles so schrecklich leid tat." Davys Stimme war verächtlich geworden. „Er würde sich ändern und keinen Tropfen mehr anrühren. Doch das war gelogen." Davy setzte sich müde auf einen Sarkophag und spuckte rot in sein Taschentuch. „Und dann eines Tages war es so weit. Sie stritten sich mal wieder, ich glaube, es ging um das Haushaltsgeld. Und dann drehte er durch. Er schlug sie und trat sie und schrie sie an. Ich wusste, jetzt bringt er sie um." Er schaute zu seiner Schwester hinüber, die leise schluchzte. „Nicht wahr? Das hast du auch gespürt. Immer wieder hast du gerufen, er solle aufhören.“ Davy schüttelte den Kopf. „Doch das machte ihn noch wütender. Als er mit Mutter fertig war, packte er Fanny und begann, sie zu würgen.“ Davy umfasste die Flasche mit beiden Händen und drückte so fest zu, dass die Knöchel weiß hervortraten. „Und Fanny schaute ihn nur mit großen Augen an. Dann ging alles wie von selbst. Ich war ganz ruhig. Konnte klar sehen, was um mich herum geschah: wie Fanny langsam bewusstlos wurde und Vater vor Anstrengung ächzte. Und wie Mutter nicht mehr atmete und ins Leere starrte. In der Ecke neben dem Küchenschrank stand eine Werkzeugkiste. Vater wollte immer mal das Schloss an einer der Türen reparieren. Auch so eines der vielen Versprechen, die er nie hielt. Ich griff nach dem größten Schraubenzieher und ...“

„Davy, bitte“, flüsterte Fanny leise. Sie stand auf und nahm ihren Bruder in den Arm. „Es ist vorbei.“

Doch er schüttelte langsam den Kopf. „Es ist nie vorbei.“ Dann wischte er sich die Tränen aus den Augen. „Jetzt weißt du, warum wir bei Bertie gelandet sind, Justin.“ Er lachte. „Na ja, für ihn hat es sich wenigstens gelohnt.“

„Der Schöne Bertie verdient das viele Geld hauptsächlich mit Davy“, erklärte Fanny, als sie Justins fragenden Blick bemerkte. „Er hat mehrere Trupps von Schornsteinfegern. Doch im Grunde genommen ist das nur die Tarnung, damit die Truppführer unauffällig in die Häuser gelangen können, um sich nach wertvollen Gegenständen umzusehen."

„Sie erstellen so etwas wie eine Liste", fuhr Davy fort. „In einer der folgenden Nächte breche ich dann ein und sammle alles ein."

„Und woher weiß Bertie, dass du nicht auf eigene Rechnung arbeitest?"

Davy gab einen höhnischen Laut von sich. „Der Schöne Bertie postiert überall seine Spitzel. Wenn er das Gefühl hat, dass ich ihn übers Ohr haue, liefert er mich noch am selben Tag der Polizei aus. Dann macht man mir den Prozess, und falls ich Glück habe, wartet der Strick auf mich. Wenn ich Pech habe, verschimmele ich im Newgate-Gefängnis. Er hat jeden auf diese Art in der Hand. ‚Wissen ist Macht', sagt er immer. Er hat recht. Bis jetzt ist es noch keinem gelungen, ihm zu entkommen. Und er wird nicht zulassen, dass wir die Ersten sind."

„So. Jetzt kennst du unsere Geschichte", sagte Fanny und putzte sich die Nase. „Was ist mit deiner? Und keine Lügen mehr!"

Justin stöhnte. Er musste sich etwas ausdenken, was der Wahrheit am nächsten kam, ohne sie ganz zu enthüllen.

Doch was kam der Wahrheit am nächsten? Er konnte schlecht seine Geschichte erzählen. Ich bin aus der Zukunft und hier in eurer Zeit gefangen. Schon meine Eltern sind in der Vergangenheit verschwunden. Scheint, als setzte ich eine Art Familientradition fort.

„Eigentlich komme ich aus Brighton“, sagte Justin. „Dort gehe ich auf ein Internat.“ Er schaute Fanny an. „Ein sehr strenges Internat. Es ist wie das Leben in einem Kloster: Man sorgt für uns, und wir brauchen uns um nichts Gedanken zu machen.“

„Darum dieser seltsame Anzug. Und deswegen kannst du auch nicht mit Geld umgehen!“, stellte Fanny fest.

„Genau.“ Justin nickte.

„Und wieso bist du nach London gekommen?“, fragte Davy.

„Mein Onkel hat mich für die Ferien zu sich eingeladen“, erwiderte Justin.

„Was machst du dann auf der Straße?“

„Onkel Chester musste kurzfristig – weg.“ Justin grinste schief. „Sehr kurzfristig, genau genommen.“

Fanny schüttelte den Kopf. „Na klar. Und das verwöhnte Jüngelchen hat er einfach auf die Straße gesetzt.“ Sie lachte spöttisch.

Justin seufzte. Er wusste, wie unglaubwürdig er war. Aber er hatte keine andere Wahl. Wenn Fanny und Davy ihn nicht zur Ausstellung brächten, würde Chesters Mission scheitern.

„Ein gewisser Charles Babbage stellt auf der Weltausstellung eine Maschine aus, die mein Onkel näher in Augenschein nehmen muss. Dorthin ist er nun unterwegs.“

„Und du willst ihn da treffen? Gehört die Ausstellung zu deinen Ferienvergnügungen?“, fragte Davy.

Justin sah verzweifelt von einem zum anderen.

„Ich weiß, dass ich es schlecht erklären kann. Aber ihr müsst mir glauben. Morgen Nacht wird in der Ausstellung etwas geschehen, was nicht sein darf. Mein Onkel wird dabei unfreiwillig eine wichtige und lebensgefährliche Rolle spielen. Und ich muss ihn vorher warnen."

Davy sprang auf. „Kleiner, du erzählst uns hier verdammten Unsinn. So wie ich das verstehe, plant dein Onkel ein krummes Ding, bei dem er nicht gesehen werden will. Und du solltest dir gut überlegen, ob du dabei mitmachen willst."

Justin schaute in die Runde. Das Gespräch hatte die schlimmstmögliche Wende genommen.

„Hört mal", sagte er leise. „Ich muss das hier tun. Ohne euch oder mit euch. Aber ich weiß, dass ich es alleine nicht schaffe. Und ich bitte euch, mir zu helfen. Es hängt viel mehr davon ab, als ihr euch vorstellen könnt."

Fanny sah ihren Bruder an. „Davy, komm schon. Ich habe mit Justin ein Geschäft abgeschlossen. Wenn wir ihm helfen, hilft er uns", sagte sie.

Davy fuhr herum. „Auf sein verdammtes Geld kann ich gut verzichten. Wir sind auf niemanden angewiesen!" Er wandte sich an Justin. „Wenn ich dir helfe, dann nur, weil meine Schwester ohne dich nicht mehr am Leben wäre. Aus keinem anderen Grund, hörst du? Du verheimlichst etwas. Und das gefällt mir nicht."

Das Londoner Eastend war eine Welt für sich, mit eigenen Regeln und eigenen Gepflogenheiten. Seitdem sich in diesem Teil Londons die Arbeiter ansiedelten, um in einer der vielen Fabriken als ungelernte Hilfskräfte eine Anstellung zu finden, bemerkten die Bewohner des Eastend, dass sich ihre Überlebenschancen erheblich verbesserten, wenn man zusammenhielt. Das schloss ein gesundes Misstrauen gegen alle Vertreter der staatlichen Gewalt ein, da so gut wie jeder dort in mehr oder weniger kriminelle Geschäfte verwickelt war. Dummerweise gelang es der Polizei nie, in dieses Milieu einzusickern und es so zu kontrollieren – jeder Eastender roch einen Copper schon eine Meile gegen den Wind. Besonders das Spitzelsystem zwischen Spitalfields und Bromley war bestens organisiert, doch leider nicht im Sinne der Behörden, denen es immer seltener gelang, eine erfolgreiche Razzia durchzuführen. Meist waren die Buschtrommeln in diesem Großstadtdschungel schneller.

So erfuhr auch der Schöne Bertie rechtzeitig von den beiden Polizisten, die wie zwei Fremdkörper in Ratcliffe aufgetaucht waren und ihm offensichtlich einen Besuch abstatten wollten. Für so etwas gab es eine Art Notfallplan. Es war besser, wenn von offizieller Seite niemand etwas von seinem privaten Arbeitshaus erfuhr. Nicht, dass es verboten war. Aber er wollte nicht, dass jemand unangenehme Fragen stellte. Deswegen wurden die wenigen Kinder, die sich tagsüber auf dem verlassenen Fabrikgelände aufhielten, in einen Verschlag gesperrt, der sich im rückwärtigen Teil der alten Fabrikhalle befand. Der Schöne Bertie konnte sicher sein, dass seine Schützlinge mitspielten.

Als Bardike und Lamerton an das große Tor klopften, öffnete der Hausherr persönlich. Wortlos hielten sie ihre Dienstmarken hoch.

„Ah, hoher Besuch! Aber so kommen Sie doch herein! Darf ich Sie hinauf in mein bescheidenes Büro bitten? Mein Diener macht Ihnen sogleich einen Tee."

Während sich Lamerton unauffällig umschaute, erwiderte Bardike: „Danke. Geben Sie sich keine Mühe. Wir werden Sie nicht lange belästigen."

„Wie laufen denn die Geschäfte, Mr. Oxtail? Sie handeln doch mit Kindern, oder wie war das?"

„Ich leite eine rein karitative Organisation, die sich einzig durch die Einnahmen trägt, die die Kinder erwirtschaften. Hier macht keiner Gewinn. Was Sie mir unterstellen, ist eine Frechheit."

„Schön, dass Ihnen bei all der wohltätigen Arbeit noch die Zeit bleibt, sich der Wissenschaft und den schönen Künsten hinzugeben."

„Ich bitte um Verzeihung?", fragte Oxtail irritiert.

„Sie haben doch gestern die große Ausstellung besucht, oder täuschen wir uns da?"

„Ach, das meinen Sie. Gibt es da vielleicht ein Problem? Darf man sich als unbescholtener Bürger nicht für derlei Dinge interessieren?"

„Sie haben gestern dort mit Mr. Charles Babbage ein Gespräch geführt."

Oxtail lächelte die Polizisten schulterzuckend an. „Mag sein. Warum fragen Sie?“

„Weil bei Mr. Babbage heute Nacht eingebrochen wurde.“

Oxtail lachte. „Und Sie glauben jetzt, ich hätte etwas damit zu tun? Ich bitte Sie, ein wenig mehr Fantasie hätte ich Ihnen schon zugetraut.“

Lamerton holte einen Zettel aus der Innentasche seiner Jacke hervor, faltete ihn auseinander und hielt ihn dem Schönen Bertie unter die Nase. „Das ist Ihr Vorstrafenregister. Soll ich es Ihnen vorlesen? Irgendwo in dieser langen Liste werden wir bestimmt auf Diebstahl und Hehlerei stoßen.“

„Jugendsünden“, winkte Bertie Oxtail ab. „Seit Jahren bin ich ein wertvolles Mitglied unserer Gesellschaft. Mit solchen Dingen habe ich schon lange nichts mehr zu tun.“

Plötzlich war aus der alten Fabrikhalle ein dumpfes Poltern zu hören, das klang, als wäre ein leeres Fass umgefallen.

„Dürften wir erfahren, worüber Sie sich mit Mr. Babbage unterhalten haben?“

„Persönliches Interesse. Sie müssen verstehen, ich bin ein wissensdurstiger Mensch.“

„Der sich für solch fantastische Dinge wie drahtlose Sprachübertragung interessiert? Finden Sie es nicht merkwürdig, dass ausgerechnet am selben Abend bei Mr. Babbage in der Dorset Street eingebrochen wurde?“

„Hören Sie, nur weil ich ein sehr anregendes Gespräch mit diesem Gentleman geführt habe, können Sie mich nicht für dieses Verbrechen haftbar machen."

„Wer ist Justin?"

„Kenne ich nicht. Nie gehört. Wer soll das sein?"

„Ein Junge von vielleicht dreizehn Jahren. Rothaarig. Er wurde das letzte Mal auf der Oxford Street gesehen."

„Ach? Und von wem?", wollte Bertie möglichst unbeteiligt wissen.

„Von mir", entgegnete Bardike knapp. „Mr. Babbage erwähnte, dass Sie sich nach dem Jungen erkundigt haben."

„Sie stellen vielleicht Fragen! Mag sein, dass ich ihn kenne. Vielleicht ist es ein Bursche hier aus Ratcliffe. Hören Sie, ich habe mit so vielen Leuten zu tun, ich kann mich unmöglich an jeden Einzelnen erinnern. Bei Erwachsenen fällt mir das schon schwer, aber Kinder? Sehen die nicht sowieso alle gleich aus?"

„Sie waren nicht vorgestern Morgen so gegen neun Uhr in der Nähe der Oxford Street?"

„Nein. Ganz bestimmt nicht." Der Schöne Bertie warf einen Blick auf seine Taschenuhr. „Hören Sie, meine Zeit ist kostbar. Wenn das alles wäre, würde ich Sie jetzt bitten zu gehen. Ich habe noch eine Menge zu tun."

Bardike seufzte, dann zuckte er hilflos mit den Schultern. „Gut, Bertie. Das wäre es – für heute. Wir finden den Weg alleine. Einen schönen Tag noch."

Als das Hoftor hinter den beiden Polizisten ins Schloss fiel, wirbelte der Schöne Bertie herum. „Dimitry!“, brüllte er. „Beweg deinen faulen Hintern auf der Stelle hierher! Dimitry!“

Eine Tür flog auf, und grunzend kam der Diener angewatschelt, wobei er im Laufen versuchte, seine Hose zuzuknöpfen. „Fressen und verdauen ist wohl das Einzige, was du kannst, du Nichtsnutz!“ Dimitry grinste seinen Herrn blöde an und zog die Nase hoch. „Schaff mir Cronkite heran, auf der Stelle. Ich will wissen, ob er schon eine Spur von dem Rotschopf und dieser Fanny hat. Wenn nicht, kann er sich auf was gefasst machen!“

Kalte Wut hatte Cronkite gepackt, als er bemerkte, dass Justin und Fanny einen Weg gefunden hatten, unbemerkt das Fabrikgelände von Bryant & May zu verlassen. Das war genau die Art von Panne, die er sich im Moment nicht leisten konnte. Cronkite hätte wissen müssen, dass dieser seltsame Junge und diese Pest von einem Mädchen etwas miteinander ausheckten. Und er ging jede Wette ein, dass ihr Bruder Davy mit von der Partie war. Die beiden waren ja ein Herz und eine Seele.

Aber er musste einen klaren Kopf behalten, wenn er das Problem lösen wollte. Cronkite dachte scharf nach. Weder Justin noch Fanny hatten genug Geld, um sich in dieser Stadt lange über Wasser zu halten. Vermutlich hatten sie sich irgendwo verkrochen.

Dass sie dabei niemandem aufgefallen waren, der auf der Lohnliste des Schönen Bertie stand, überraschte Cronkite nicht besonders. Davy kam viel in der Stadt herum, und bei seinen Diebestouren, die ihn in letzter Zeit immer weiter nach Westen führten, wäre er dumm gewesen, wenn er nicht den einen oder anderen geheimen Unterschlupf in petto gehabt hätte.

Cronkite war stets der Meinung gewesen, dass es ein Fehler war, Davy an der langen Leine zu führen. Der schwindsüchtige Bursche hatte außer seiner Schwester nichts zu verlieren. Das war vielleicht der einzige Grund, warum Davy Nacht für Nacht die Einbruchsnummer machte. Aber Cronkite hatte sich davor gehütet, diese Meinung dem Schönen Bertie unter die Nase zu reiben. Der eitle Idiot war mittlerweile so überdreht, dass er den Sinn für die Realität verlor. O ja, Oxtail war gerissen und bewegte sich im Eastend wie ein Fisch im Wasser. Das war sein Revier, hier kannte er sich aus, und hier waren ihm alle treu ergeben. Doch mit dem Erfolg kam der Größenwahn, der leichtsinnig machte. Bertie Oxtail konnte mit so viel Geld um sich werfen, wie er wollte – wenn er den Leuten immer wieder zeigen musste, dass er sich für etwas Besseres hielt, verlor er auf Dauer an Rückhalt. Sein Imperium stand auf wackeligen Füßen. Jeder König war nur so groß wie seine Gefolgschaft. Und die bröckelte zusehends.

Man musste vorsichtig planen. Cronkite hatte das

schon früh erkannt und seine eigenen Leute rekrutiert, um im passenden Moment Bertie zu stürzen und sich selbst auf den Thron zu setzen. Dimitry zum Beispiel war in Cronkites Spiel eine wichtige Figur. Man hielt Berties Diener für einen bissigen Hund, der nur auf die Stimme seines Herrn hörte und ansonsten dumm wie Bohnenstroh war. Aber auch wenn Dimitry nicht sprechen konnte, sein Gehör war dafür umso besser. Und da der Schöne Bertie, der zu Selbstgesprächen neigte, auch in Gegenwart seines scheinbar minderbemittelten Schergen nicht seinen Mund halten konnte, war Dimitry und somit Cronkite stets über alles bestens im Bilde.

Cronkite wollte unabhängig sein, und dazu brauchte er Macht. Die Leute sollten Angst vor ihm haben. Schon als Kind hatte er sich immer mit Stärkeren angelegt. Er war ein Schläger, der seine Interessen rücksichtslos durchsetzte und auch über Leichen ging, wenn es ihm sinnvoll erschien. Meist hatte er sich dabei völlig im Griff. Nur manchmal ging seine Wut mit ihm durch. Bei diesem Justin zum Beispiel. Gott, wie er diese verwöhnte Made hasste! Dort, wo Justin herkam, würde man Cronkite immer wie einen Aussätzigen behandeln. Einmal Straßenköter, immer Straßenköter. Den Gestank der Gosse bekam man nicht wieder los. Der Schöne Bertie hatte das nie eingesehen, aber Cronkite war nicht so blind. Wenn die Leute ihn schon nicht respektierten, sollten sie wenigstens vor ihm zittern.

Und das taten sie.

Bis gestern.

Es hatte keiner gelacht, als die Nachricht von der Flucht der beiden die Runde machte. Dazu hatten die Feiglinge viel zu große Angst. Aber er konnte das Flüstern schon hören: Cronkite wird schwach. Cronkite hat seine Leute nicht mehr im Griff. Man kann ihm auf der Nase herumtanzen, ohne dass er im Stande wäre, etwas dagegen zu tun. Außerdem hatte er Oxtails Vertrauen verloren.

Noch nie war Cronkite von Oxtail so behandelt worden. Wie ein Schuljunge hatte er vor ihm gestanden und gewartet, bis der Schöne Bertie herablassend langsam seine Nierenpastete verzehrt hatte und dazu mit spitzem Mund seinen gezuckerten Rotwein trank. Gott, was hätte er in diesem Moment dafür gegeben, diesem widerlichen Trottel das Glas aus der Hand schlagen und ihm den letzten Rest seines Essens in den Hals stopfen zu können. Aber er hatte sich beherrscht, mit mahlenden Zähnen, geballten Fäusten und eingefrorenem Lächeln. Auch die anschließenden Beleidigungen hatte Cronkite über sich ergehen lassen, indem er sich immer wieder vorstellte, was er mit dem Schönen Bertie alles anstellen würde, wenn er erst einmal auf dessen Platz säße.

Cronkite machte sich gar nicht erst die Mühe, Justin und Fanny zu verfolgen, sondern begab sich direkt zur Exhibition Road. Von Bertie wusste er, dass Justin zu der Ausstellung wollte. Vielleicht konnte er die drei auf dem Weg dahin überholen und abfangen. Zuvor ließ er sich jedoch von Dimitry neu einkleiden, damit er im vornehmen Londoner Westen kein Aufsehen erregte.

Es war ein sonniger Nachmittag. Die Regenwolken des gestrigen Tages waren verschwunden, und die Luft war ungewöhnlich klar für einen Londoner Tag. Cronkite lehnte sich in der Kutsche zurück und schloss die Augen, während ihn Dimitry nach Knightsbridge fuhr. Das war es. So musste es sein, das Leben. Dann hatte auch London seine angenehmen Seiten. Wer einmal gesagt hatte, dass Geld allein nicht glücklich macht, hatte ganz entschieden unrecht.

Nur wer reich war, konnte sich auf das Leben konzentrieren und es genießen.

Und nur wer reich war, konnte sich auch diesen Spruch leisten.

Zu hören bekamen ihn meist die, die keines hatten. Leute wie Cronkite.

Je weiter sie nach Westen kamen, desto imposanter wurde die Stadt: Spitalfields, St. Luke's, Clerkenwell, Bloomsbury, Marylebone. Überall wurde gebaut, veränderte die Stadt ihr Gesicht. Als die Kutsche auf die Euston Road einbog, fuhr Cronkite an einer meilenlangen Baustelle entlang. Neugierig schaute er aus dem Fenster. Offensichtlich hatte man eine ganze Zuglinie komplett unter die Erde verlegt. Im Abstand von mehreren hundert Metern gab es Treppen, die zu den unterirdischen Bahnhöfen führten. Cronkite lächelte bitter. Wahrscheinlich dauerte es noch hundert Jahre, bis das Eastend ebenfalls so eine Untergrundbahn bekam. Wer hätte denn auch schon Interesse an solch einer Strecke. So war doch alles viel einfacher. Niemand musste Angst haben, dass das einfache Volk seine Viertel verließ, um den Rest der Stadt unsicher zu machen. Jeder war da, wo er hingehörte. Nur er, Cronkite, war dabei, die Grenzen zu überschreiten.

Dimitry fuhr durch das Marlborough Gate des Hydeparks und lenkte die Kutsche auf dem West Carriage Drive nach Süden zur Exhibition Road. Cronkite hatte noch nie den Hydepark gesehen, nur von ihm gehört. Es war wie ein Paradies. Gut gekleidete Gentlemen flanierten mit ihren Damen den Long-Water-See entlang, und Kinder spielten unter den wachsamen Augen ihrer Kindermädchen auf den saftig grünen Wiesen Ball. Sie würden niemals erfahren, was es hieß, zwölf Stunden am Tag in der Fabrik zu stehen oder die Müllhalden nach Essen zu durchsuchen.

Vor dem Ausstellungsgebäude hielt Dimitry an, und Cronkite stieg aus.

„Ich weiß nicht, wie lange ich brauche. Du fährst am besten wieder, ich werde eine andere Kutsche zurück nehmen.“ Dimitry nickte, und bald war der Wagen um die Ecke verschwunden.

Cronkite atmete tief durch und schaute sich um. Das Ausstellungsgebäude war ein langgestreckter Bau, dem die gläsernen Kuppeln ein kirchenähnliches Aussehen verliehen. Vor dem portalartigen Haupteingang hatte sich eine Schlange gebildet, die aber schnell kürzer wurde. Er schüttelte den Kopf. Es war ein ganz normaler Wochentag. Ging denn hier niemand arbeiten? Cronkite bezahlte seinen Eintritt und betrat dann das Gebäude.

Innen herrschte ein emsiges Treiben. Cronkite fragte sich, wie er in dem Getümmel Justin und Fanny ausfindig machen sollte. Er setzte sich auf eine Bank in der Eingangshalle und studierte den Ausstellungsplan, der im rosafarbenen Führer abgedruckt war. Auch wenn er nicht lesen konnte, sah er auf einen Blick, dass es etliche Eingänge gab, die er allein unmöglich im Auge behalten konnte.

Schließlich stand er auf. Es hatte keinen Sinn, hier herumzusitzen und zu hoffen, dass etwas geschah.

Er würde es bei diesem Mr. Charles Babbage versuchen, für den sich der Schöne Bertie so auffällig interessiert hatte. Bertie hatte überall herumposaunt, dass Justin etwas mit dem Mann zu tun hatte.

Es dauerte eine ganze Weile, bis Cronkite im richtigen Saal angelangt war. Er hasste es, die Aufseher zu fragen, die ihm mit arroganter Miene Auskunft gaben. Der erste erklärte ihm den Weg zum Raum für philosophische Instrumente. Cronkite konnte sich keine Vorstellung machen, wer sich diesen Begriff ausgedacht hatte und was er bedeutete. Der zweite Aufseher nannte ihm schließlich eine Nummer, und nach einigem Suchen fand er, was er suchte. Als er jedoch die Gegenstände und Objekte in den Vitrinen sah, stand er wieder vor einem Rätsel.

Eine Gruppe von Besuchern hatte sich um eine Vitrine geschart und lauschte den Ausführungen eines Mannes. Cronkite verglich die Ausstellungsnummer mit dem Eintrag in seinem Führer, auf den der Aufseher gezeigt hatte: Hier war er richtig.

Zu dumm, dass er nicht wusste, wie dieser Babbage aussah. Gerade als Cronkite sich zu den anderen stellen wollte, sah er zwei Polizeibeamte, die abseitsstanden und von einem älteren Mann begrüßt wurden. Einer plötzlichen Eingebung folgend, suchte Cronkite nicht das Weite, sondern tat so, als würde er sich für eine Vase interessieren, die in der Nähe der drei Männer stand.

„Ihr Freund Mr. Gravatt hat ein hervorragendes Gedächtnis. Die Beschreibung, die er von diesem unbekannten Herrn geben konnte, war außerordentlich genau“, sagte der Unscheinbare der beiden Polizisten.

„Von der Größe und Statur her könnte es sich um Ihren Einbrecher handeln. Leider haben Sie ja das Gesicht nicht sehen können.“ Der Inspektor legte einen Finger auf den Mund. „Vielleicht ist er aus dem Ausland. Mr. Gravatt sagte, dass der Mann ein sehr seltsames Englisch sprach. Einige der Wörter waren Ihrem Freund sogar gänzlich unbekannt, Mr. Babbage.“

Babbage! Hier war er richtig! Cronkite musterte den älteren Mann aus den Augenwinkeln heraus.

„Also sind Sie der Meinung, dass es nicht diese halbseidene Figur war – dieser ... dieser Bertie Oxtail –, die meine Baupläne gestohlen hat?“, fragte er.

Cronkite verzog das Gesicht. Verdammt! Offensichtlich hatte der Schöne Bertie solch einen bleibenden Eindruck hinterlassen, dass sich bereits die Polizei für ihn interessierte.

„Ganz bestimmt nicht“, erwiderte der Beamte. „Wir können davon ausgehen, dass es sich um einen außerordentlich gebildeten Mann handelt. Vermutlich ist er auf der Durchreise. Sergeant Lamerton und ich werden jedenfalls die Beschreibung an alle Hotels weitergeben. Sollten wir etwas Neues in Erfahrung bringen, werden Sie der Erste sein, der davon erfährt.“

„Ich bin Ihnen sehr dankbar, Inspektor Bardike“, sagte Babbage und schüttelte den beiden Beamten die Hand. „Dann werde ich mit ein wenig Glück bald von Ihnen hören.“

Der Sergeant drehte sich um und wäre beinahe in Cronkite hineingelaufen, der noch immer mit dem Rücken zu ihnen stand. „Oh, Entschuldigung, junger Mann. Aber ich habe Sie nicht gesehen.“

Cronkite drehte sich mit einem verlegenen Lächeln um. „Keine Ursache, Sir. War mein Fehler.“

Inspektor Bardike schaute den Jungen auf einmal misstrauisch an. „Sagen Sie mal, kennen wir uns nicht?“

„Ganz bestimmt nicht. Wirklich. Ich hatte noch nie etwas mit der Polizei zu tun.“

„Ich könnte schwören, dass wir uns schon einmal begegnet sind ...“, beharrte Bardike nachdenklich. Lamerton, der bereits einige Schritte vorgegangen war, blieb jetzt stehen und drehte sich um. Bardike zuckte mit den Schultern. „Wahrscheinlich täusche ich mich. Nichts für ungut, junger Mann.“ Dann verschwand er mit seinem Kollegen in der Menge.

Das war knapp. Dummerweise hatte dieser Babbage die ganze Szene mitverfolgt. Jetzt kannte er Cronkites Gesicht. Es würde auffallen, wenn er sich weiter in der Nähe herumdrückte. Cronkite schaute auf die Uhr, die an der Stirnseite der Halle von der Decke hing. In fünf Minuten würde die Ausstellung schließen.

Cronkite dachte kurz nach. Was war, wenn Justin gar nicht Babbage treffen wollte, sondern vielmehr Interesse an dieser seltsamen Maschine hatte?

Er traf eine Entscheidung. Er würde sich die Nacht über auf die Lauer legen. Unauffällig schaute er sich um. Am Ende des Raums befand sich ein breiter Gang, an dessen Wänden einige kleinere Skulpturen auf einem Tisch standen. Eine Samtdecke reichte bis auf den Boden, sodass sich dahinter ein perfektes Versteck bot. Hier konnte er bequem die ganze Nacht auf Justin und seine Freunde warten.

Cronkite reihte sich in den Strom der Besucher ein und passte eine günstige Gelegenheit ab. Dann tat er so, als würde er etwas suchen, das zu Boden gefallen war, und huschte in einem unbeobachteten Moment unter den Tisch.

Es war dunkel und muffig in dieser Höhle, aber dafür hatte er genügend Platz, um bequem zu sitzen. Cronkite lauschte, bis die letzten Schritte verhallt waren. Erst dann wagte er einen Blick nach draußen. Von irgendwoher hörte er das Scheppern eines Eimers. Dann sah er eine mürrische Putzfrau den Raum betreten. Sie stellte den Eimer ab und begann den Boden zu wischen. Beunruhigenderweise legte sie besonderen Wert darauf, auch unter den Tischen und Vitrinen sauberzumachen. Cronkite fluchte leise. Es war nur eine Frage der Zeit, dann würde ihn diese dicke Matrone entdecken.

Zu seinem Glück legte die Putzfrau keine besondere Eile an den Tag. Außerdem hatte sie am entgegengesetzten Ende des Raumes mit ihrer Arbeit begonnen, sodass ihm noch eine Galgenfrist blieb. Cronkite dachte fieberhaft nach. Sollte er aus seinem Versteck stürzen und das Überraschungsmoment zur Flucht nutzen? Oder sollte er abwarten, was passierte? Immerhin würde er mit dieser Frau spielend fertig werden.

Doch Cronkite hatte Glück. Kurz bevor er aus dem Versteck stürzen wollte, tauchte ein Wachmann auf.

„Tilda! Du bist ja immer noch nicht fertig!“, rief er. Die Putzfrau hob den Kopf und schaute den Wachmann mit offenem Mund an. „Ist halt viel zu tun“, sagte sie langsam. „Die lassen auch überall ihren Dreck liegen.“ O Gott, stöhnte Cronkite innerlich. Wahrscheinlich dachte sie noch langsamer, als sie sprach.

„Mach Feierabend für heute. Es ist sauber genug."

Einen Moment blieb die Frau unschlüssig stehen, dann hob sie seufzend den Eimer hoch und schlurfte mit dem Wachmann davon. Einige Minuten später war es ruhig in den Hallen. Dennoch entschied Cronkite sich, noch in seinem Versteck zu bleiben. Er wollte die Dunkelheit abwarten. Bis dahin würde sich vermutlich sowieso nicht viel tun. Er versuchte, es sich so gemütlich wie möglich zu machen. Die stickige Luft tat ihr Übriges, und es dauerte keine zehn Minuten, dann war er eingenickt.

Cronkite wusste nicht, wie lange er geschlafen hatte, aber als ihn etwas weckte, war es bereits stockdunkel. Cronkite rieb sich die Augen und lauschte wieder in die Dunkelheit. Da! Ein gleichmäßiges Stampfen war zu hören, gefolgt von einem leisen Wimmern.

Vorsichtig kroch Cronkite unter dem Tisch hervor. Er brauchte einige Sekunden, um sich zu orientieren. Dann schlich er in die Richtung, aus der die Geräusche kamen.

Als er den angrenzenden Raum betrat, zuckte er zusammen. Drei Wachleute saßen zusammengesunken an einem Tisch, keiner von ihnen rührte sich. Als sich Cronkite vorsichtig näherte, bemerkte er, dass sie tief und fest schliefen. Offensichtlich waren sie mitten in einer Kartenpartie eingenickt. Vor ihnen auf dem Tisch standen eine angebrochene Flasche Whisky und drei halbvolle Gläser. Jetzt wusste er auch, warum der Wachmann die Putzfrau so schnell hatte loswerden wollen.

Cronkite konnte sich nicht vorstellen, dass ein bisschen Whisky die Männer aus den Schuhen gekegelt hatte, doch bevor er noch weiter darüber nachdenken konnte, verwandelte sich das leiernde Wimmern in einen gleichmäßigen Ton. Cronkite schlich weiter durch die nächsten zwei Hallen und schaute vorsichtig um die Ecke. Ein komplett in Schwarz gekleideter Mann beugte sich über einen leuchtenden Kasten, der über zwei Kabel mit einer merkwürdigen Konstruktion verbunden war. Eine kleine Dampfmaschine betrieb einen Apparat, der das Surren von sich gab. Offensichtlich versuchte der Mann erfolglos, einige Einstellungen vorzunehmen. Schließlich öffnete er eine Klappe und tippte auf ein paar bunt leuchtende Tasten. Zunächst geschah nichts. Dann aber begann der Kasten aus sich heraus zu leuchten und auf eine seltsame Art und Weise unscharf zu werden, so als ob er heftig vibrierte. Sowohl die Unschärfe als auch das Leuchten nahmen zu und weiteten sich schließlich auf den surrenden Kasten und die Dampfmaschine aus. Wahrscheinlich war das genau die Reaktion, die der Mann erwartet und gewünscht hatte. Mit einem erleichterten Seufzer setzte sich die schwarze Gestalt auf den Boden, lehnte sich erschöpft gegen die Wand und verharrte eine Zeit, während das Maschinenorchester ein vielstimmiges Stück vor sich hin summte.

Cronkite war so gefangen, dass er nicht die große

Vase bemerkte, die direkt neben ihm stand. Er wollte sich gerade vorsichtig zurückziehen, als er sie anstieß. Gerade noch rechtzeitig konnte er sie auffangen, bevor sie mit einem lauten Scheppern auf den Boden gekracht wäre.

Im gleichen Moment sprang die dunkle Gestalt auf und schaute in Cronkites Richtung. Für einen Augenblick standen sie sich Auge in Auge gegenüber, oder so schien es zumindest, denn der Mann trug eine schwarze, enganliegende Maske, die es unmöglich machte, die Gesichtszüge zu erahnen. Plötzlich veränderte sich das Surren. Ein Bitzeln fraß sich vom Kasten zum Generator, der daraufhin langsam, aber sicher immer höherdrehte, was wiederum die Aufmerksamkeit des geheimnisvollen Besuchers auf sich lenkte.

Das war die Chance für Cronkite. Er wirbelte herum, riss die Vase mit sich, die in tausend Stücke zersprang, und lief davon, als sei der Leibhaftige hinter ihm her. Die schwarzgekleidete Gestalt blieb eine Sekunde unschlüssig stehen. Der Motor drehte immer höher, und ein feiner blauer Rauch stieg auf. Es roch nach verschmorten Isolierungen und verbranntem Öl. Mit einem Ausruf der Verzweiflung und der Frustration ballte er die Fäuste, warf einen letzten Blick auf die Maschine und hetzte schließlich hinter dem Jungen her.

Cronkite hatte keine Ahnung, welchen Weg er einschlagen sollte. Zunächst rannte er zum Haupteingang, doch da war erwartungsgemäß alles verschlossen. Er drehte sich um. Am Ende des langen Korridors sah er den Mann um die Ecke laufen. Als er Cronkite erblickte, zog er aus seiner Tasche etwas, das wie eine Pistole aussah. Mit einem lauten Aufschrei stürmte Cronkite einen weiteren Korridor entlang, der links vom Haupteingang abbog und zu einem Treppenaufgang führte. Er war schon versucht, hinauf in den ersten Stock zu flüchten, überlegte es sich aber anders, da er ahnte, dass er dann in eine Falle geriet. Cronkite warf einen Blick über die Schulter. Um Himmels willen, dieser Mann war schnell. Wenn ihm nicht bald etwas einfiel, würde ihn der unheimliche Besucher in Kürze eingeholt haben. Und wieso in drei Teufels Namen schoss er nicht einfach?

Offensichtlich befand er sich im Verwaltungstrakt des Ausstellungsgebäudes. Ein Büro reihte sich an das andere, doch keine der Türen stand offen. Im Vorüberlaufen riss er an den Türklinken. Bei der dritten hatte er Erfolg. Cronkite bremste abrupt ab, sprang in das Dienstzimmer, warf die Tür zu und drehte den Schlüssel um.

Er hörte, wie draußen im Flur die Schritte näher kamen und vor der Tür stehenblieben. Mit aller Wucht warf sich der Unbekannte gegen die Tür, die daraufhin aus den Angeln gerissen wurde und zu Boden fiel. Cronkite kletterte gerade aus dem Fenster und hätte es auch beinahe geschafft, als plötzlich sein Fuß gepackt wurde. Er verlor das Gleichgewicht. Mühsam hielt er sich am Fensterrahmen fest und begann, um sich zu treten. Er traf den maskierten Besucher mitten ins Gesicht, sodass dieser zurücktaumelte und den Griff lockerte. Mehr brauchte Cronkite nicht. Ein zweiter Tritt, und er war frei. Dann ließ er sich einfach aus dem Fenster fallen.

Es musste bereits früher Morgen sein, denn der Himmel verfärbte sich im Osten rot. Nicht mehr lange, und es würde so hell sein, dass ihm der schwarzvermummte Mann nicht mehr folgen konnte, ohne in seinem Aufzug Aufmerksamkeit zu erregen. Cronkite lief, so schnell er konnte, und drehte sich nicht mehr um. Er wusste, dass er in Sicherheit war, sobald er den Park hinter sich ließ. Atemlos hastete er durch die Büsche, sprang über den Zaun und lief zum Alexandra Gate, wo um diese Zeit bereits einige Kutschen standen.

VII.

Es war Samstag, der 3. Mai, als Inspektor Bardike zum zweiten Mal in dieser Woche zu unchristlich früher Zeit aus dem Bett geholt wurde. Bardike hatte darauf bestanden, dass er sofort zu benachrichtigen sei, wenn sich etwas Ungewöhnliches zutragen sollte, und um Viertel nach sechs war es dann so weit. Sergeant Lamerton klingelte an der Tür. Zwanzig Minuten später trafen die Beamten in Knightsbridge ein.

Das Erste, was ihnen beim Betreten der Ausstellungshalle auffiel, war der seltsame Geruch, der in der Luft hing. Als ein Polizist die beiden Beamten bemerkte, straffte sich seine Haltung. Bardike nickte ihm einen Gruß zu. „Können Sie uns berichten, was passiert ist?“

„Nun, es war zur Wachablösung. Gleich beim Betreten der Halle haben wir bemerkt, dass etwas nicht stimmte. Eine der Türen war aus ihren Angeln gerissen und ein Fenster geöffnet. Irgendjemand muss die Nachtwächter überwältigt haben.“

„Was ist mit ihnen geschehen?“

„Man hat sie betäubt. Ein Arzt ist bei ihnen."

„Ist irgendetwas gestohlen worden?", fragte Lamerton.

Der technische Leiter, der trotz der frühen Morgenstunde gerufen worden war, übernahm die Antwort. „Nein, soweit wir das abschätzen können, nicht. Aber es sind einige Ausstellungsstücke ... nun ja, beschädigt worden."

Bardike sah hoch. „Handelt es sich dabei zufällig um die Differenzmaschine von Charles Babbage?"

Der Mann schüttelte verwundert den Kopf. „Wie kommen Sie denn darauf? Nein, die ist nicht darunter. Aber schauen Sie selbst."

Er führte sie zu Halle XII. Auch hier waren technische Neuerungen und eine Vielzahl von Geräten ausgestellt. Bardike und Lamerton sahen sofort, was den verschmorten Geruch verursacht hatte, auch wenn sie es nicht verstanden. Zwei Maschinen waren miteinander verbunden worden, von einer jedoch schienen nur noch rauchende Trümmer übriggeblieben zu sein.

„Wonach riecht es eigentlich?", fragte Lamerton.

„Es sieht so aus, als sei jemand heute Nacht hier eingedrungen und hätte ein kleines Experiment durchgeführt. Das da vorne war einmal eine Dampfmaschine. Der Kessel ist durchgebrannt. Irgendwann war wohl das Wasser verbraucht. Interessanter ist das zweite Gerät. Es ist ein Generator. Mit ihm kann man zum Beispiel mittels jener Dampfmaschine elektrischen Strom erzeugen."

Bardike horchte auf. „Elektrischen Strom? Aber warum sollte das jemand wollen? Und was kann man überhaupt mit Elektrizität machen?“

„Oh, sehr viel. Vorausgesetzt natürlich, man hat die nötigen Geräte.“

„Und welche wären das?“

Der technische Leiter zuckte mit den Schultern. „Es gibt sie jedenfalls nicht zu kaufen. Der Eindringling muss etwas sehr Leistungsstarkes an den Generator angeschlossen haben. Dann muss es zu einer Reaktion gekommen sein – daher auch der Geruch. Der Generator ist nicht mehr zu gebrauchen.“ Der Mann warf noch einen Blick auf die Trümmer, ehe er sich kopfschüttelnd von dem Polizisten verabschiedete.

„Ich frage mich, wie unser nächtlicher Besucher in die Halle kommen konnte“, sagte Lamerton nachdenklich.

„Vermutlich mithilfe einer Eintrittskarte, wie jeder andere auch“, erwiderte Bardike. „Hier gibt es viele Verstecke. Er musste nur einen passenden Moment abwarten, um die Wächter außer Gefecht zu setzen, und schon konnte er mit seiner Arbeit beginnen.“ Er sah sich in dem Raum um, bevor er wieder zu dem Sergeant trat.

„Gut, Lamerton“, sagte er. „Versuchen wir das Ganze doch einmal zu rekapitulieren. Am Tag der Ausstellungseröffnung erscheinen hier zwei sehr auffällige Besucher. Einer von ihnen ist unser alter Bekannter Bertie Oxtail. Der andere ein durchaus gebildeter Gentleman. Beide interessieren sich besonders für die Differenzmaschine von Charles Babbage. Und Oxtail fragt außerdem noch nach einem Jungen namens Justin, der – wie wir wissen – in der Oxford Street aufgetaucht ist und einen Lebenslauf von ebendem Charles Babbage in der Tasche hatte."

„Nicht zu vergessen einen Lebenslauf, der nicht nur das Geburtsjahr, sondern auch das Todesjahr des quicklebendigen Herrn angab", warf Sergeant Lamerton ein.

„Richtig." Bardike nickte. „In der Nacht darauf wird nun bei unserem Mr. Babbage eingebrochen. Jemand hat es auf die Pläne für die hier ausgestellte Differenzmaschine abgesehen. Obwohl Oxtail irgendetwas mit der Sache zu tun haben muss, schließen wir ihn als Einbrecher aus. Dazu passt die Beschreibung mit dem seltsamen Licht und den Gerätschaften nicht. Das würde vielmehr auf den vornehmen Unbekannten deuten, der ja laut Mr. Gravatt eher über ein technisches Wissen verfügte." Er machte eine Pause und dachte nach. „Leider ist dieser Unbekannte nicht auffindbar. Heute Nacht wird dann ein zweites Mal eingebrochen, diesmal in der Ausstellungshalle. Aber der Ruhestörer interessiert sich nicht für die Differenzmaschine, wie man nach der Vorgeschichte vermuten könnte. Sondern er schließt in einer anderen Halle zwei Maschinen zusammen, eine Dampfmaschine und einen sogenannten Generator."

Er kratzte sich am Kopf. „Lamerton, können Sie

sich einen Reim darauf machen, in was für einen Fall wir da hineingeraten sind?"

Sein Sergeant schüttelte hilflos den Kopf.

Bardike straffte seine Schultern. „Wir werden eine Nachrichtensperre verhängen und das Gebäude in den nächsten Tagen rund um die Uhr bewachen lassen. Auch wenn ich beim besten Willen keinen gemeinsamen Nenner erkennen kann, steckt hinter der Sache mehr. Und nennen Sie es eine Ahnung, aber ich habe das Gefühl, dass die Dinge gerade erst ins Rollen kommen."

Seit dem frühen Morgen hatte es nicht aufgehört zu regnen. Justin behagte die Vorstellung wenig, bei diesem Wetter den Schutz der Gruft zu verlassen. Aber er hatte keine andere Wahl, auch wenn er sich noch immer recht schwach fühlte. Heute Abend würde Onkel Chester ankommen, und wenn er ihn nicht rechtzeitig abfangen konnte, wäre alles vergebens gewesen.

Fanny hatte den Vormittag genutzt und auch für ihren Bruder Davy unauffälligere Kleidung besorgt. Zum Frühstück vertilgten sie die Reste aus dem Proviantkorb ihres unbekannten Gönners.

„Gut", sagte Davy und wischte sich den Mund ab. „Wie sieht dein Plan aus, Justin?"

Justin schaute überrascht in die Runde. Ein Plan! Darüber hatte er sich keine Gedanken gemacht. Er dachte, sie würden in das Ausstellungsgebäude spazieren, auf Onkel Chester warten und dann weitersehen. Aber so einfach war es wohl nicht.

„Ich habe noch keinen“, sagte er verlegen.

Davy schnaubte verächtlich. „Überrascht mich kaum.“

„Ich kenne mich in London nicht aus“, erwiderte Justin, den der offene Vorwurf Davys ärgerte. „Ich sagte doch, dass ich Hilfe brauche.“

„Ja, aber nicht, dass wir deine Arbeit erledigen sollen.“

„Justin hat keine Erfahrung in solchen Dingen“, versuchte Fanny zu beschwichtigen. „Und ich könnte wetten, dass du dir schon ein paar Gedanken gemacht hast.“

Davy stand auf und wischte sich die Hände an der Hose ab. Er trank den letzten Schluck Wasser aus der Flasche und schaute prüfend zum Himmel hinauf. „Da uns ja wie aus dem Nichts diese schöne Stange Geld in den Schoß gefallen ist, brauchen wir uns nicht zu Fuß durch die Stadt zu schlagen, um dabei womöglich Berties Spitzeln in die Arme zu laufen. Wir nehmen eine Kutsche und steigen im Hydepark aus. Das letzte Stück gehen wir zu Fuß und peilen die Lage.“

„Und dann?“, fragte Justin.

„Dann warten wir ab.“

„Komisch“, brummte Justin. „Klingt auch nicht besser als meine Idee.“

Davy wollte etwas erwidern, aber Fanny war aufgesprungen und stellte sich zwischen die beiden

Streithähne. „Hört zu, jetzt ist bestimmt nicht der beste Moment für solche Kindereien." Sie schaute Davy an. „Es ist nun mal eine Tatsache, dass Justin alleine keine Chance hat. Er ist fremd hier, und er steckt offensichtlich in ziemlichen Schwierigkeiten. Reiß dich also zusammen."

Justin musste grinsen.

„Und du hast keinen Grund, dich zu freuen! Solange du keinen besseren Vorschlag hast, hältst du den Mund und tust das, was Davy sagt. Verstanden?" Justin schluckte und nickte. „So, und jetzt packen wir unsere Sachen zusammen. Ich denke, es wird Zeit."

Es regnete unaufhörlich. Deswegen zogen sie sich notdürftig die Decken über den Kopf und hasteten zur nächsten Kutschenstation.

Nur ein Kutscher wartete mit seiner Droschke auf Fahrgäste.

„Wir müssen zur großen Ausstellung!", rief Justin.

„Aber sicher! Und ich wollte schon immer mal nach Timbuktu. Raus mit euch, aber plötzlich!" Anstatt zu antworten, lehnte sich Fanny aus dem Fenster und drückte dem Mann eine 5-Pfund-Note in die Hand. „Das sollte reichen!"

„Habt ihr die Bank von England ausgeraubt, oder was? Fünf Pfund, mein lieber Mann. Ich glaube kaum, dass ich so viel Wechselgeld dabeihabe. Na, dann los. Hüah!"

Es gab einen Ruck, und die Kutsche setzte sich in Bewegung. Zufrieden grinste Fanny in die Runde.

„Na, wie war ich? Man könnte mir glatt die Dame von Welt abnehmen!“

„O ja“, feixte ihr Bruder. „Wenn da nur nicht dein verdammter Cockney-Akzent und die schlechten Manieren wären.“

Justin hatte gehofft, bei dieser Fahrt etwas von London zu sehen, doch es regnete so stark, dass die Fenster geschlossen werden mussten. Innerhalb weniger Minuten waren sie von innen beschlagen, und auch das häufige Wischen mit dem Handrücken verbesserte die Sicht kaum. Eine Dreiviertelstunde holperten sie so dahin, bis die Kutsche hielt. Der Kutscher sprang vom Bock und hielt mit einer übertrieben tiefen Verbeugung die Tür auf. „Wenn ich bitten dürfte, die Herrschaften. Wir sind am Ziel.“

Justin und Davy sprangen hinaus und rannten unter einen Baum, während sich Fanny trotz des scheußlichen Wetters wie eine Lady aus der Kutsche helfen ließ. „Sie dürfen übrigens den Rest des Geldes behalten.“

Der Kutscher verbeugte sich noch tiefer. „Ich hatte gehofft, dass Sie dergleichen sagen würden, Mylady“, sagte er mit einem Grinsen. „Beehren Sie mich bald wieder.“

Schließlich raffte sie wenig damenhaft den Rock hoch und rannte zu den beiden anderen hinüber.

„Was sollte das denn gerade?“, fragte Davy.

Trotz des Regens strahlte Fanny über das ganze Gesicht. „Das wollte ich schon immer einmal sagen.“

„Dein Geld ist es ja nicht", murrte Justin.

„Er hat recht. Wir sollten es nicht so leichtfertig aus dem Fenster werfen. Wer weiß, wozu wir es noch brauchen."

„Spielverderber", maulte Fanny.

„Ich würde vorschlagen, wir kaufen erst einmal drei Eintrittskarten. Dann können wir uns drinnen irgendwo verstecken und bis heute Abend abwarten." Justin wollte gerade loslaufen, als ihn Davy am Kragen zurückzerrte. „Warte! Schau dich erst einmal um! Fällt dir etwas auf?"

Justin zuckte mit den Schultern. „Nein. Was meinst du?"

„Hier sind überall Polizisten. Da, da und da. Und dort hinten, unter dem Vordach stehen noch einmal drei."

„Wirklich?" Justin schaute genauer hin. „Die sehen eigentlich ganz normal aus."

„Glaub mir, es sind Copper. Tragen allerdings keine Uniform. Die bewachen etwas. Oder warten auf jemanden." Davy warf einen Blick zwischen den Blättern hindurch. „Irgendetwas ist hier oberfaul. Los, kommt mit."

Die drei rannten gebückt durch den Regen zu einem kleinen Pavillon, der versteckt in Sichtweite zum Ausstellungsgebäude am Rande des Parks stand. Jeder von ihnen war bereits bis auf die Knochen durchnässt, und Justin hoffte, dass sein Fieber nicht wieder ausbrechen würde.

„Was geht hier vor, Justin?", fragte Davy aufgebracht. „Wusstest du, dass es hier vor Polizisten wimmeln würde?“

„Nein, Ehrenwort!“, sagte Justin entschuldigend.

„Normalerweise würde ich das Ganze abblasen“, zischte ihn Davy an. „Aber ich bin dir was schuldig. Außerdem sind wir schon zu weit. Fanny kann nicht wieder zurück, Cronkite würde sie umbringen.“

„Aber du kannst noch umkehren“, sagte Fanny und schaute ihren Bruder traurig an. Doch der schüttelte nachdenklich den Kopf und antwortete nicht. Stattdessen kramte er aus seiner Tasche etwas zum Zeichnen hervor.

„Es gibt eine andere Möglichkeit, wie wir hineingelangen können.“ Mit einigen Strichen skizzierte er den westlichen Teil Londons, kreuzte einige Stellen an und verband die Punkte mit mehreren Linien. „Wenn das Meer bei Flut den Pegel der Themse nach oben drückt, liegen die Straßen Londons 30 Fuß niedriger. Das hatte noch bis vor einigen Jahren zur Folge, dass der Dreck der Stadt nicht abfließen konnte und es besonders im Eastend stank wie die Pest. Ich weiß nicht, wie viele Menschen an Typhus und Cholera gestorben sind. Also baute man, natürlich im vornehmen Westen zuerst, eine Kanalisation, die die Abwässer weiter flussaufwärts in die Themse spült, wo das Tidenhochwasser nicht so wirksam ist. Gerade die neuen Gebäude wurden an dieses Kanalnetz angeschlossen. Ich habe hier einmal die Hauptleitungen eingezeichnet.“ Er vollendete seine Skizze und hielt sie Fanny und Justin hin.

„Viele der kleineren Flüsse, die in die Themse mündeten, fließen nun unterirdisch durch mannshohe Tunnel und bilden das Rückgrat des Londoner Abwassersystems.“ Er fuhr mit dem Finger die Zeichnung entlang. „Stamford Brook, Counter’s Creek und die Fleet. Uns interessiert aber nur die Westbourne, die von West Hampstead aus unter South Kensington und Knightsbridge hindurchfließt. Nördlich von Chelsea, aber noch südlich der Cromwell Street gibt es einen Zugang. Den werden wir benutzen.“ Er drückte Justin Karte und Stift in die Hand. „Hier. Falls du dich da unten verläufst.“

„Woher weißt du das alles?“, fragte Justin erstaunt. „Ich hätte nicht gedacht ...“

„Was? Dass ich lesen und schreiben kann?“

„Nein, das meinte ich gar nicht ...“

„Schon gut. Ich habe es erst mir selbst und dann Fanny beigebracht. Außerdem wäre ich ein schlechter Dieb, wenn ich mich nicht in der Stadt auskennen würde. Der Schöne Bertie sagt immer: ‚Wissen ist Macht.‘ Und damit hat er verdammt nochmal recht, obwohl er es wahrscheinlich anders meint als ich. Schwer vorstellbar, dass er mal ein Buch in die Hand genommen hat ...“

Justin schwieg. Sicher, ihm war schon von Anfang an aufgefallen, dass Davy und Fanny sich in ihrer Sprache und ihrem Benehmen erheblich von den anderen Kindern unterschieden. Aber dennoch hatte er Davy falsch eingeschätzt. Er war ein brillanter Kopf, ohne Zweifel. Justin seufzte. Davy wäre ein guter Freund, doch er schien niemandem außer sich selbst zu trauen. Vielleicht noch seiner Schwester Fanny. Zu allem Unglück hatte er recht, Justin gegenüber vorsichtig zu sein. Er hatte die beiden von Anfang an belogen. Es würde keine Hilfe für sie geben.

Denn Justin würde zurückreisen und sie ihrem Schicksal überlassen.

Der Zugang zur Kanalisation war durch ein verkettetes Gittertor gesichert. Davy zog aus seiner Tasche einen Draht, schaute sich kurz um und bearbeitete das Vorhängeschloss. Glücklicherweise war wegen des heftigen Regens kaum ein Mensch auf der Straße. Es dauerte keine zehn Sekunden, und der Eingang war offen. Als sie hineingehuscht waren, legte Davy wieder sorgfältig die Kette vor und hängte das Schloss ein.

„Ich schließe nicht ab. Wenn irgendetwas geschehen sollte, kommt ihr hier wieder raus. Sollte das jedoch unmöglich sein, müsst ihr euch einen Kanaldeckel suchen."

„Wie finden wir uns dort unten zurecht?", fragte Justin.

„Die Gänge tragen dieselben Namen wie die darüberliegenden Straßen. Schau einfach auf die Karte, die ich dir gezeichnet habe."

Sie hasteten die Treppen hinab. Je tiefer sie kamen, desto lauter wurde das Rauschen.

„Hoffentlich kommen wir gut voran. Durch den Regen dürfte der Kanal mehr Wasser führen als sonst." Vor einer Kiste blieb Davy stehen und öffnete sie mit dem Dietrich. In ihrem Inneren befanden sich einige Seile sowie mehrere Lampen. Davy zündete drei von ihnen an und steckte zusätzlich eine Flasche Petroleum ein.

Die Luft war feucht und kühl. Dank des Regens war der Gestank jedoch erträglich.

„Im Sommer ist es hier unten die Hölle. Dann verrottet der ganze Dreck der Stadt, ohne dass er weggeschwemmt wird."

Justin setzte vorsichtig einen Fuß vor den anderen. Rutschiger Schleim überzog gleichmäßig Boden und Decke, von der es zudem unablässig tropfte.

„Im Prinzip ist es in den Gängen vollkommen ungefährlich. Nur auf zwei Dinge solltet ihr achten: Lasst euch nicht von den Ratten beißen und verletzt euch nicht. Alles, was ihr hier unten seht, ist ziemlich ungesund. Ich hatte mich einmal an einem alten rostigen Fassring geschnitten. Drei Wochen hat es gedauert, bis die Wunde einigermaßen verheilt war."

Justin und Fanny schauten in die reißende Strömung des Westbourne. Es war unglaublich, was für einen Unrat er mit sich führte. Justin versuchte, sich möglichst dicht an der Wand zu halten, und schaute dabei fasziniert auf die gurgelnde Kloake. Dabei bemerkte er nicht das Rohr in Kopfhöhe, in dem es auf einmal gefährlich zu rauschen begann.

Davy drehte sich schnell um. Als er sah, dass Justin die Gefahr nicht bemerkte, gab er ihm einen Stoß, dass er rückwärtstaumelte und beinahe hinfiel. Eine Sekunde später würgte an der Stelle, an der Justin eben noch gestanden hatte, das Loch einen armdicken schmutzig braunen Strahl hervor.

„Jemand hat einmal gesagt, dass sich hier unten das schlechte Gewissen der Stadt befindet", sagte Davy. „Eine nette Beschreibung für all den Dreck." Dann ging er weiter. Justin atmete tief durch und schwor sich, von jetzt ab nicht nur auf den Boden, sondern auch nach oben zu schauen.

Nachdem sie mehrere Male abgebogen waren und Justins Gefühl nach etliche Kilometer zurückgelegt hatten, blieb Davy stehen. Ein schmaler Seitengang führte nach oben.

„Ich glaube, wir sind da."

Gemeinsam kletterten sie die steilen Stufen hinauf, bis sie vor einer eisernen massiven Tür standen. Ein weiteres Mal holte Davy den Dietrich hervor und wollte ihn ins Schloss stecken, als er plötzlich innehielt. Vorsichtig betätigte er die Klinke.

Die Tür war nicht verschlossen. Er untersuchte den Riegel. „Da hat sich erst kürzlich jemand dran zu schaffen gemacht." Er gab der Tür einen leichten Stoß, die daraufhin lautlos aufschwang. „Und sie bei dieser Gelegenheit auch gleich geölt."

Davy betrat den dahinterliegenden Raum. Durch ein Kellerlicht fiel das letzte Licht des Tages und beleuchtete einige Regale sowie ein paar leere Kisten. Offensichtlich war es schon nach Ausstellungsschluss. Der Weg durch die Katakomben hatte sie Zeit gekostet. Davy dachte kurz nach. „Wir lassen die Lampen am besten hier. Je weniger wir dabeihaben, desto besser. Ich vermute, dass man oben sowieso einige Lichter angelassen hat. Los jetzt. Aber leise! Wer weiß, wen wir sonst noch aufscheuchen!"

Bardike und Lamerton hatten es sich mit Charles Babbage und William Gravatt im Büro des Ausstellungsleiters am Ende der Halle gemütlich gemacht. Die Lampen waren gelöscht, und man wartete.

„Sie glauben also nicht daran, dass hier heute Nacht noch etwas geschieht?"

Bardike klappte sein Büchlein zu und steckte es in seine Brusttasche. „Ehrlich gesagt, nein", sagte er mit einem entschuldigenden Blick auf Babbage. „An zwei Nächten hintereinander irgendwo einzubrechen ist viel zu riskant."

„Drehen die Wachmänner eigentlich ihre Runde?", fragte Gravatt.

„Ja. Ich habe ihnen gesagt, sie sollen sich regelmäßig alle zwei Stunden bei uns melden."

„Gut", nickte Bardike und streckte sich. „Dann lassen Sie uns einfach abwarten und Tee trinken."

Jeder Dieb und Einbrecher entwickelt mit der Zeit so etwas wie einen sechsten Sinn für Gefahren, und bei Davy war es auch nicht anders. Vorgewarnt durch die Polizisten, nahm er an, dass auch drinnen mit Beamten zu rechnen war. Normalerweise hätte er sich auf so ein riskantes Unternehmen niemals eingelassen, aber das ganze Gebäude war so groß wie der Buckingham-Palast. Keiner konnte derart viele Räume gleichzeitig überwachen.

„Zieht die Schuhe aus“, flüsterte er, als sie im Erdgeschoss ankamen. „Von hier aus laufen wir barfuß weiter, das macht weniger Lärm.“ Davy holte aus seiner Tasche einen Spiegel und befestigte ihn mit Kitt an einem Stab.

„Wozu ist das gut?“, fragte Fanny. Doch anstatt etwas zu erwidern, öffnete Davy vorsichtig die Tür und winkte seine Schwester heran. Dann steckte er den Spiegel durch den Spalt und ließ sie selber sehen.

„Raffiniert! So kannst du in Gänge schauen, ohne selbst entdeckt zu werden!“ Sie lächelte ihn an. „Es ist niemand da.“

„Wir müssen in den Raum für Philosophische Instrumente der Klasse XIII. Dort ist die Differenzmaschine ausgestellt, bei der ich meinen Onkel treffen werde“, sagte Justin.

„Wo befindet sich der Raum?“, wollte Davy wissen.

„Keine Ahnung. Wir müssen uns einen Führer besorgen. Vermutlich liegen die Hefte in der Eingangshalle aus.“

„Da können wir nicht hin. Dort wird es von Wachleuten nur so wimmeln.“

Justin schob sich an Davy vorbei und spähte durch die Tür.

„Was hast du vor?"

„Dahinten ist ein Mülleimer. Vielleicht ist er noch nicht geleert worden."

„Wartet! Ich schaue nach!" Bevor Davy etwas erwidern konnte, war Fanny hinausgehuscht. Triumphierend schwenkte sie ein rosa Heft, als auf einmal Schritte und Stimmen zu hören waren.

„Ich verstehe das ganze Getue nicht. Hier gibt es doch nichts, was sich zu stehlen lohnt."

„Sag das nicht. Meiner Frau haben zum Beispiel diese kleinen Marmorstatuen bei den Italienern gefallen. Meinte, die würden gut in unser Wohnzimmer passen."

Fanny zuckte zusammen. Ein tanzender Lichtschein kam langsam näher.

„Deine Frau hat einen seltsamen Geschmack", grummelte die andere Stimme.

„Nicht wahr? Dabei steht bei uns sowieso schon genug Gerümpel herum", ereiferte sich die erstere. Plötzlich hielten die Schritte inne. „Scht, warte mal! Hast du nicht was gehört?"

„Nein, hier ist alles still."

Davy zog leise die Tür zu. Hoffentlich konnte sich Fanny in Sicherheit bringen, dachte Justin verzweifelt.

„Ich könnte schwören, dass da etwas war." Die Schritte gingen langsam an der Tür vorbei. Davy und Justin hielten die Luft an.

„Das hast du schon vor einer halben Stunde behauptet. Da war es angeblich ein Schatten. Sie haben die Zahl der Wachleute verdreifacht, und draußen läuft ein gutes Dutzend Polizisten herum. Hier kommt keiner rein."

„Dein Wort in Gottes Ohr. Nochmal so ein Ding wie gestern Nacht, und wir dürfen uns alle eine neue Arbeit suchen."

„Das Pack wird auch immer dreister. Früher hat es sich nur im Eastend herumgetrieben, aber mittlerweile traut es sich sogar schon hierher. Bei meinem Bruder haben sie erst vor zwei Nächten eingebrochen. Und der wohnt in St. Luke's. Die Polizei meinte, das müsse ein Profi sein, der beinahe jede Nacht auf Tour geht und sich langsam von Osten nach Westen vorarbeitet."

Davy musste grinsen. „Wie klein die Welt doch ist", sagte er leise. „Die reden von mir. Wusste gar nicht, dass ich mittlerweile solch eine Berühmtheit bin."

Die Stimmen entfernten sich mehr und mehr, bis sie vollkommen verhallt waren. Justin öffnete die Tür einen Spalt und schaute hinaus. „Fanny!", flüsterte er. „Wo steckst du?" Ein Rascheln war zu hören, gefolgt von einem leisen Poltern.

„Hier bin ich!"

„Wo?" Justin schaute sich angestrengt um, konnte aber nichts sehen.

„Na, hier!", erklang Fannys Stimme erneut. Plötzlich schaute ihr Kopf über den Rand des Mülleimers hinaus. „Gott sei Dank bin ich so klein." Sie grinste und kletterte vorsichtig aus ihrem Versteck. „Da ist der Ausstellungsführer. Es scheint, dass wir ganz in der Nähe sind. Wir müssen den Gang entlang, aus dem die beiden Wachleute kamen, und dann links abbiegen, bis wir zu einer Art großen Halle kommen. Auf der anderen Seite befindet sich der Raum für Phiso... Pholi..."

„Philosophische Geräte der Klasse XIII", vollendete Justin.

„Vielleicht sollten wir einen kleinen Umweg nehmen. Ich befürchte, dass der direkte Weg nicht unbedingt der beste ist." Davy griff nach dem Führer und studierte ihn genauer. „Wenn wir einen Stock höher gehen würden, könnten wir hier von der Balustrade aus den ganzen unteren Bereich beobachten, ohne dass uns jemand sieht."

„Dann los", sagte Justin, und die drei machten sich vorsichtig auf den Weg. Auf Zehenspitzen huschten sie die Treppe hinauf. Es war schon ein seltsames Gefühl, sich an einem Ort zu bewegen, der tagsüber von Leuten wimmelte. Selbst das kleinste Geräusch wurde in den großen Hallen verstärkt. Nun verstand Justin auch, warum sie sich die Schuhe ausziehen sollten, auch wenn seine Füße mittlerweile eiskalt waren.

„Dem Plan nach muss sich der Raum gleich da drüben im Erdgeschoss befinden", überlegte Davy. Er legte sich flach auf den Boden und robbte langsam nach vorn. Als er im Schatten der Balustrade verschwunden war, folgten ihm Justin und Fanny.

„Und jetzt?“, fragte das Mädchen.

„Jetzt müssen wir warten. Mein Onkel wird über kurz oder lang auftauchen“, flüsterte Justin.

Davy stieß ihn an und zeigte in eine Ecke. „Ist er das vielleicht?“

Justin schaute hinab, konnte aber in der Dunkelheit nicht viel erkennen. „Wo?“

„Dort hinten, bei der großen Vitrine.“ Jetzt entdeckte auch Justin die dunkle Gestalt, die sich aus dem Schatten löste. Erst dachte er, sie hätte einen Buckel. Dann aber stellte er fest, dass sie etwas wie einen Rucksack auf den Rücken geschnallt hatte. Außerdem trug sie noch einen Koffer, der offensichtlich sehr schwer war.

„Nein, das ist er nicht“, sagte Justin.

„Wer ist es dann?“, fragte Fanny, der langsam etwas unheimlich zumute wurde.

„Vermutlich der Mann, mit dem sich mein Onkel treffen wollte. Ich habe keine Ahnung“, log Justin, doch gleichzeitig schoss ihm durch den Kopf, dass es eigentlich die Wahrheit war. Seit Tagen irrte er in der Vergangenheit umher und wusste nicht, mit was für einem Widersacher er es zu tun bekommen würde. War der Unbekannte dort unten tatsächlich der geheimnisvolle Zeitreisende, der für den Temporalalarm verantwortlich war, den Chesters Zeitmaschine in der Gegenwart anzeigte? Würde dieser Mann wirklich versuchen, die Differenzmaschine fertigzubauen? Und wer hatte ihn geschickt?

„Sollen wir ihm nicht folgen?“, fragte Fanny ihren Bruder, doch der schüttelte den Kopf. „Nein, ich glaube nicht, dass das nötig ist. Nicht wahr, Justin? Du weißt, wo er hinwill. Er ist auf dem Weg zu dieser Maschine, von der du uns erzählt hast.“

Justin schwieg.

„Also, dieses Herumsitzen macht mich ganz nervös“, stöhnte Fanny.

„Mich auch“, sagte Davy. „Ich geh jetzt runter und schaue nach, was da los ist.“

Justin überlegte einen Moment und holte schließlich tief Luft. „Ja, lasst uns gehen.“

Sie mussten wieder denselben Weg zurück, den sie gekommen waren, bogen nun jedoch beim Treppenabsatz rechts in den Korridor, der zu den Philosophischen Instrumenten führte. Sie hatten Glück, dass der Regen aufs Glasdach prasselte und so jedes andere Geräusch geschluckt wurde. Zwar zuckte ab und zu ein Blitz auf, dem ein grollender Donner folgte, doch das war immer noch besser als ein Vollmond, der durch die Fenstergalerie schien.

Vorsichtig tastete sich Justin voran. Plötzlich war es ihm, als hätte ihm jemand ein Bein gestellt, und er schlug der Länge nach hin. Davy war mit wenigen Schritten bei ihm.

„Was machst du für einen Radau?“, zischte er.

„Ich bin hingefallen.“ Er wollte gerade wieder aufstehen, als er etwas berührte. Gleichzeitig zuckte ein Blitz auf, sodass Davy und Fanny sehen konnten, worüber Justin gestolpert war: Es waren die beiden Wachleute, denen Fanny beinahe in die Arme gelaufen war. Justin schluckte. „Sind sie tot?"

Davy beugte sich hinab und fühlte den Puls. „Nein. Sie atmen noch. Offensichtlich wurden sie betäubt. Vermutlich will unser Mr. X da vorn nicht bei seiner Arbeit gestört werden. Los, weiter. Aber wir müssen von jetzt an doppelt vorsichtig sein."

Das Gewitter wurde immer heftiger. Der Regen prasselte in Böen gegen die Scheiben. Langsam stieg die Verzweiflung in Justin hoch. Sein Onkel musste jeden Moment eintreffen, und er hatte noch keine Idee, wie er ihn abfangen konnte, ohne seine Deckung zu verlassen. Und dieser geheimnisvolle schwarzgekleidete Mann erlaubte sich bisher keinen Fehler. Vermutlich war er wie Justin, Fanny und Davy ebenfalls über die Kanalisation hier eingedrungen und hatte es geschafft, den Wachen ein Schnippchen zu schlagen.

„Wir sind da", flüsterte Davy. Er holte wieder seinen Spiegel aus der Tasche und schaute um die Ecke. „Offensichtlich bastelt er an dieser Maschine herum."

„Was genau tut er?", fragte Justin.

„Er schraubt sie zusammen. Jedenfalls macht er nicht den Eindruck, als würde er sie stehlen wollen", bemerkte Davy.

„Ja, dazu ist sie sowieso zu groß ..."

„Jetzt stellt er etwas ein. Er dreht an einer Kurbel und ..." Weiter kam Davy nicht, denn drei Räume weiter schien mit einem lauten Knall etwas zu explodieren. Die dunkle Gestalt an der Differenzmaschine schreckte hoch.

„Was war das?", fragte Davy und schaute sich um.

Justin stöhnte. „Mein Onkel ist angekommen."

„Macht er dabei immer so einen Lärm?", fluchte Davy. „Wir haben nicht mehr viel Zeit! Ich vermute, in Kürze werden die Wachen hier sein."

Justin geriet in Panik. Er musste jetzt schnell reagieren und die richtigen Entscheidungen treffen. „Ich werde versuchen, meinen Onkel abzufangen. Ihr versteckt euch! Wir treffen uns im Keller, am Eingang zur Kanalisation."

Aber das hast du nicht vor, dachte er. Du willst deine Freunde, die alles für dich riskiert haben, im Stich lassen, nur damit es bei der Heimkehr keine Scherereien gibt.

Fanny schien zu ahnen, dass etwas nicht stimmte. „Was denn? Wir haben uns die ganze Mühe gemacht, um dich hier reinzuschleusen, und dann schickst du uns einfach weg?"

„Bitte! Ab hier muss ich alleine weitermachen."

„Aber ..."

Davy legte die Arme um Fannys Schultern. „Komm. Es ist vorbei. Lass uns gehen. Ich hatte nichts anderes erwartet."

Tränen schossen dem Mädchen in die Augen. „Du hattest nie vor, uns zu helfen, nicht wahr? Du hast uns nur benutzt!"

Davy schaute Justin kalt an. „Wir sind quitt, Bursche. Ich bin dir nichts mehr schuldig. Fahr zur

Hölle!" Dann verschwand er mit seiner Schwester in der Dunkelheit.

Justin fühlte sich hundeelend. Es waren seine besten Freunde, seine *einzigen* Freunde hier, und er ließ sie im Stich. Er hätte heulen können.

Mit einem Mal war ihm alles egal. Am liebsten hätte er alles hingeworfen, doch sein Onkel würde in den nächsten Minuten wahrscheinlich in die größten Schwierigkeiten seines Lebens geraten, und dafür wollte er nicht auch noch verantwortlich sein. Er wischte sich über das Gesicht, sprang aus seiner Deckung und lief los.

Plötzlich tauchte etwas aus dem Nichts in der Dunkelheit auf. Justin prallte so heftig dagegen, dass es ihn von den Beinen riss und er mit dem Kopf hart aufschlug. Er blinzelte und wollte wieder aufstehen, als er merkte, mit wem er zusammengestoßen war: Es war der unbekannte Mann. Doch anstatt wegzulaufen, blieb die Gestalt vor ihm stehen.

„Warum haben Sie das gemacht?", zischte Justin. „Ich weiß, dass Sie die Differenzmaschine fertiggebaut haben!"

Abrupt machte der Mann einen Schritt zurück.

„Wer zum Teufel sind Sie? Wer hat Sie in die Vergangenheit geschickt?", fragte Justin atemlos.

Plötzlich war aus einem der Nebenräume Chesters Stimme zu hören. „Rupert? Justin? Hört ihr mich?"

Der Mann riss Justin hoch und hielt ihm den Mund zu.

„Laut und deutlich", erklang Ruperts quäkende

Stimme aus dem Transponder. „Wo befinden Sie sich?“

Justin versuchte vergeblich, sich aus der Umklammerung zu befreien.

„Es war eine punktgenaue Landung! Ich bin jetzt auf dem Weg in die Halle für Philosophische Instrumente.“ Ein Blitz zuckte, und fast gleichzeitig rollte ein Donner heran.

„Philosophische Instrumente? Was soll denn das sein?“

„Kannst du schon etwas sehen?“, quäkte der Justin aus der Zukunft.

„Nein, leider noch nicht. Außerdem habe ich keinen Ausstellungsplan. Ich weiß also nicht, wo ich suchen muss.“

Justin versuchte mit aller Kraft, sich dem Griff zu entwinden, doch der Mann hob ihn einfach hoch und trug ihn in den Nebenraum, wo er sich mit ihm hinter einem Modell der Mailänder Kathedrale versteckte.

„Es ist seltsam hier“, tönte Chester. „Fast unheimlich, würde ich sagen. Außerdem ist ein höllisches Unwetter zugange. Hört ihr nicht den Donner?“

„Ich habe mich schon gefragt, was das für Geräusche sind!“

„Es ist jedenfalls stockduster. Viel zu erkennen ist nicht, nur wenn es ab und zu einmal blitzt ... Ah, ich glaube, dahinten ist es ... Ja, richtig! Hier muss sie irgendwo stehen ...“

„Suchen Sie nach einem Gerät, das wie eine Rechenmaschine aussieht! Es muss aus Messing sein und verschiedene Walzen haben, die durch eine Kurbel betätigt werden!"

„Moment ... Ja, ich glaube, ich hab's!" Auf einmal wurde Chesters Stimme zu einem Murmeln. „... da wird doch der Hund in der Pfanne verrückt ..."

„Was sagtest du, Onkel Chester?"

„Hier hat sich tatsächlich jemand zu schaffen gemacht! Und offensichtlich habe ich unseren Freund gerade gestört! Ich muss vorsichtig sein. Vielleicht bin ich nicht allein ..."

Plötzlich hörte Justin ein dumpfes Poltern.

„Wer ist da?" Chesters Stimme zitterte vor Anspannung. Erneut versuchte Justin sich loszureißen, aber sein unbekannter Gegner war stärker.

„Alles in Ordnung, Chef?", quäkte Rupert.

„Nein! Bleiben Sie mir vom Leib! Rupert, schnell – Hilfe!"

„Onkel Chester! Was ist ...?", rief der Justin aus der Zukunft.

Justin versuchte sich zu erinnern. An der Stelle war der Kontakt zu Chester abgebrochen.

Aus dem Nebenzimmer ertönte mit einem Mal eine Stimme, die ihm fremd war. „Nehmen Sie ihm das Ding ab, Lamerton."

„Verdammt", fluchte Chester Time. „Gehen Sie von mir runter, Sie brechen mir ja noch alle Knochen! Wer sind Sie überhaupt?"

„Das Gleiche würden wir gerne Sie fragen. Sie sind nämlich verhaftet."

Polizei, schoss es Justin durch den Kopf und stöhnte auf. Das war so ziemlich das Schlimmste, was überhaupt hätte passieren können.

„Ich bin was?“, fragte Chester Time ungläubig.

„Verhaftet. Wegen Einbruchs in mehreren Fällen. Lamerton, bringen Sie den Herrn in die Vine Street.“

„Wird gemacht.“

„Ich muss Ihnen danken, Inspektor Bardike. Durch Ihren Einsatz haben Sie offensichtlich Schlimmeres verhindert. Glücklicherweise ist meine Maschine nicht zu Schaden gekommen.“

Das muss Babbage sein, durchfuhr es Justin.

„Ist wirklich alles so, wie Sie es verlassen haben?“, erkundigte sich der Polizeibeamte.

Eine kurze Pause trat ein. Offensichtlich untersuchte Babbage die Differenzmaschine genauer. „Es ist alles in bester Ordnung“, versicherte er, doch Justin bemerkte ein leises Zittern in seiner Stimme.

Er hat gesehen, dass sie fertiggebaut wurde, und sagt es nicht! Im ersten Moment wollte Justin wütend aufbrausen. Er strampelte mit den Beinen, doch vergebens. Der Unbekannte hielt ihn fest umklammert. Justin gab jeden Gedanken auf, in das Geschehen eingreifen zu können. Sein Widersacher war zu stark für ihn.

Doch dann kam ihm in den Sinn, dass er trotz allem noch einen kleinen Aufschub hatte. Charles Babbage wollte offenbar sein Geheimnis für sich behalten. Andererseits wusste Justin, dass sich morgen in ganz London die Nachricht verbreiten würde. Denn der Temporalalarm hatte angezeigt, dass Babbage die fertige Maschine am Freitagmorgen der Öffentlichkeit präsentieren würde.

„Kommen Sie, Sir. Ich denke, dass auf dem Revier noch eine Menge Arbeit auf uns wartet", sagte der Polizist gerade. „Gute Nacht, Mr. Babbage. Mr. Gravatt."

Kaum waren die Schritte verhallt, hörte Justin eine andere Stimme, die er bis jetzt noch nicht kannte. „Warum haben Sie der Polizei denn nicht gesagt, dass die Differenzmaschine verändert wurde?"

„Weil es sie nichts angeht, mein lieber Gravatt. Würde nur unnötige Fragen aufwerfen. Schließlich sind die Änderungen kaum der Rede wert ..."

„Nein, natürlich nicht. Sie wurde ja auch nur fertiggebaut, wenn auch etwas unorthodox, wie ich feststellen muss. Mr. Babbage, die ganze Sache stinkt, wenn ich mich mal so ausdrücken darf."

„Ach Unsinn. Wissen Sie, was wir jetzt machen? Wir werden eine Kutsche besorgen und dieses Juwel zu mir nach Hause bringen. Dann sehen wir weiter. Kommen Sie, packen Sie mit an."

Justin versuchte, sich zu bewegen, doch auch jetzt lockerte der Mann noch immer nicht seinen Griff. Justin schmerzte mittlerweile jeder Muskel. Erst als Charles Babbage und Mr. Gravatt mitsamt dem unseligen Apparat lange verschwunden waren, richtete sich der Mann auf und setzte Justin vorsichtig ab. Justin lehnte sich keuchend an die Wand und massierte seine Arme. Verzweifelt versuchte er, einen Blick auf den Unbekannten zu erhaschen, doch in der Dunkelheit machte er nur eine Maske aus, die das Gesicht verbarg. Einen Herzschlag später hatte sich der Mann umgedreht und war davongelaufen. Mit einem Aufschrei versuchte Justin, hinter ihm herzusetzen, aber er merkte schon nach wenigen Metern, dass er keine Chance hatte. Erschöpft ließ er sich auf einer Bank nieder.

Alles hatte in einer einzigen Katastrophe geendet: Onkel Chester war verhaftet worden, Babbage hatte die fertige Differenzmaschine nach Hause transportiert, und der große Unbekannte in der Gleichung war entwischt. Er fragte sich, was noch alles passieren würde. War es das, was immer geschah, wenn Menschen in die Zeit reisten? Dass sie Katastrophen verursachten und nichts tun konnten, um das Geschehen wieder in Ordnung zu bringen? Justin schoss durch den Kopf, dass sein Vater derjenige gewesen war, dessen Forschungen Zeitreisen überhaupt erst ermöglicht hatten. War Avery Time sich über die Konsequenzen im Klaren gewesen? Oder hatte er erst auf seiner Reise feststellen müssen, dass Veränderungen in der Vergangenheit die Gegenwart durcheinanderbringen konnten?

Justin gab sich einen Ruck. Jammern half nichts. Er musste fort von hier.

So schnell wie möglich rannte er zum Kellereingang. Vielleicht konnte er Fanny und Davy noch einholen. Doch nur seine Schuhe und eine Lampe warteten auf ihn. Justin band sich schnell die

Schnürsenkel zu, zündete die Lampe an und stieg hinab in die Kanalisation.

Der Wasserpegel war in der Zwischenzeit angestiegen. Der unterirdische Bach hatte sich durch den vielen Regen mittlerweile in einen reißenden Fluss verwandelt. Justin achtete nicht weiter darauf und setzte sich wieder in Bewegung.

„Fanny! Davy! Wartet auf mich!“ Ein paarmal glitt er aus, konnte sich aber im letzten Moment fangen. Dann traf ihn etwas mit voller Wucht und warf ihn ins Wasser.

Gurgelnd rang er nach Luft, doch das war gar nicht so einfach, da es kein Oben und Unten mehr gab. Das ist die Strafe für meinen Verrat, dachte er. Weggespült zu werden wie Unrat und im schlechten Gewissen der Stadt zu ertrinken.

Die Wassermassen warfen Justin hin und her. Verzweifelt ruderte er mit den Armen, doch immer wieder schluckte er eine gehörige Portion dieser Brühe und schnappte dann nach Luft. Jedes Mal, wenn die Wassermassen in einer Kurve an das Mauerwerk prallten, wurde Justin gegen die Wand geworfen. Nach einigen hundert Metern war ihm klar, dass er diesen Höllenritt nicht lange überstehen würde. Schon jetzt begannen ihn die Kräfte zu verlassen.

Plötzlich sah er in der Ferne ein Licht. Das mussten Fanny und Davy sein! Er begann zu rufen, befürchtete aber, dass ihn bei diesem Getöse niemand hören würde. Durch den Lichtschein ihrer Lampen konnte Justin das offene Eisentor sehen, an dem sie auf dem Hinweg vorbeigekommen waren. Wenn er es schaffte, einen der Gitterstäbe zu greifen, hatte er vielleicht eine Chance. Gott sei Dank wurde der Tunnel etwas breiter und das Wasser flacher. Justin versuchte, sich mit den Füßen voran auf den Bauch zu drehen. Er würde zwar nicht gegen die Strömung anschwimmen, vielleicht aber durch Gewichtsverlagerung die Richtung beeinflussen können.

Justin schrie aus vollem Hals, als er an Fanny und Davy wie ein Stück Treibgut vorüberschwamm. Er hoffte, dass sie ihn gesehen hatten, denn er musste seine ganze Aufmerksamkeit darauf konzentrieren, sich dem Tor im richtigen Winkel zu nähern. War der Winkel zu spitz, würde er zu viel Geschwindigkeit aufnehmen und womöglich die Stangen verfehlen. Als er nur noch einen Meter von ihnen entfernt war, reckte er sich mit letzter Kraft nach oben und packte zu.

Im selben Moment war ihm klar, dass es nur eine Sache von wenigen Minuten sein würde, bis die Kraft in seinen Händen nachließ. Schon unter normalen Umständen hätte er sich nicht sehr lange halten können, aber mit dieser Strömung war es so gut wie unmöglich.

„Justin!“, hörte er durch das Donnern der Wassermassen eine Stimme rufen. Es war Davy! „Ich werde dir ein Seil zuwerfen. Kannst du es greifen?“

Justin schüttelte den Kopf und presste die Zähne zusammen.

„Halt noch eine Sekunde aus, ich werde etwas anderes versuchen."

„Bitte mach schnell!" Justin hoffte inständig, dass diese Sekunde nicht Minuten dauern würde. Plötzlich bemerkte er eine Bewegung über sich und schaute nach oben. Davy hatte sich ein Seil um den Bauch geschlungen. Das andere Ende war mit dem Gitter verknotet.

„Gib mir deine Hand! Ich zieh dich hoch!"

Justin schüttelte heftig den Kopf. „Auf gar keinen Fall! Ich werde nicht loslassen!"

„Verdammt nochmal! Tu, was ich dir sage, oder du wirst tatsächlich in die Themse gespült!"

Justin fasste sich ein Herz und griff mit der linken Hand nach oben. Davy packte zu. Er hatte die Beine unter die Gitterstäbe gehakt und zog Justin aus dem Wasser.

„Danke ...", sagte Justin atemlos, als er neben Davy zum Stehen kam.

„Keine Ursache", erwiderte der Ältere. „Brich dir jetzt nur nicht beim Runterklettern den Hals."

Langsam kehrte in Justins Beine das Gefühl zurück. Als er sich schließlich erschöpft auf dem Laufsteg niederließ, fiel ihm Fanny um den Hals. „Ich habe es gewusst, Davy! Justin lässt uns nicht im Stich!"

„Nein, wartet ...", wollte Justin einwenden, doch in dem Moment brach Davy neben ihm in die Knie. Ein Hustenanfall schüttelte ihn, und es kam Justin wie Stunden vor, bis er wieder einigermaßen normal atmete.

„Ich denke, Fanny hat recht", keuchte er schließlich. „Ich muss mich bei dir entschuldigen."

„Hört mir zu, ich ..." Justin sah bedrückt von einem zum anderen.

„Bist doch eine ehrliche Haut", sagte Fanny und knuffte ihn kameradschaftlich in die Seite.

Justin konnte es nicht länger ertragen und sprang auf. „Nein, bin ich nicht! Ich bin keine ehrliche Haut! Und eigentlich verdiene ich eure Freundschaft nicht. Ich bin nur deswegen zu euch zurückgekehrt, weil alles schiefgelaufen ist und ich nicht mehr weiterweiß. Ich habe euch belogen, von Anfang an!"

„Was soll das heißen?", fragte Davy. „Wieso belogen?"

„Weil ich nicht anders konnte!", sagte Justin. „Je mehr ihr wisst, desto schlimmer wird alles!"

„Wieso wird alles schlimmer, wenn wir dein Geheimnis kennen? Sind wir in Gefahr?", wollte Fanny wissen.

Justin stöhnte und lehnte sich erschöpft an die schleimige Tunnelwand. „Es ist alles eine Frage der Zeit."

„Das verstehe ich nicht", sagte Fanny irritiert.

„Jeder Mensch, egal, für wie klein und unbedeutend er sich hält, spielt, ohne es zu wissen, eine wichtige Rolle im Gefüge der Zeit. Selbst die kleinste Entscheidung kann Einfluss auf den Gang der Dinge haben und so die Zukunft aller Menschen beeinflussen. Für euch ist diese Zukunft noch ungeschehen. Es ist wie ...“, Justin überlegte. „Wie die Seiten eines Buches, das noch nicht aufgeschlagen wurde. Für mich ist diese Zukunft jedoch die Gegenwart.“

Davy schaute Justin fassungslos an. „Moment! Langsam! Wenn ich das also richtig verstehe, willst du damit sagen, dass du die Zukunft kennst? Bist du so eine Art Hellseher, so ein Spinner aus dem Zirkus?“

„Nein, ich bin kein Hellseher. Hellseher schauen in die Zukunft, oder sie tun zumindest so. Das brauche ich nicht, weil ich aus der Zukunft komme.“

Davy rappelte sich auf und schnappte sich wütend die Lampe. „Was bin ich nur für ein Trottel! Erst machst du ein Geheimnis aus deiner Geschichte, dann willst du uns mit diesem Schwachsinn für dumm verkaufen! Und wir hören dir auch noch zu!“

„Aber es ist wahr! Du warst doch dabei, als der Schöne Bertie meine Sachen genommen hat! Hast du nicht die Stimme gehört, die aus diesem Armband kam?“

„Ja und? Das war irgendein billiger Taschenspielertrick!“

„Das dachte der Schöne Bertie aber nicht!“, rief Justin verzweifelt. „Er mag vielleicht ein eitler Kerl sein, aber er ist nicht dumm.“

Davy schaute Justin ärgerlich an. „Warum solltest du so mir nichts, dir nichts vom Himmel fallen? Ausgerechnet in diese Zeit?“

„Weil jemand versucht, in diese Epoche einzugreifen. Darum ging es in Wirklichkeit. Diese Differenzmaschine hier in der Ausstellung – sie dürfte nie fertiggebaut werden. Doch genau dafür hat heute Abend jemand gesorgt, und zwar ein Besucher aus meiner Zeit. Morgen wird die fertige Maschine der Öffentlichkeit präsentiert. Und ich muss das unbedingt verhindern. Die Zeitlinie darf auf keinen Fall verändert werden!"

Davy grinste Justin herausfordernd an. „Aber verändern wir die Zeit nicht gerade jetzt? Alles, was du mir erzählst, dürfte ich gar nicht wissen!"

„Deswegen habe ich euch ja auch angelogen!", entgegnete Justin.

Davy schüttelte wütend den Kopf. „Dann beweis uns diesen Schwachsinn erst einmal!"

„Und wie?", fragte Justin hilflos.

Davy zuckte mit den Schultern. „Was weiß ich? Wie wär's mit dem Sieger im nächsten Hunderennen? Dann wüsste ich wenigstens, auf wen ich setzen soll."

„Das kann ich nicht! Ich kann dir sagen, wer der nächste König von England sein wird, aber der wird erst in fast vierzig Jahren den Thron besteigen."

Davy zuckte mit den Schultern, nahm seine Lampe und eilte weiter, ohne sich umzuschauen. „Ich fürchte, so lange kann ich nicht warten."

„Er hat recht." Fanny zuckte enttäuscht mit den Schultern und ließ Justin einfach stehen.

„Fanny! Es tut mir leid!", rief Justin ihr nach, doch das Mädchen drehte sich nicht nach ihm um.

Einen Moment später war sie mit ihrem Bruder in der Dunkelheit verschwunden.

Justin ließ sich entmutigt auf den Boden sinken. Der einzige Zweck seiner Reise war es gewesen, das Geheimnis der Differenzmaschine zu lüften und seinen Onkel zu retten. Aber in beiden Fällen hatte er kläglich versagt. Es machte keinen Sinn mehr, seine Mission geheim zu halten. Doch er konnte auch Fanny und Davy verstehen. Warum sollten sie ihm glauben? Immerhin hatte er sie von vorne bis hinten belogen. Das hier war das Ende.

Plötzlich fiel ihm etwas ein, und der Gedanke war so klar, als hätte er die ganze Zeit nur auf die passende Gelegenheit gewartet, um an die Oberfläche zu kommen. Natürlich, stöhnte er. Warum hatte er nicht früher daran gedacht! Es gab doch noch Hoffnung! Justin zog die Lampe, die Fanny hatte stehen lassen, näher zu sich heran. Dann holte er den mittlerweile durchweichten Zettel aus der Hosentasche, auf dem Davy den Kanalisationsplan Londons skizziert hatte, und schrieb einige Zeilen auf die Rückseite. Schließlich nahm er die Lampe und versuchte, zu Fanny und Davy aufzuschließen.

Die beiden Geschwister hatten bereits die Treppe erreicht, die hinauf zur Straße führte. Davy öffnete das Schloss und wollte gerade hinaustreten, als ihn ein dunkler Schatten zu Boden riss.

„Ei, wen haben wir denn da?“, hörte er eine wohlbekannte Stimme. „Wenn das nicht mein flüchtiger Meisterdieb ist!“ Der Schöne Bertie! Neben ihm stand Cronkite und ließ in Vorfreude seine Finger knacken.

„Friss Dreck!“, schrie Davy und spuckte vor den beiden aus. Zur Antwort erhielt er eine schallende Ohrfeige.

„Los“, zischte Cronkite. „Gib mir noch einen Grund, dir eine zu verpassen!“ Mit einer wilden Bewegung versuchte Davy sich gegen Cronkites Schläge zu wehren.

Fanny reagierte schnell. Sie machte auf dem Treppenabsatz kehrt und hastete wieder hinab in die Dunkelheit, stolperte und überschlug sich derart, dass sie unsanft mit Justin zusammenstieß. Beide prallten auf den Boden. Als Justin aufkam, durchzuckte ihn ein stechender Schmerz im Fußgelenk. Von oben ertönte unvermindert das Kampfgeräusch von Davy und Cronkite, die sich wie zwei Hunde ineinander verbissen hatten.

„Fanny“, zischte Justin. „Hör mir jetzt genau zu! Alles, was ich euch erzählt habe, ist die Wahrheit! Aber ich weiß, wie unglaublich es klingt.“ Er holte den Zettel aus seiner Brusttasche. „Hier stehen ein Name, ein Ort und eine Beschreibung des Hauses. Dort wird man euch helfen. Sagt, dass euch Justin Time schickt! Hast du verstanden?“

„Ja, aber was ist mit dir?“, fragte Fanny.

Im selben Moment ertönte ein lautes Gepolter. Davy und Cronkite stürzten ineinander verkeilt die

Treppe hinunter und landeten vor Justin und Fanny. Davy sprang sofort auf die Füße, während Cronkite, der aus einer klaffenden Kopfwunde blutete, regungslos am Boden liegenblieb.

„Fanny, nimm Davy mit und tut bitte, was ich sage." Justin sprach mit einem drängenden Unterton in der Stimme. „Ich kann nicht mehr weiter." Vorsichtig öffnete er den Schuh und betrachtete sein Gelenk, das in kürzester Zeit dick angeschwollen war. „Beeilt euch! Das ist unsere letzte Chance!"

Davy zögerte einen Moment. Dann griff er nach Justins Lampe, nahm seine Schwester bei der Hand und rannte los. Cronkite, der mittlerweile wieder bei Sinnen war, stand schwankend auf und wollte hinter den beiden herhetzen, stolperte aber unversehens über das gesunde Bein, das Justin ausgestreckt hatte, und schlug der Länge nach hin.

„Cronkite, mein lieber Freund, du lässt auf deine alten Tage nach", sagte der Schöne Bertie grimmig. Er war oben an den Treppenabsatz getreten. „Die beiden sind dir entwischt. Schnapp dir den Jungen und komm jetzt."

Mit wutverzerrtem Gesicht stand Cronkite auf und packte Justin beim Kragen. „Hoch mit dir. Von jetzt ab bist du allein. Keiner wird dir helfen. Und ich verspreche dir, dass du die heutige Nacht nicht so schnell vergessen wirst!"

VIII.

Nachdem Davy und Fanny fast eine Stunde durch das Tunnelsystem der Kanalisation gehetzt waren, ließen ihre Kräfte nach, und sie mussten sich in einer Ecke ausruhen. Der Abschnitt, in dem sie sich jetzt befanden, lag ein wenig höher, sodass es hier einigermaßen trocken war. Davy hatte die Lampe brennen lassen, da er nicht riskieren wollte, über irgendwelchen Unrat zu stolpern und wie Justin in die reißenden Wassermassen zu stürzen. Er war so außer Atem, dass ihn ein fürchterlicher Hustenanfall plagte. Er spuckte einen blutigen Klumpen aus.

„Alles in Ordnung?“, fragte Fanny besorgt. Davy nickte und hustete noch einmal.

Fanny betrachtete den Zettel. „Was ist das?“ Davy nahm seiner Schwester das Blatt aus der Hand.

„Diese Adresse hat mir Justin gegeben. Er hat gesagt, dort würde man uns helfen, wenn wir seinen Namen nennen.“

Davy schaute seine Schwester skeptisch an. „Und du nimmst ihm das ab?“

Fanny schwieg einen Moment. „Haben wir eine andere Wahl?"

„Nachdem, was eben geschehen ist, wohl kaum." Davy stand auf. „Wenn wir uns nicht verlaufen haben, befinden wir uns beim Grosvenor Place, ganz in der Nähe des Buckingham-Palastes." Er hielt die Lampe hoch. Eiserne Griffe führten hinauf zur Straße. Fanny hatte keine Ahnung, was sie dort oben erwartete, aber auf Dauer konnten sie nicht hier unten bleiben. Davy drehte den Plan um. Sie mussten nach Down, das im Süden von London lag.

Der Deckel, der den Einstieg verschloss, war so schwer, dass er sich mit den Schultern dagegenstemmen musste. Erst unter Aufbietung all seiner Kraft gelang es ihm, ihn beiseitezuschieben. Vorsichtig spähte er hinaus, als er über sich plötzlich ein Wiehern und Scharren hörte.

„Ruhig, meine Alte. Ganz ruhig", rief eine Stimme.

Auch Fanny schob nun ihren Kopf nach draußen. Schwerbeschlagene Stiefel näherten sich. Plötzlich schauten sie in ein Paar überraschter Augen.

„Was machen Sie denn hier?", rief Fanny. Sie quetschte sich an ihrem Bruder vorbei und krabbelte unter dem Pferd hervor.

Der Mann schaute das Mädchen genauer an. „Da soll mich doch der Schlag treffen! Du und dieser Rotschopf, seid ihr nicht neulich als blinde Passagiere bei mir mitgefahren?"

Fanny nickte. „Aber heute können wir Sie sogar

bezahlen." Sie rappelte sich hoch und kam neben der Kutsche zu stehen.

„Wo ist denn der Rotschopf?", erkundigte sich der Kutscher.

„Der steckt in Schwierigkeiten." Fanny klopfte ihr hoffnungslos ruiniertes Kleid ab und zog das Geld hervor. „Würden Sie uns fahren? Wir müssten nach Down."

Der Kutscher schaute sie mit großen Augen an. „Nach Down? Das ist aber eine ganz schöne Strecke! Sechzehn Meilen, wenn mich nicht alles täuscht. Das ist eine Fahrt von anderthalb Stunden."

Fanny wedelte mit einer 10-Pfund-Note. „Die gehört Ihnen, wenn Sie es in der Hälfte der Zeit schaffen."

Der Mann grinste und schwang sich auf den Kutschbock. „Steigt ein und haltet euch gut fest. Ihr habt gerade den Bingfield-Express gebucht."

Die Fahrt in den Südosten Londons hatte mehr von einem Himmelfahrtskommando denn von einer Kutschpartie, zumal der Regen nur wenig nachgelassen hatte und die Straßen durch die Nässe schlüpfrig waren. Fanny und Davy wurden im Inneren des Wagens wild hin und her geworfen. Nur mühsam konnten sie sich an den Haltegriffen festklammern. Bingfield hingegen war ganz in seinem Element. Er ließ die Peitsche knallen und trieb sein Pferd mit den wüstesten Beschimpfungen an. Die wenigen Fußgänger, die sich um diese Zeit in den Straßen aufhielten, sprangen ängstlich beiseite. So ließen sie Lewisham und Bromley hinter sich, als die Kutsche schließlich abbremste.

„Lebt ihr noch, dahinten?", rief Bingfield. Fanny streckte den Kopf zum Fenster hinaus und nickte etwas angeschlagen. „Ja, uns geht's gut."

„Schön. Da vorne ist Down. Nicht besonders groß, der Ort. Frag mich, was ihr um diese Zeit in diesem gottverlassenen Kaff sucht."

Als die Kutsche um die Ecke bog, konnte Fanny die Umrisse eines Landhauses erkennen, das inmitten eines kleinen Parks stand, der von zwei großen Eiben und einer Kastanie beherrscht wurde. Keines der Fenster war erleuchtet, die Bewohner schienen bereits zu schlafen.

„Das könnte es sein, Mr. Bingfield", rief Fanny und sprang mit Davy aus der Kutsche. Sie rannten den Kiesweg hinauf zur überdachten Haustür, wo Fanny ungeachtet der späten Stunde wild am Klingelzug riss. Es dauerte nicht lange, und im ersten Stock ging das Licht an. Schließlich hörte sie Schritte eine Treppe herunterkommen, und eine Frauenstimme rief wütend: „Es ist ein Uhr in der Nacht! Und das ist ganz bestimmt keine Zeit, um solch einen Radau zu veranstalten."

Doch Fanny zog weiter an der Klingel.

„Ich bin ja schon unterwegs!", rief die Stimme. „Immer mit der Ruhe!" Die Tür wurde einen Spaltbreit geöffnet, und Fanny blickte in das verschlafene Gesicht einer alten Frau, die mit der einen Hand ihr Nachthemd zuhielt und mit der anderen eine

Petroleumlampe umklammerte. Als die Frau Fanny und Davy sah, die triefnass vor der Haustür standen und noch immer wie wild klingelten, wurden ihre Augen groß.

„Wollt ihr das wohl bleiben lassen? Hier im Haus wollen Leute schlafen!"

„Wir brauchen Ihre Hilfe. Ich ..."

„Wenn du etwas zu essen möchtest, komm morgen früh wieder. In der Küche ist keiner mehr."

„Wir sind nicht hungrig."

„Dann wüsste ich nicht, was ihr noch meine Zeit stehlt. Macht euch davon." Die Frau wollte schon die Tür zuschlagen, als Davy seinen Fuß in den Spalt stellte.

„Man hat uns gesagt, wir sollten uns an Sie wenden. Wohnt hier ein ..."

„Zieh auf der Stelle wieder den Fuß zurück, hörst du?"

Plötzlich war vom oberen Stock eine tiefe Stimme zu hören. „Was ist los, Emma? Wer ist da noch so spät an der Tür?"

„Ein junges Mädchen und ein Bursche. Sie scheinen nicht von hier zu sein."

„Dann bitten Sie sie doch herein. Was sind denn das für Manieren, jemanden bei so einem Wetter im Regen stehenzulassen?"

Emma hob überrascht die Augenbrauen, zuckte mit den Schultern und trat beiseite. „Na, dann ...", sagte sie.

Es war, als ob Fanny und Davy eine fremde Welt

beträten. Noch nie hatten sie so ein Haus gesehen. Der Eigentümer war vielleicht nicht reich, doch er schien Wert darauf zu legen, dass man sich unter seinem Dach wohlfühlte. Der Boden war mit weichen Teppichen ausgelegt, und an den Wänden hingen Bilder von exotischen Landschaften, wie sie Fanny noch nie gesehen hatte. Wer hier lebte, der wusste bestimmt nichts von den Problemen, mit denen sich Leute wie sie und Davy herumschlagen mussten. Fanny hatte zum ersten Mal ein Gefühl der Sicherheit, und obwohl sie den Eigentümer nicht kannte, fühlte sie sich wie zu Hause. Erstaunlicherweise war da kein Gefühl der Bitterkeit oder gar des Neides. So sollte eigentlich jeder Mensch leben, dachte sie nur traurig.

Emma führte sie in ein kleines Kaminzimmer. „Ich werde euch erst einmal einen Tee machen. Sieht so aus, als könntet ihr etwas Heißes gebrauchen."

Als die alte Dame das Zimmer verlassen hatte, schaute sich Fanny verstohlen um. In der Ecke stand ein Sessel, über dessen Armlehnen ein Brett lag, das offenbar als Schreibunterlage diente. An den Wänden hingen seltsame Bilder und Stiche von fremden Tieren.

Fanny trat vorsichtig zu einem Globus und schaute ihn sich genauer an. Da war England. Und dort musste auch London sein. Erstaunlich, wie groß die Welt doch war. Vorsichtig drehte sie den Globus. Sie fragte sich gerade, ob ein Leben ausreichen würde, all das zu sehen, als sie und ihr Bruder plötzlich hinter sich ein Räuspern hörten. Erschrocken drehten sie sich um.

Wäre es nicht Frühling gewesen, hätte Fanny gedacht, der leibhaftige Weihnachtsmann würde vor ihr stehen. Was dem alten Herrn an Haaren auf dem Kopf fehlte, das wuchs ihm als buschiger weißer Bart bis auf die Brust.

„In meinen jungen Jahren hatte ich das Glück, den größten Teil der Meere auf diesem Globus bereisen zu dürfen", sagte der Mann lächelnd. „Und das, obwohl ich selbst in einem kleinen Ruderboot seekrank werde. Aber ihr seid bestimmt nicht den weiten Weg gekommen, um das Gejammere eines alten Mannes anzuhören. Darf ich fragen, wie ihr heißt und was euch nach Down House führt?"

Fanny lief rot an, als sie den Mann verlegen anlächelte. „Oh, entschuldigen Sie bitte. Mein Name ist Fanny Hayward, und das ist mein Bruder Davy. Ein Freund hat uns Ihre Adresse gegeben. Er steckt in sehr großen Schwierigkeiten und meinte, Sie wären seine letzte Hoffnung. Sein Name ist Justin Time."

Das Lächeln des Mannes verschwand schlagartig. Für einen Moment rang er nach Worten. Dann fragte er: „Justin? Ihr kennt Justin Time? Woher? Was ist mit ihm geschehen?"

„Das ist eine lange Geschichte ..."

„Was hat er von sich erzählt?" Der alte Mann legte vorsichtig das Brett beiseite und ließ sich in den Sessel fallen.

„Irgendeinen Unsinn von Zeitreisen. Und dass er

aus der Zukunft kommt“, sagte Davy. „Wir sind ziemlich sauer auf ihn deswegen. Erst macht er ständig ein Geheimnis um sich, und dann erzählt er solche Ammenmärchen. Behauptete aber, Sie könnten seine Geschichte bestätigen. Er klang, als würden Sie ihn gut kennen.“

Der Mann lachte. „Gut kennen ist wohl ziemlich übertrieben. Ich bin ihm nur kurz begegnet, bald dreißig Jahre ist es jetzt her. Damals war ich gerade auf der Rückfahrt von einer mehrjährigen Forschungsreise ...“

„Dreißig Jahre!“ Fanny schnappte nach Luft. „Aber das ist unmöglich!“

Plötzlich stand Emma mit einem Tablett in der Tür. Sie stellte es auf dem runden Tisch beim Fenster ab. „Ich habe Ihnen auch noch eine Tasse aufgebrüht, Mr. Darwin.“

„Danke, Emma.“

Emma sah auf einmal sehr misstrauisch aus. „Ist alles in Ordnung bei Ihnen?“

„O ja, sicher. Ich habe nur gerade eine Nachricht von einem sehr alten Freund erhalten.“

„Hoffentlich nichts Schlimmes?“

Doch Charles Darwin überhörte die Frage. „Lassen Sie es gut sein, Emma. Ich werde mich weiter um unsere Gäste kümmern. Gehen Sie zu Bett.“ Die Hausdame schaute zwar ein wenig beleidigt, verstand aber die Aufforderung.

„Es stimmt“, sagte Darwin ernst, als sie wieder allein waren. „Justin kommt aus der Zukunft. Ich hatte es anfangs selbst nicht recht geglaubt. Aber sollte ich noch irgendwelche Zweifel gehegt haben, so habt ihr sie gerade zerstreut."

„Was hatte er in der Vergangenheit zu tun?"

„Nun, er musste die Zeitlinie wieder in Ordnung bringen. Wir hatten einen blinden Passagier an Bord, der um ein Haar unser Schiff versenkt hätte. Justin hat das verhindert."

Fanny dachte angestrengt nach. „Aber wieso ist er dann ins Jahr 1862 gereist?"

„Vielleicht gab es hier ein ähnliches Problem?" Darwin öffnete ein Schränkchen, holte eine Flasche Brandy hervor und gab einen kleinen Schuss davon in seinen Tee.

„Aber ja!", rief Fanny. „Die Differenzmaschine von Charles Babbage!"

„Tja, Charles und seine Rechenmaschine. Ein trauriger Fall."

„Sie kennen ihn?", fragte Fanny überrascht.

„Aber natürlich. Ich würde nicht sagen, dass wir enge Freunde sind, aber ich habe seine Arbeiten mit sehr viel Aufmerksamkeit und Sympathie verfolgt. Ein rechtschaffener Gentleman und ein Genie vor dem Angesicht des Herrn. Hat sein ganzes Vermögen in die Entwicklung dieses Apparates gesteckt, doch die Regierung hat es ihm nicht gedankt. Im Gegenteil, sie hat ihn zum Schluss sogar behindert, wo sie nur konnte. Nicht nur er hatte schließlich den Verdacht geäußert, dass dies mit einer gewissen Absicht geschah. Viele seiner Kollegen, die die Leistungen Babbages schätzten und den Nutzen seiner Erfindung kannten, verstanden die Welt nicht mehr. Tatsache ist, dass diese Differenzmaschine seit über zwanzig Jahren auf ihre Vollendung wartet."

„Heute Nacht ist sie fertiggebaut worden."

Darwin schaute von seiner Tasse auf. „Du machst Witze."

„Nein. Justin hat uns gesagt, dass er deswegen hier sei: um die Vollendung dieser Maschine zu verhindern." Sie seufzte. „Aber er ist gescheitert."

Darwin rührte nachdenklich seine Tasse um. „Wenn die Vollendung der Differenzmaschine eine Störung der Zeitlinie bedeutet, dann wirft das eine Reihe besorgniserregender Fragen auf." Darwin schaute auf die Uhr. „Zu dieser Zeit liege ich normalerweise schon längst im Bett, aber heute Nacht ist wohl nicht an Schlaf zu denken. Wie seid ihr hierhergekommen, Fanny?"

„Mit einer Kutsche. Sie wartet draußen."

„Woher hattest du das Geld?", fragte er misstrauisch.

„Wenn ich Ihnen sage, ich habe es gefunden, würden Sie mir wahrscheinlich nicht glauben."

Darwin stand mühsam auf und stellte die Tasse auf den Tisch. „Ich werde mich jetzt umziehen, und dann machen wir uns gemeinsam auf den Weg zu Mr. Babbage. Unterwegs könnt ihr mir ja die ganze Geschichte erzählen."

Bingfield nahm auf der Fahrt zurück nach London wenig Rücksicht auf das fortgeschrittene Alter seines neuen Fahrgastes. Wie auf dem Hinweg trieb er das arme Pferd so heftig an, dass Fanny Angst hatte, das Tier könnte unterwegs tot zusammenbrechen.

„Jetzt erzählt mir einmal, woher ihr Justin kennt“, sagte Darwin, der sich nur mühsam am Türriemen festhalten konnte. „Ich brauche dringend etwas, was mich ablenkt, sonst wird mir von all dem Geschaukel noch übel.“

„Vor einer Woche hat ihn der Schöne Bertie von der Straße aufgegabelt. Offensichtlich war er von zu Hause ausgerissen und steckte nun in Schwierigkeiten.“

„Wer ist der Schöne Bertie“, fragte Darwin.

„Unser Boss“, erwiderte Fanny. „Er gibt uns zu essen und ein Dach über den Kopf, dafür müssen wir für ihn arbeiten.“

„Verstehe ...“, murmelte Darwin. Er hatte von solch widerwärtigen Zeitgenossen schon mehr als einmal gehört.

„Justin war irgendwie anders. Kannte sich nicht einmal mit den einfachsten Dingen aus. Und seine Kleidung war seltsam. Sie sah aus wie die Schuluniform eines Internats. Außerdem hatte er so merkwürdige Geräte bei sich. Der Schöne Bertie hatte die Hoffnung, für Justin eine schöne Belohnung einzustreichen. Dummerweise wurde Justin aber von niemandem vermisst.“

„Also ließ ihn der Schöne Bertie schuften", fuhr Fanny fort. „Als Kaminkehrer."

„Und er hat dabei meiner Schwester das Leben gerettet. Aber er hätte die Art von Arbeit keine zwei Tage durchgehalten. Schon am ersten Abend wollte er abhauen, wurde aber von Cronkite geschnappt und fast zu Tode geprügelt."

„Cronkite ist Berties Nummer zwei", erklärte Fanny. „Und der konnte Justin gleich nicht leiden. Davy hat ein Versteck auf dem Friedhof in Bethnal Green, dort habe ich ihn gesund gepflegt. Und dort ist auch zum ersten Mal etwas Seltsames passiert. Ich bin losgezogen, um etwas zu essen und trockene Kleidung zu organisieren. Als ich in der Nacht wiederkam, war alles da, was wir brauchten: Decken, ein Korb mit Schinken, Obst und Brot, Kleidung – und ein Umschlag mit einhundert Pfund!"

„Hat der unbekannte Spender eine Nachricht hinterlassen?", wollte Darwin wissen. Fanny schüttelte den Kopf. „Nein, bis heute wissen wir nicht, wer es war."

„Justin wollte unbedingt zum Ausstellungsgebäude in Knightsbridge", fuhr Davy fort. „Wir haben ihn begleitet, aber es hat von Polizisten nur so gewimmelt. Schließlich fanden wir einen Zugang über die Kanalisation." Davy schüttelte den Kopf. „Was dann geschehen ist, wissen wir nicht. Justin wollte alleine weitermachen. Zuerst haben wir gedacht, er lässt uns im Stich."

„Wissen Sie, er hat uns nämlich versprochen, man

würde uns helfen, wenn das mit seinem Auftrag vorbei ist."

Darwin lächelte Fanny an und ergriff ihre Hand. „Da hat er recht gehabt. Ich werde dafür sorgen, dass man sich um euch kümmert – egal, wie die Geschichte ausgeht." Fanny strahlte und gab ihrem Bruder einen Stoß in die Rippen. „Hab ich es dir nicht gesagt, dass man sich auf Justin verlassen kann?"

Doch Davy nickte nur. Er konnte nicht sprechen. Ein Hustenanfall erstickte jede Antwort.

Als die Kutsche in der Dorset Street eintraf, war es schon weit nach drei Uhr. Der Regen hatte mittlerweile nachgelassen, nur ein paar letzte Tropfen fielen von den Bäumen. Das Haus mit der Nummer eins war dunkel.

„Offensichtlich ist Mr. Babbage bereits zu Bett gegangen", wisperte Davy und schaute zu den Fenstern hinauf.

„Was sollen wir jetzt machen?", fragte Fanny Darwin, der sich nachdenklich über den Bart strich.

„Ich sehe nur eine Möglichkeit: Wir klingeln und schildern Mr. Babbage den Fall."

Davy musste leise lachen. „Und was wollen Sie ihm erzählen? ‚Entschuldigung, aber Sie haben heute etwas gefunden, das nicht Ihnen gehört?' Nach allem, was Sie erzählt haben, geht es hier um sein Lebenswerk. Ich glaube nicht, dass er auch nur eine

Schraube dieser Wundermaschine freiwillig herausrückt."

„Was schlägst du also vor?"

Davy zuckte mit den Schultern. „Ich werde da jetzt reingehen und den Apparat holen, ganz einfach."

„Du willst ihn stehlen?", fragte Darwin, doch Davy achtete nicht auf die Entrüstung in der Stimme des alten Mannes, sondern stieg einfach aus.

„Bingfield, guter Mann. Haben Sie vielleicht eine Werkzeugkiste in Ihrer Kutsche?"

„Natürlich!" Bingfield griff unter seinen Sitz und holte einen sperrigen Kasten hervor. Davy öffnete ihn und bediente sich. „Ich borge mir nur etwas aus." Dann schnappte er sich einen leeren Hafersack, schaute sich kurz um und verschwand in der Dunkelheit.

„Keine Angst. Er kennt sich mit so etwas aus", sagte Fanny.

„Er kennt sich mit so etwas aus? Davy macht das öfter?", stöhnte Darwin und ließ sich auf das Trittbrett der Kutsche nieder. „Wir werden heute Nacht noch alle im Gefängnis landen."

Es war genau so, wie Davy es gehofft hatte. Der Weg durch den Garten zur Veranda war durch eine Reihe hochgewachsener Büsche abgeschirmt. Davy holte einen Schraubenzieher hervor und wollte gerade das Türschloss abschrauben, als sein Blick auf eine Glasscheibe in Griffhöhe fiel. Der Kitt, mit dem sie im Rahmen gehalten wurde, war noch frisch. Offensichtlich hatte man das Glas erst kürzlich ausgetauscht. Für Davy war es ein Geschenk des Himmels. Mit dem Schraubenzieher kratzte er die weiche Masse ab und formte mit ihr eine Kugel, die er in der Mitte der Scheibe platzierte. Jetzt konnte er vorsichtig die Scheibe aus dem Rahmen ziehen und durch das Loch den Türgriff betätigen.

Davy betrat einen Raum, der Babbage offensichtlich als Arbeitszimmer diente. Er huschte zur angelehnten Tür und zog sie leise zu, damit kein Lärm in die oberen Stockwerke dringen konnte.

Dann entzündete er eine Lampe.

Ausgebreitet auf der Arbeitsplatte des Schreibtisches lagen Teile der Differenzmaschine. Babbage hatte der Sache vermutlich selbst nicht getraut und deswegen alle neuen Komponenten vollständig ausgebaut, um sie genauer zu untersuchen. Davy nahm eines der Teile und betrachtete es genauer. Es machte keinen ungewöhnlichen Eindruck. Und doch war es dafür verantwortlich, dass sowohl sein Leben als auch das seiner Schwester in den letzten Tagen auf den Kopf gestellt worden war. Er wog das Zahnrad prüfend in der Hand. Es war leicht, viel leichter, als es aussah. Umso besser, dachte er. Musste er nicht so schwer daran tragen.

Er öffnete den Sack und machte sich daran, die Bauteile hineinzulegen, als er spürte, wie es in seiner Lunge wieder gurgelte. Bitte, keinen neuen Anfall, flehte er. Nicht jetzt. Davy holte hastig sein

Tuch aus der Tasche und hielt es sich vor den Mund. Wenn er jetzt anfing zu husten, würde er so schnell nicht mehr aufhören können. Vorsichtig rang er zwischen seinen zusammengepressten Zähnen nach Luft. Es war, als hauste ein kleines Tier in seinem Brustkorb, das ihn von innen auffressen wollte.

Dann konnte er sich nicht mehr beherrschen und hustete. Sofort war sein Mund voll Blut. Er presste das Tuch vor den Mund, ließ sich nieder und atmete so flach wie möglich, aber der Reiz ließ sich nicht kontrollieren. Etwas tief in ihm drin wollte hinaus. Davy hustete so heftig und so lange, dass ihm schwindelig wurde. Mühsam versuchte er, auf die Beine zu kommen.

In dem Moment wurde die Tür aufgerissen. Davy fuhr erschrocken zusammen und sah einen Mann, der wie ein betagter Racheengel in der Tür stand. Er musste geradewegs aus dem Bett gekommen sein, denn seine Haare standen ihm wie ein wirrer Kranz vom Kopf ab. Babbage wirkte so lächerlich, dass Davy befürchtete, zu seinem Husten auch noch einen Lachanfall zu bekommen. Doch als er die Pistole in Babbages Hand sah, wusste er, dass an der Situation überhaupt nichts komisch war.

„Elendes Diebesgesindel! Ihr meint wohl, eure Frechheit würde euch schützen. Doch ich lasse mich nicht zweimal in einer Woche ausrauben. Du stellst jetzt sofort den Sack auf den Boden und kommst mit erhobenen Händen zu mir."

Das kam für Davy überhaupt nicht in Frage. Babbage hatte den Fehler gemacht, in seiner rechtschaffenen Wut zu nah an den Schreibtisch zu treten. Davy griff unter die Tischplatte und warf das Möbelstück um, sodass Babbage einen Satz beiseite machen musste und über den Teppich stolperte. Ein Schuss löste sich, und Davy hechtete mit geducktem Kopf durch die Verandatür.

Draußen auf der Straße waren Fanny und Darwin in heller Aufregung. „Was ist passiert?", fragte Fanny. „Wir haben einen Schuss gehört!"

„Alles in Ordnung. Ich bin nur erwischt worden."

„Erwischt worden? Ich denke, dein Bruder hat so etwas schon einmal gemacht?", fragte Darwin fassungslos. Davy schleppte sich in die Kutsche. „Offensichtlich wurde bei Mr. Babbage vor kurzem eingebrochen. Er hat sich vorgenommen, dass er unsereins kein zweites Mal ungestraft entkommen lässt." Davy lachte und klopfte auf den Sack. „Na ja, ist ihm jedenfalls nicht sonderlich gut gelungen."

Plötzlich hörten sie von der Haustür ein Poltern, und mit einem Mal stand Babbage im Nachthemd auf dem Bürgersteig. Als er Darwin sah, hob er seine Pistole.

„Sie! Treten Sie ins Licht! Ich will wissen, wen ich hier gleich erschießen werde!"

Langsam hob Darwin die Hände und machte zwei Schritte nach vorn. Als Babbage erkannte, wen er da vor sich hatte, klappte sein Mund auf. Langsam ließ er die Waffe sinken.

„Pst, kommen Sie, Mr. Darwin!" Fanny winkte ihm zu. „Wir müssen los."

Darwin blickte hastig von Babbage zu Fanny und wieder zurück. Dann zuckte er resigniert mit den Schultern und stieg schnell ein. Bingfield schwang die Peitsche, und die Kutsche setzte sich in Bewegung.

Darwin lehnte sich aus dem Fenster. Er schaute zu Babbage zurück, der noch immer wie ein Nachtgespenst auf der Straße stand. Mit einem lauten Poltern bog die Kutsche um die Ecke. Darwin ließ sich erschöpft in die Polster fallen und wischte sich die Stirn ab. Fanny hatte den Sack geöffnet und untersuchte nun den Inhalt. „Wenigstens haben wir, was wir wollten."

„Ja, aber um welchen Preis", sagte Darwin nervös. „Davy hätte tot sein können!"

„Alles halb so wild. Sie sehen ja, ich lebe noch."

Fanny bemerkte das Blut auf dem Hemd ihres Bruders. „Hattest du wieder einen Anfall?"

„Ja, deswegen hat der alte Trottel mich ja auch gehört."

„Mr. Charles Babbage ist kein Trottel", rief Darwin. „Er ist ein *sehr lieber* Kollege von mir! Und wegen euch bin ich nun in einer äußerst unangenehmen Situation!" Er verschränkte die Arme vor der Brust und schaute ärgerlich zum Fenster hinaus.

Fanny räusperte sich. „Ich denke, wir sollten uns

jetzt um Justin kümmern", sagte sie ein wenig kleinlaut.

„Eine sehr gute Idee!", erwiderte Darwin. „Aber diesmal werden wir es auf meine Art machen, verstanden?"

Fanny nickte. „In Ordnung", sagte sie leise.

„Vorher würde ich noch gerne diesen Sack hier loswerden", warf Davy ein. „Offensichtlich scheint sein Inhalt ja einigermaßen wichtig zu sein. Lassen Sie uns einen Abstecher nach Bethnal Green machen. Oder möchten Sie in einer Kutsche durch London reisen, die voller Diebesgut ist, Mr. Darwin?" Er grinste.

„Danach gehen wir zur Polizei", sagte Darwin bestimmt.

Fanny und Davy schauten Darwin überrascht an. „Zur Polizei? Was wollen Sie denn da?"

„Nach allem, was ihr mir erzählt habt, ist dieser Bertie Oxtail ein sehr gefährlicher Mann. Justin scheint in großer Gefahr zu sein. Ich denke, wir drei werden alleine wenig ausrichten können." Er sah den beiden eindringlich in die Augen. „Und darüber werde ich nicht mit euch diskutieren!"

Fanny bemerkte, wie sich die Gesichtszüge ihres Bruders verfinsterten. Darwin hatte zwar recht: Allein waren sie so gut wie machtlos. Sie konnten jedoch kaum einfach auf die nächste Wache gehen. Immerhin wurde Davy seit einigen Jahren per Steckbrief gesucht. Und Fanny konnte ihren Bruder unmöglich im Stich lassen.

„Dann werden wir Sie auf dem Weg nach Ratcliffe unterwegs absetzen müssen“, sagte sie schließlich.

Chester Time wusste nicht, wie lange man ihn bereits auf dieser Polizeistation festhielt, aber es kam ihm endlos vor. Stunde um Stunde hatten zwei Beamte auf ihn eingeredet. Es war ein einziger Albtraum. Unter normalen Umständen hätte er seinen Anwalt angerufen. Unter normalen Umständen! Doch das hier war selbst für ihn zu viel. Da man ihm sowohl den Transponder als auch das PAD abgenommen hatte, hatte er keine Chance, Kontakt mit Rupert aufzunehmen. Er war hier gestrandet und konnte nur hoffen, dass man ihm Hilfe schicken würde. Dumm war allerdings, dass die Polizei ausgerechnet ihn für diesen Unbekannten hielt, der bei Charles Babbage eingebrochen und sich für die Baupläne interessiert hatte.

Chester drehte sich auf seinem Schemel um und schaute durch das vergitterte Fenster auf die Straße. Mittlerweile hatte der Regen nachgelassen, und der Mond war zwischen den Wolken hervorgekommen. Irgendwie war alles schiefgelaufen. Charles Babbage würde morgen einer staunenden Zuschauerschar seine vollendete Differenzmaschine präsentieren, und es gab nichts, was er dagegen tun konnte. Es musste schon ein Wunder geschehen, sollte diese Geschichte ein gutes Ende nehmen.

Plötzlich wurde der Riegel beiseitegeschoben. Inspektor Bardike und Sergeant Lamerton betraten das Verhörzimmer.

„Aufstehen! Zeit, dass Sie in Ihre Zelle kommen. Wir werden uns morgen weiterunterhalten.“

Stöhnend rieb sich Chester die Augen.

„Los, hoch mit Ihnen.“ Lamerton griff Chester unter den Arm und zerrte ihn vom Stuhl. „Auch wir brauchen unseren Schlaf.“

Schwerfällig stand Chester auf und nahm seine Jacke, die über dem Stuhl hing. Dann ließ er sich ohne Widerspruch aus dem Verhörzimmer hinaus ins Foyer führen, wo der diensthabende Beamte hinter seinem Schreibtisch saß und einen Bericht schrieb.

„Milford, tun Sie uns einen Gefallen und sorgen Sie dafür, dass jemand diesen Herrn wegsperrt. Wir machen Feierabend.“

Lamerton setzte den Gefangenen auf einen Stuhl und fesselte ihn mit Handschellen an den Schreibtisch. Chester ließ die Behandlung klaglos über sich ergehen und schaute nur müde zum Fenster hinaus. Er sah eine Kutsche heranrollen, die vor dem Treppenaufgang des Reviers zum Stehen kam. Chester warf einen Blick auf die Uhr über dem Schreibtisch. Es war kurz nach vier in der Nacht. Draußen stieg ein alter Mann mit dichtem Bart aus der Droschke. Offensichtlich diskutierte er noch mit jemandem im Innern, doch dann fuhr die Kutsche weiter. Schließlich stieg der Mann die Stufen zum Revier hoch und öffnete die Tür. Bardike und Lamerton schauten sich überrascht an. Auch Chester kam dieser Mann seltsam bekannt vor.

„Guten Abend, meine Herren. Oder sollte ich lieber guten Morgen sagen? Es tut mir leid, wenn ich zu solch später Stunde noch Ihre Dienste in Anspruch nehmen muss. Aber eine Affäre von höchster Dringlichkeit duldet keinen Aufschub. Mein Name ist Charles Darwin."

Chester Time gab ein merkwürdiges Gurgeln von sich. Inspektor Bardike schüttelte Darwin die Hand. „Ich heiße Inspektor Bardike. Es ist uns eine Ehre ... Ich meine, hoffentlich ist es nichts Tragisches, was Sie zu uns führt."

„Wie man es nimmt. Es geht um die Entführung eines dreizehnjährigen Jungen. Rote Haare. Nicht besonders groß."

Chester schlug die Hand vor den Mund. Er wollte aufstehen, aber die Handschellen hielten ihn zurück. „Mr. Darwin, heißt dieser Junge vielleicht Justin Time?", fragte er atemlos.

„Kennen Sie diesen Mann, Mr. Darwin?", fragte Inspektor Bardike. Darwin schaute den Gefangenen verwirrt an. „Nein, tut mir leid, wir sind uns noch nicht vorgestellt worden."

„Aber natürlich kennen wir uns, wenn auch nur aus der Entfernung!", rief Chester beschwörend. „Ich bin Chester, Justins Onkel."

Lamerton warf Bardike einen verblüfften Blick zu. Irgendwie schien die ganze Sache eine unbehagliche Wendung zu nehmen, denn mit einem Mal wurde Charles Darwin blass. „Sie ... Sie sind ... Justins Onkel?“

Chester nickte. „Was ist mit Justin? Ist er hier?“

„Ja, und das wohl schon seit einer Woche!“

„Unmöglich! Ich selber bin heute erst angekommen! Wo ist er? Was ist mit ihm geschehen?“

„Er wird gefangen gehalten. Von einem Mann namens Bertie Oxtail! Inspektor, Sie müssen sich beeilen. Entschuldigen Sie, wenn ich mich so dramatisch ausdrücke, aber hier geht es um Leben und Tod.“

Bardike zögerte keinen Moment. Auch wenn er seinen Gefangenen und den Wissenschaftler nicht kannte, war er überzeugt davon, dass der rothaarige Junge der Schlüssel zu diesem Fall war. Und nun bot sich die Möglichkeit, ihm endlich auf die Spur zu kommen. „Holen Sie die Beamten von der Bereitschaft, Lamerton. Wir machen uns sofort auf den Weg nach Ratcliffe!“

„Was ist mit mir?“, rief Chester flehentlich und riss heftig an seinen Ketten. „Nehmen Sie mich mit! Immerhin handelt es sich um meinen Neffen!“

„Sie bleiben, wo Sie sind!“

„Inspektor Bardike, ich denke, es wäre sinnvoll, wenn uns dieser Herr begleitet“, sagte Darwin. „Falls es Sie beruhigt: Ich verbürge mich für ihn. Von diesem Mann geht keinerlei Gefahr aus.“

Bardike dachte einen Moment nach. „Also gut“, sagte er schließlich zögernd. „Machen Sie ihn los.“ Lamerton holte einen kleinen Schlüssel hervor und ließ das Schloss aufschnappen.

„Danke“, sagte Chester leise und rieb sich das Handgelenk.

„Bedanken Sie sich nicht zu früh. Wenn wir zurück sind, werden Sie uns einige Fragen beantworten und dann hoffentlich etwas besser mit uns zusammenarbeiten!“

Als Justin aus seiner Bewusstlosigkeit erwachte, wusste er sofort, dass etwas nicht stimmte. Er saß auf einem Stuhl, die Hände hinter dem Rücken an die Lehne gefesselt. Er richtete sich auf, sank aber sofort wieder stöhnend in sich zusammen. Ein Schmerz wie der Schnitt einer Rasierklinge fuhr durch seinen rechten Fuß.

„Dafür kannst du dich bei deinen Freunden bedanken.“ Justin blickte in das Gesicht des Schönen Bertie, der sich zu ihm hinabbeugte, um die Verletzung zu begutachten. Cronkite hockte in der Ecke auf einem Stuhl und schnitzte missmutig an einem Stück Holz herum.

„Mindestens verstaucht. Vielleicht sogar gebrochen. Es hätte schlimmer kommen können. Du entschuldigst aber trotzdem, dass wir dich fesseln mussten. Du bist mir schon einmal entwischt, ein zweites Mal will ich dir keine Gelegenheit dazu geben.“

„Was ist passiert? Wo bin ich?“, stöhnte Justin.

„Zu Hause in Ratcliffe“, erklärte der Schöne Bertie und ging hinüber zu einem Tisch, wo er sich ein Glas Wein einschenkte, in das er einen Löffel Zucker rührte. „Und ich denke, es wird Zeit, dass wir Nägel mit Köpfen machen. Du wirst mir jetzt erzählen, was du auf dieser vermaledeiten Ausstellung zu suchen hattest und welche Rolle dieser Babbage spielt. Außerdem will ich wissen, wo die beiden Hayward-Kinder sind. Du glaubst gar nicht, wie schwierig es heutzutage ist, gutes Personal zu finden."

„Ich denke, Davy hat sich dazu entschlossen, nicht mehr von Ihnen erpresst zu werden", sagte Justin matt. Er war so müde und zerschlagen, dass sogar seine Angst nachgelassen hatte. „Wenn Sie jemanden für Ihre Diebestouren suchen, müssen Sie sich wohl nach einem anderen umschauen." Er nickte in Cronkites Richtung. „Wie wäre es mit ihm?"

„Ich hab mich anders spezialisiert", erwiderte der Junge grinsend und schnitzte weiter an seinem Stock, dass die Späne flogen.

„Ja, ich weiß", sagte Justin leise. „Du quälst gerne Leute. Du bist erst dann glücklich, wenn man Angst vor dir hat. Ich wette mit dir, dass du noch nie in deinem Leben Freunde hattest."

„Oh, wie traurig", jammerte Cronkite. „Mir kommen gleich die Tränen. Mit deinen Kumpels ist es aber auch nicht weit her. Lassen dich so einfach im Stich."

„Sie holen Hilfe", sagte Justin überzeugt. „Du wirst sehen, sie werden da sein, wenn du am wenigsten mit ihnen rechnest."

Cronkite sprang auf und riss dabei den Stuhl um. „Sehr gut!", rief er und fuchtelte wütend mit dem

Messer herum. „Dann werde ich diesem Davy endlich das Fell über die Ohren ziehen!"

„Cronkite! Das reicht! Wenn hier einer bestimmt, was geschieht, dann bin ich das!", rief der Schöne Bertie und schlug mit der flachen Hand so kräftig auf den Tisch, dass der gezuckerte Wein aus seinem Glas schwappte.

Den drohenden Blick auf Justin geheftet, richtete Cronkite den Stuhl auf und setzte sich wieder.

„Ich bin mir sicher, dass du eine hübsche Stange Geld wert bist, mein Junge. Ich weiß nur noch nicht, bei wem ich es mir abholen muss."

Justin lächelte. „Sie täuschen sich, wenn Sie glauben, für mich so eine Art Lösegeld kassieren zu können."

„Wer ist Rupert?"

Justin zuckte mit den Schultern. „Ein Freund."

„Ein Freund", äffte ihn Bertie nach. „Und weiter?"

„Nichts weiter."

Cronkite sprang jetzt wieder auf. „Das bringt doch nichts! Lassen Sie mich das machen. Ich verspreche Ihnen, dass der Junge uns in fünf Minuten alles erzählt, was wir wissen wollen."

„Setz dich hin", knirschte Bertie. „Du weißt, dass ich rohe Gewalt nicht mit ansehen kann!"

„Ach wirklich? Aber trotzdem bin ich ganz nützlich, wenn es um die Drecksarbeit geht! Ohne mich wäre das alles hier doch schon längst zusammengebrochen. Wer treibt denn die Kinder zur Arbeit an? Das bin ja wohl ich. Vor mir haben sie Respekt."

„Ach, und vor mir etwa nicht?“, fragte Bertie mit einem bedrohlichen Unterton, doch Cronkite antwortete nicht. „Ich glaube, wenn das alles vorbei ist, werden wir beide uns einmal unterhalten müssen.“

„Wenn das hier vorbei ist, wird nichts mehr sein, wie es war“, sagte Justin leise. Er musste Zeit gewinnen, und es gelang ihm am besten, wenn er Bertie und Cronkite gegeneinander aufhetzte.

„Was willst du damit sagen?“, fragte der Schöne Bertie.

„Ihre Nummer zwei plant offensichtlich schon länger, das Geschäft zu übernehmen.“

„Das ist lächerlich!“, rief Cronkite entrüstet.

„Dann fragen Sie mal Ihren Kutscher Dimitry, mit dem er immer zusammenhockt. Vielleicht weiß er ja mehr“, sagte Justin unschuldig. „Es ist ein offenes Geheimnis, dass er versucht, Leute abzuwerben. Oder was meinen Sie, warum er Davy und Fanny so hasst? Weil sie seine Pläne kennen. Und weil sie die Einzigen sind, die ihm gefährlich werden können. Sie haben nämlich keine Angst vor ihm.“

Jetzt sprang Cronkite auf und packte Justin beim Kragen. „Ich brech dir alle Knochen!“

„Das wirst du nicht! Du setzt dich endlich hin! Ich habe gesagt, dass ich hier bestimme, wo es langgeht.“

Cronkite wirbelte herum. „Dann wird es Zeit, dass sich daran etwas ändert!“

„Also hat der Kleine doch recht“, zischte ihn Bertie an. Er zog an seinem Spazierstock, und eine lange, scharfe Klinge kam funkelnd zum Vorschein. „Zwing mich nicht, dir zu zeigen, wie gut ich fechten kann!“

Cronkite zitterte vor Wut und ballte die Fäuste. Bertie ging rückwärts zu seinem Schreibtisch, öffnete eine Schublade und holte einen kleinen Revolver hervor. „Auch wenn diese Waffe aussieht, als gehörte sie eher in die Handtasche einer Dame, kannst du versichert sein, dass jede einzelne Kugel dieser Pepperbox überaus tödlich ist.“ Er ließ den Degen fallen und richtete die Pistole auf Cronkite. „Gib mir einen Grund, warum ich nicht abdrücken sollte, Cronkite!“

In dem Moment ging die Tür auf. Dimitry hielt in den Händen ein Tablett mit dem Abendessen. Als er die Situation erfasste, blieb er mit offenem Mund stehen.

Cronkite reagierte schneller und schlug Bertie die Waffe aus der Hand. Ein Schuss löste sich. Die Kugel schlug knapp neben Justin in der Wand ein. Mit einem lauten Schrei stürzte sich Cronkite auf seinen Widersacher und riss ihn zu Boden. Doch Bertie wehrte sich. Er versuchte, mit den Fingern in die Augen seines Gegners zu stechen, und als ihm das nicht gelang, schlug er mit den flachen Händen auf Cronkites Ohren.

Der Junge jaulte auf und griff sich an den Kopf. Bertie gab ihm einen Stoß, rollte zur Seite und stand schwankend auf. Fieberhaft suchte er das Zimmer nach seiner Pistole ab. Schließlich sah er sie unter seinem Schreibtisch liegen. Er wollte sie gerade aufheben, als sich Dimitry auf ihn stürzte und ihn zu würgen begann.

„Du gottverdammter Narr", gurgelte Bertie. „Lass mich los, hörst du?" Doch die Hände des Dieners drückten mit einer unglaublichen Kraft zu. Oxtail trat und schlug um sich, aber Dimitry schien keinerlei Schmerz zu verspüren. Hilflos tasteten Berties Hände auf dem Boden umher, bis er plötzlich den Griff des Revolvers zu fassen bekam.

Mit einem Ruck befreite er seinen Arm und drückte ab.

Dimitry sah auf einmal so aus, als würde er eine wichtige Frage stellen wollen. Dann verdrehte er die Augen und sackte in sich zusammen.

Mit einem lauten Rasseln japste Bertie nach Luft. Keine Sekunde später war er wieder auf den Beinen. Im letzten Moment konnte er der Petroleumlampe ausweichen, mit der Cronkite auf ihn gezielt hatte. Sie zerschellte mit einer Stichflamme an der Wand. Sofort fingen die schweren Damastvorhänge Feuer.

„Bist du wahnsinnig?", brüllte Bertie und griff sich an den Hals. „Willst du uns alle umbringen?"

Doch anstatt eine Antwort zu geben, stürzte sich Cronkite in rasender Wut auf Bertie Oxtail.

„Was ist los?", fragte Davy, als er das besorgte Gesicht seiner Schwester sah. Mit jeder Meile, die sie sich Ratcliffe näherten, hatte sich ihre Stimmung mehr verdüstert. „Machst du dir Sorgen um Justin?"

Sie nickte. „Natürlich."

Davy lächelte. „Er ist ein netter Kerl, nicht wahr?"

„Ja, obwohl er einem mit seiner Geheimnistuerei auf die Nerven gehen kann."

„Nun, es sieht wohl so aus, als hätte er wirklich seine Gründe dafür gehabt." Davy schaute durch das Fenster hinauf zum Mond. „Ob in seiner Zeit jemand da oben lebt?"

Fanny schaute ihren Bruder überrascht an. „Was ist denn mit dir los? So kenne ich dich ja gar nicht."

„Mir ist nur gerade in den Sinn gekommen, dass wir beide überhaupt noch nichts von der Welt gesehen haben."

Fanny ergriff die Hand ihres Bruders und drückte sie fest. „Das wird sich von heute an ändern. Du hast doch Mr. Darwin gehört. Stell dir vor, wir werden in die Schule gehen, und du brauchst nie wieder für Leute wie den Schönen Bertie zu arbeiten."

Doch Davy winkte ab. „Ich weiß nicht ..."

„Was redest du da für einen Unsinn?"

Er schaute sie ernst an. „Lass uns erst einmal diese Nacht abwarten. Es kann noch viel geschehen."

Fanny sah einen roten Schein hinter den Häusern. „Aber die Sonne geht bereits auf! Schau!"

„Fanny, das ist unmöglich! Dazu ist es zu früh!"

„Dann sieh doch selbst!"

Davy schaute aus dem Fenster und erstarrte. Ein kokeliger Geruch hing in der Luft. „Das ist nicht der

Sonnenaufgang. Das ist ein Feuer! Berties Arbeitshaus brennt!"

Als die Kutsche um die Ecke raste, stand der Dachstuhl bereits in Flammen. Fanny und Davy sprangen hinaus.

„Bingfield, rufen Sie die Feuerwehr." Fanny drehte sich zu dem Kutscher um, der versuchte, die herabsegelnden Funken auszuschlagen. Das Pferd wieherte nervös und war nur noch schwer zu bändigen.

„Wird gemacht. Ich kann hier sowieso nicht bleiben. Meine Penelope geht gleich durch. Aber was ist mit euch?"

Plötzlich hörten sie aus dem brennenden Gebäude Schreie nach außen dringen.

„Die Kinder!", durchfuhr es Fanny voller Schreck. „Cronkite hat sie bestimmt eingeschlossen."

„Führ sie in den Hof!", rief ihr Davy zu. „Ich werde Justin suchen! Wir treffen uns hier unten wieder!"

Bevor Fanny etwas erwidern konnte, war Davy schon die Stufen hochgelaufen und im Rauch verschwunden.

Es war ein Kampf auf Leben und Tod, der zwischen Cronkite und dem Schönen Bertie ausgefochten wurde. Und keiner von ihnen schien zu bemerken, wie das Feuer um sie herum immer heftiger wütete. Justin versuchte verzweifelt, sich vor den Flammen zu retten. Doch die Fesseln saßen zu stramm. Immerhin war es ihm gelungen, den Stuhl einige Meter von der Wand abzurücken, aber es war nur eine Frage der Zeit, bis die Decke einstürzen würde.

Der Schöne Bertie hatte mittlerweile den Attacken Cronkites nicht mehr viel entgegenzusetzen. Nur mühsam konnte er sich auf den Beinen halten. Die Pistole war inzwischen unbrauchbar geworden. Die letzten drei verbliebenen Patronen explodierten in der Hitze, wobei die Kugeln als gefährliche Querschläger in der Wand einschlugen.

Die Hitze war unerträglich. Das Feuer hatte fast den ganzen Sauerstoff aufgebraucht. Cronkite, der in den Flammen den Degen gefunden hatte, schwang die Waffe jetzt wie ein Richtschwert. Der Hass hatte ihm übermenschliche Kräfte verliehen. Sein Gesicht war rußgeschwärzt, die hellen Augen und die gefletschten Zähne ließen ihn wie ein wildes Tier aussehen.

Bertie Oxtail konnte nicht mehr. Keuchend und wimmernd ließ er sich auf die Knie nieder und hob verzweifelt die Arme, als hoffte er so, den vernichtenden Schlag abwehren zu können.

Doch dieser Hieb kam nicht.

Stattdessen stürzte sich Davy mit einem lauten Schrei auf Cronkite, der überrascht zu Boden fiel. Klirrend rutschte der Degen über die Diele. Mit einem Satz sprang Davy auf, schnappte sich die Klinge und hetzte zu Justin hinüber, der mittlerweile halb ohnmächtig in seinem Stuhl zusammengesunken war.

„He, wach auf!"

Justin schlug müde die Augen auf. „Davy! Ihr habt es also geschafft …"

„Gerade so, würde ich sagen", bemerkte Davy und schaute zur Decke hinauf. Mittlerweile hatten die Balken Feuer gefangen, und es war nur eine Frage der Zeit, bis alles zusammenbrechen würde. Mit dem Degen schnitt er die Fesseln durch. Justin sackte stöhnend vom Stuhl.

„Mach jetzt nur nicht schlapp! Du hast es gleich geschafft!" Davy sah über die Schulter. Cronkite lag noch immer benommen am Boden, während Bertie die Gunst der Stunde nutzte und auf allen vieren krabbelnd ins Freie floh.

„Halt dich an mir fest. Ich trage dich raus." Mühsam schleppte Davy den Jüngeren zur Tür. Über ihnen gab das Dach mit einem Krachen nach, brach aber wie durch ein Wunder noch nicht komplett ein.

„Nur noch ein paar Meter, und wir haben es geschafft." Justin nahm alle Kraft zusammen und setzte einen Fuß vor den anderen.

„So ist es gut."

Doch dann wurde Justin umgeworfen. Mit einem lauten Schrei fiel er auf die rechte Seite, und der Schmerz, den sein Fuß verursachte, ließ ihn für wenige Sekunden die Umgebung klar wahrnehmen.

Cronkite hatte sich von hinten auf Davy geworfen und begann, ihn zu würgen. Mit einem lauten Poltern fielen beide um und wälzten sich auf dem Boden. Davy holte ein paarmal mit seinem Ellbogen aus, doch Cronkite schien den Schmerz gar nicht zu spüren. Er drückte immer fester zu. Schließlich warf Davy den Kopf nach hinten und traf Cronkites Nase. Erst jetzt schrie sein Widersacher auf und ließ los. Er hatte die Hände vor das Gesicht geschlagen, um den Blutstrom aufzuhalten, der zwischen seinen Fingern hindurchsickerte. Mühsam schleppte sich Justin weiter zur Tür.

„Los!", keuchte Davy. „Bring dich in Sicherheit."

„Was ist mit dir?", rief Justin.

„Mach dir wegen mir keine Sorgen ..."

Plötzlich donnerte ein Balken nieder und schlug knapp neben Davy mit einem Funkenregen in den Dielenboden ein.

„Verdammt nochmal, mach endlich! Worauf wartest du noch?" Ein zweiter Balken kam herunter und riss ihn von den Beinen. Er versuchte noch weiterzukriechen, aber Cronkite, der mittlerweile wieder Herr seiner Sinne war, bekam einen Fuß zu fassen und hielt Davy mit einem irren Lachen fest. Justin schrie auf und wollte Davy packen, um ihn so aus Cronkites Umklammerung zu befreien, doch zwei kräftige Hände tauchten aus dem Nichts auf und rissen ihn zurück.

Dann kam die Decke herunter, begrub Davy und Cronkite unter sich und ließ den Boden einstürzen. Fassungslos schaute Justin hinab in das Loch, das sich vor seinen Füßen aufgetan hatte. Ihm wurde schwindelig, und er hatte das Gefühl, sich übergeben zu müssen.

„Hallo, David Copperfield. Schön, dich wiederzusehen“, hörte er eine Stimme. Dann wurde er ohnmächtig.

Hustend kam Justin zu sich und schaute sich benommen um. Er lag auf dem Fußboden im Hof der alten Fabrik. Am Tor hatten sich die verängstigten Kinder gesammelt. Auf der rechten Seite kämpfte die Feuerwehr mit den Flammen. Der ganze Flügel war niedergebrannt. Einzig das steinerne Treppenhaus war stehengeblieben und führte hinauf ins Nichts.

Etwas entfernt auf den Stufen vor dem Verwaltungsgebäude entdeckte Justin eine kleine zusammengesunkene Gestalt. Sie hatte den Kopf in den Händen vergraben. Fanny!

Justin rappelte sich hoch. Ein Polizist beugte sich zu ihm und reichte ihm eine Hand, um zu helfen. „Was ist mit Davy?“, fragte Justin drängend. Was ist mit ihrem Bruder?“ Er deutete auf Fanny. „Haben Sie ihn noch herausholen können?“

Bardike schüttelte traurig den Kopf. „Es tut mir leid, Junge. Ich konnte niemandem mehr dort drinnen helfen.“

Vom Tor her näherte sich mit schnellen Schritten eine Gruppe Erwachsener. Aber Justin achtete nicht auf sie. So schnell er konnte, humpelte er über den Hof und näherte sich vorsichtig Fanny. Wortlos setzte er sich neben sie auf die Stufen und legte den Arm um sie.

Justin fühlte sich so elend wie noch nie in seinem Leben. War es das wirklich wert gewesen?

Davy hatte sich geopfert, damit er weiterleben konnte. Und das nur, damit diese verdammte Zeitlinie nicht durcheinandergeriet.

Schon lange war das Ganze kein Spiel mehr, aber Justin wurde es in diesem Moment erst klar. Davys Tod war bitterer Ernst, und der Preis war entschieden zu hoch.

„Fanny“, sagte er leise. „Fanny, es tut mir so leid. Er hat mein Leben gerettet. Davy hat alles riskiert, um mich vor Cronkite und den Flammen zu retten. Und dabei habe ich es gar nicht verdient!“

Fanny sah auf. Ihr Gesicht war tränenüberströmt. Sie wischte es mit dem Ärmel ab und funkelte Justin wütend an. „Sag das nie, nie, NIE wieder. Denn das würde heißen, dass mein Bruder heute Nacht umsonst und vollkommen vergebens gestorben ist. Hörst du? Ich will das nie wieder hören! Wenn du das noch einmal sagst, bringe ich dich um!“

Justin wollte etwas erwidern, aber er kam nicht dazu, denn jemand trat zu ihm, riss ihn hoch und nahm ihn in die Arme.

„Justin! Endlich. Wie in drei Teufels Namen kommst du hierher? Ist alles in Ordnung?“

Als Justin die Stimme seines Onkels hörte, fiel die ganze Last der vergangenen Tage von ihm ab, und er begann zu weinen. „Ja. Alles ist in Ordnung. Du musst nur mit meinem Fuß aufpassen. Ich glaube, er ist verstaucht.“

Vorsichtig setzte Chester seinen Neffen wieder ab. „Wie lange bist du denn schon hier?"

„Vier Tage. Ich bin dir nachgereist, aber vor dir angekommen."

Chester schaute ihn verwirrt an. „Das musst du mir erklären, wenn wir wieder zu Hause sind."

Plötzlich hörte Justin eine tiefe Stimme hinter sich. „Hallo, mein Junge. Wer hätte gedacht, dass wir uns einmal wiedersehen." Ein Mann mit einem langen weißen Bart stand auf einen Stock gestützt und lächelte ihn an.

„Mr. Darwin! Dem Himmel sei Dank! Ich bin so froh, dass Sie kommen konnten."

„Ich denke, mein Anteil an der Geschichte war der geringste", erwiderte Darwin bescheiden.

„Aber mit Sicherheit der wichtigste", sagte Chester Time. „Vermutlich hätte ich Jahre auf diesem Polizeirevier geschmort, wenn Sie nicht gekommen wären."

„Ich fürchte, dass es für die Herrschaften noch nicht ausgestanden ist", meldete sich Inspektor Bardike zu Wort. Gemeinsam mit Sergeant Lamerton hatte er sich um die Kinder gekümmert, die Fanny ins Freie gebracht hatte, und sichergestellt, dass es ihnen an nichts fehlte. „Erinnern Sie sich? Sie sind mir noch ein paar Antworten schuldig!"

„Nein, das ist er nicht", sagte eine Stimme hinter ihnen.

Eine Frau war aus dem Schatten der Toreinfahrt getreten und betrachtete interessiert die brennende

Ruine. „Ich denke, ab jetzt ist dies kein Fall mehr für die Londoner Polizei."

Justin musterte die Gestalt nachdenklich. Es war eine kleingewachsene Frau, die es gewohnt zu sein schien, Befehle zu erteilen, und die erwartete, dass man ihnen widerspruchslos Folge leistete. Sie hatte den Inspektor beiseitegezogen und redete ruhig auf ihn ein. Als Bardike energisch den Kopf schüttelte, zückte sie wie eine Trumpfkarte einen Brief, den sie dem Beamten reichte. Bardike las ihn und reichte das Dokument der Frau mit einer resignierten Geste zurück.

Doch nicht nur Bardike schien durch das plötzliche Erscheinen der Fremden aufgebracht zu sein. Justin bemerkte, dass sein Onkel nur mühsam seine Wut unterdrückte. Noch bevor Justin zu einer Frage ansetzen konnte, war der Inspektor wieder bei ihnen.

„Lamerton, wir gehen", sagte er. Seiner Stimme war anzumerken, dass er sich nur schwer beherrschen konnte. „Ab sofort sind wir nicht mehr weisungsbefugt."

„Was soll das heißen, nicht mehr weisungsbefugt?", rief Lamerton ungehalten und zeigte auf die Frau. „Wer zum Teufel ist das überhaupt?"

Bardike verzog das Gesicht. „Die Dame ist eine Sonderemissärin der Königin. Sie leitet eine Abteilung, die direkt der Krone unterstellt ist. Sobald sie sich einschaltet, ist unsere Arbeit beendet."

„Das haben Sie vorzüglich umschrieben, Inspektor." Die Frau lächelte spöttisch.

„Aber ... Sie ist ... eine Frau!", stotterte Lamerton.

„Haben Sie ein Problem damit, Mr. Lamerton?" Die Emissärin musterte den Sergeant von oben bis unten. „Sie sind jung genug, um in Ihrem Leben noch andere Dinge zu erleben, als jemanden wie mich in einer Position wie dieser."

„Kommen Sie, Lamerton. Wir gehen", wiederholte Bardike eindringlich. „Für uns gibt es hier nichts mehr zu tun."

„Das verstehe ich nicht!", entgegnete der Sergeant fassungslos.

„Das müssen Sie auch nicht."

Bardike schickte sich zum Gehen an, doch bevor er sich abwendete, drehte er sich noch einmal zu Justin um. „Ich weiß nicht, in was für einer Geschichte du steckst, mein Junge. Dieser Fall ist der merkwürdigste, der mir in meiner Laufbahn untergekommen ist. Und bei Gott, ich würde alles dafür geben, wenn ich die Zusammenhänge verstehen könnte." Er warf der Frau einen finsteren Blick zu. „Aber leider sind mir die Hände gebunden. Ich kann dir nur raten: Achte sehr genau darauf, wer deine Freunde sind. Denn du weißt nie, ob sie sich nicht vielleicht als deine Feinde erweisen." Mit diesen Worten packte er Lamerton beim Arm und trat durch das Tor hinaus auf die Straße.

„Inspektor Bardike", sagte die Frau und schüttelte den Kopf. „Immer so korrekt. Und so beschränkt.

Eine Zierde seines Berufes." Sie machte eine kurze Pause. „Lassen Sie uns gehen."

Justin sah verwundert, wie die Frau ganz selbstverständlich vor ihnen durch das Tor auf die Straße trat. Onkel Chester machte jedoch keine Anstalten, ihr zu folgen.

Wer zum Teufel war diese Frau? Wie konnte eine Sonderemissärin der Königin plötzlich bestimmen, dass die ermittelnden Beamten aus solch einem Fall, in dem es immerhin drei Tote gegeben hatte, abgezogen werden konnten? Und was bedeutete das für Chester und Justin? In was für ein Wespennest hatten sie gestochen?

Justin sah sich zögernd um. Auch Charles Darwin rührte sich nicht vom Fleck. Er hatte sich zu Fanny gestellt und ihr den Arm um die Schultern gelegt. Fanny sah so blass aus, dass ihre Haut fast durchsichtig zu sein schien, aber sie weinte nicht mehr. Sie wirkte erschöpft und verzweifelt. Seit ihrem ersten Treffen hatte Justin sie immer für ihren Mut bewundert. Doch jetzt schien es, als hätte sie sich aufgegeben.

Die Emissärin drehte sich ungeduldig um. „Wenn ich Sie jetzt bitten dürfte, mir zu folgen. Zeit ist das Letzte, was wir im Überfluss haben."

Charles Darwin räusperte sich ungehalten. „Ich glaube, Sie haben bisher noch kein vernünftiges Argument vorgebracht, warum wir tun sollten, was Sie sagen. Auch wenn Sie direkt der Krone unterstellt sind. Sie scheinen uns gegenüber einen Vorteil zu haben. Sie wissen, wer wir sind. Aber Sie haben sich bis jetzt noch nicht die Mühe gemacht, uns Ihren Namen zu nennen."

Die Emissärin lächelte kühl. „Sie werden mein kleines Problem gleich verstehen, Mr. Darwin. Bitte steigen Sie in meine Kutsche. Ich werde Sie kein zweites Mal auffordern."

„Es hat keinen Zweck", flüsterte Chester mit zusammengebissenen Zähnen. „Sie meint, was sie sagt."

Justin setzte sich zögernd in Bewegung. Etwas ging hier nicht mit rechten Dingen zu. Warum brachte diese Frau seinen Onkel nur so auf? Fast schien es, als würde er sie kennen, obwohl sie Chesters Blicken bisher ausgewichen war.

Und das war noch nicht alles. Sie war genau im richtigen Moment aufgetaucht, als hätte sie ihren Auftritt geplant. Sie war bestens über die Verhältnisse informiert. Selbst die Anwesenheit Charles Darwins, den sie sofort erkannt hatte, schien sie nicht zu überraschen.

Wer zum Teufel konnte so gut Bescheid wissen? Doch nur jemand, der die ganze Geschichte kannte. Justin stutzte. *Die Geschichte kannte.*

Als sie die Kutsche erreichten, die unter einer Gaslaterne stand, öffnete ihnen ein weißhaariger Mann von innen die Tür. Doch Justin stieg nicht ein. Er drehte sich nachdenklich zu der Frau um und musterte ihr Gesicht im Schein der Lampe.

„Ich kenne Sie", sagte er schließlich.

Die Frau schüttelte den Kopf. „Nein, das tust du nicht."

Justin kramte aus seiner Hosentasche den angesengten Ausdruck hervor und betrachtete ihn genauer, und mit einem Mal war er sich sicher.

„Sie sind nicht aus dieser Zeit. Sie haben mit meinen Eltern am AION-Projekt gearbeitet!", rief er und deutete mit dem Finger auf eine Person auf dem Foto, die in der Gruppe hinter Rupert stand.

Aufgeregt schaute Justin zu seinem Onkel. „Ist es nicht so? Du kennst sie auch!"

Sein Onkel warf der Frau einen finsteren Blick zu. „Ja, und ich bin nicht stolz darauf. Früher hat sie Kollegen ausspioniert, jetzt ist sie eine Agentin des Amtes für Zeitkontrolle. Eine steile Karriere." Er schaute in die Kutsche und sah einen alten Herrn, der sich offensichtlich nicht sehr wohl in seiner Haut fühlte. „Sie und ihr Kollege hier gehören zu Dr. Janus."

„Erfreut, Sie wiederzusehen, Chester", sagte die Frau und lächelte.

„Portitia Abbadon." Chester schnaubte. „Das Vergnügen beruht nicht auf Gegenseitigkeit. Bei Leuten wie Ihnen verzichte ich nur zu gerne auf ein Wiedersehen."

„Onkel Chester!" Justins Stimme klang empört. „Was geht hier vor? Warum sind diese Agenten hier?"

„Wenn ich Sie erst einmal bitten dürfte einzusteigen", sagte der alte Mann. „Entschuldigen Sie die etwas beengten Verhältnisse, aber es war uns leider in der Kürze der Zeit nicht möglich, ein anderes Fortbewegungsmittel aufzutreiben. Und in Anbetracht dessen, was in den letzten Tagen vorgefallen ist, raten wir Ihnen zu einer schnellen Abreise." Er klopfte mit seinem Stock gegen die vordere Wand, und eine kleine Klappe öffnete sich.

„Bingfield, sorgen Sie bitte dafür, dass wir auf dem schnellsten Wege in die Baker Street gelangen."

„Bingfield!", rief Fanny überrascht.

„Einen guten Abend, junge Dame. Es ist mir wie immer eine Freude", sagte der Mann auf dem Kutschbock und lächelte sie an. Dann verschloss er die Klappe, und mit einem Ruck setzte sich die Kutsche in Bewegung.

„Mr. Bingfield steht wie Dr. Morison schon seit längerer Zeit in unseren Diensten. Es sind beides überaus zuverlässige Mitarbeiter, deren Verschwiegenheit wir sehr zu schätzen wissen."

Dr. Morison räusperte sich. „Lassen Sie mich bitte ohne Umschweife zur Sache kommen. Ich glaube, das gehört Ihnen." Er überreichte Chester und Justin die PADs und die Transponder. In einem Sack fand Justin zudem seinen Anzug.

„Wir haben, soweit es ging, alle Spuren verwischt", erklärte seine Kollegin. „Bardike und Lamerton werden die Unterlagen zum Fall Babbage an uns weiterleiten."

„Sie haben es ja weit gebracht, Portitia. Verräterin, Agentin, Sonderemissärin." Chester nickte in gespielter Anerkennung.

„Jeder nach seinen Fähigkeiten, mein lieber Chester. Jeder nach seinen Fähigkeiten. Was nützt es, in die Vergangenheit zu reisen, wenn man keinen Einfluss bei den richtigen Stellen hat", sagte sie hochmütig. „Seien Sie froh, dass ich so umsichtig bin, sonst würde es Ihnen allen sehr schlechtgehen."

„Die Transponder funktionieren übrigens nicht mehr einwandfrei", schaltete sich Dr. Morison hastig ein, offenbar, um dem Gespräch die Schärfe zu nehmen. „Bei einem Gerät ist die Energiezelle erschöpft, das andere muss bei der Verhaftung beschädigt worden sein. Aber das macht uns weiter keine Sorgen."

„Ganz im Gegensatz zu Ihnen, Mr. Darwin, und dir, junge Dame", sagte Miss Abbadon.

„Was soll das heißen?", fragte Justin. „Was haben Sie vor?"

„Mein lieber Justin, mit deinem Auftauchen hast du die Zeitlinie gehörig durcheinandergebracht", sagte die Zeitagentin. „Dabei bereitete uns Fannys Bruder Davy die geringsten Kopfschmerzen. Er wusste zu viel, aber er wäre sowieso gestorben. Tuberkulose im Endstadium. Gott sei Dank nicht die ansteckende Variante."

Fanny war für einen Moment sprachlos vor Wut. „Davy hat gerade sein Leben für Justin geopfert, und Sie reden von ihm, als sei er ein ... ein lästiges Problem gewesen und kein Mensch."

Darwin schaute Miss Abbadon zornig an. „Wenn der arme Davy bereits zu viel wusste, was ist dann mit mir?"

„Bei Ihnen liegt der Fall leider etwas anders", seufzte Miss Abbadon. „Wir müssen Sie gehen lassen und darauf hoffen, dass Sie Ihren Ruf nicht mit bizarren Geschichten über Zeitreisen aufs Spiel setzen. Immerhin haben Sie ja schon fast dreißig Jahre geschwiegen. Glauben Sie uns, wenn es eine Möglichkeit gäbe, Sie auszuschalten, dann hätten wir das schon längst getan."

Dr. Morison warf seiner Kollegin einen missbilligenden Blick zu, schwieg aber.

„Etwas schwieriger liegt der Fall bei der jungen Dame hier", fuhr Miss Abbadon kühl fort. „Sie lebt nämlich von geborgter Zeit. Dadurch, dass Justin sie aus dem Schornstein gerettet hat, wurde die temporale Linie irreparabel beschädigt. Genau genommen dürfte sie gar nicht hier sitzen, da sie eigentlich tot ist."

„Und was wollen Sie jetzt mit ihr machen?", fragte Justin mit zitternder Stimme.

„Nun, ich bin einer Einrichtung sehr verbunden, die Fanny bis zu ihrem Lebensende aufnehmen kann", sagte Dr. Morison.

„Was heißt, bis an ihr Lebensende?" Justin war entsetzt. „Was wollen Sie mit ihr machen?"

Miss Abbadon schenkte Fanny ihr strahlendstes Lächeln. „Die junge Dame braucht keine Angst zu haben. Die Bedlam-Irrenanstalt ist gepflegt und ordentlich. Für Unterhaltung ist gesorgt. Wir haben einige sehr amüsante Patienten, die mehr gesehen haben, als ihrem Verstand zuträglich war."

Mit einem Aufschrei wollte Justin aus seinem Sitz springen, wurde aber von seinem Onkel an der Schulter festgehalten. Die Waffe, die Miss Abbadon auf einmal in ihrer Hand hielt, sah zwar nicht sonderlich gefährlich aus, würde in ihrer Wirkung wahrscheinlich aber sehr unangenehm sein.

„Hören Sie", sagte Darwin mit einem Blick auf Fanny, die in sich zusammengesunken war und die Fäuste ballte. „Wie wäre es, wenn ich das Mädchen bei mir aufnähme? Ich könnte ihr ein anständiges Leben bieten."

„Aber genau das müssen wir ja leider verhindern."

„Wenn Sie Fanny etwas antun, dann nur über meine Leiche!", rief Justin wütend.

Miss Abbadon zuckte mit den Schultern. „Das würde nichts ändern. Wenn du stirbst, wird das keinen Einfluss auf die Zukunft haben. Dass du noch lebst, hat einen ganz anderen Grund."

„Aber wenn mir etwas geschieht, haben Sie beide ein gewaltiges Problem", sagte Fanny auf einmal ruhig.

„Und wie dürfen wir das verstehen?", fragte Dr. Morison.

„Fragen Sie sich nicht, wo die Teile der Differenzmaschine geblieben sind?"

Dr. Morison schaute Fanny beunruhigt an. Mit einem Mal musste Charles Darwin laut loslachen. So laut, dass ihm die Tränen in den dichten Bart liefen. „Fanny, du bist unglaublich. Es tut mir nur leid, dass wir uns nicht früher begegnet sind. Ich glaube, wir hätten einen Riesenspaß miteinander gehabt."

„Wo sind sie?" Miss Abbadon gefiel Fannys triumphierendes Grinsen überhaupt nicht.

„Ich habe sie versteckt. An einem sicheren Ort. Und wenn mir etwas zustößt, wird Mr. Darwin dafür sorgen, dass sie noch am selben Tag bei Mr. Babbage auf dem Tisch liegen. Nicht wahr, Mr. Darwin?"

„Aber du kannst nicht in dieser Zeit bleiben!" Dr. Morison stand plötzlich der Schweiß auf der Stirn.

„Dann kommt sie eben mit uns mit", sagte Justin, als sei dieser Vorschlag die naheliegendste Lösung. „Wenn sie nicht im Jahr 1862 bleiben kann, wird sie mit uns in die Gegenwart reisen. Oder gibt es dort auch Zeitlinien, die durcheinandergebracht werden können?"

Miss Abbadon schaute Justin zunächst finster an, doch nach einem kurzen Moment lächelte sie. „Ja", nickte sie. „Wenn ich es mir genau überlege, ist das eigentlich eine gute Idee. Sollen sich andere mit diesem Problem herumschlagen. Wir haben nichts mehr damit zu tun."

Dr. Alexander Morison schob das Fenster nach unten. Mittlerweile dämmerte es. „Wir sind da."

Als Justin aus der Kutsche stieg, sah er den Eingang zur Baker Street Station.

„Ich fürchte, Mr. Darwin muss uns jetzt verlassen." Dr. Morison zog seine Taschenuhr hervor. „Und ich möchte Sie bitten, sich zu beeilen. In einer halben Stunde werden die Arbeiter mit ihrer Schicht beginnen. Bis dahin müssen wir den Notausgang erreicht und Sie in die Gegenwart geschickt haben."

Chester Time gab Charles Darwin die Hand. „Auch wenn es nur ein kurzes Zusammentreffen war, es war mir eine besondere Freude, Sie kennengelernt zu haben."

„Die Freude ist ganz auf meiner Seite. Wie schade, dass wir uns nicht unter anderen, angenehmeren Umständen getroffen haben!"

Dann beugte sich Darwin zu Fanny hinab und nahm sie in den Arm. „Es tut mir alles so leid für dich. Dein Bruder war ein feiner Kerl. Und ich bedaure sehr, dass du nicht hierbleiben kannst. Ich hätte dir viel zeigen können." Er küsste das Mädchen auf die Stirn.

„Aber Sie können mir alles zeigen!", sagte Fanny. „Ich werde einfach alle Ihre Bücher lesen."

„Pass gut auf das Mädchen auf." Darwin drehte sich zu Justin um. „Sie ist etwas ganz Besonderes. Und dir wünsche ich viel Glück. Inspektor Bardike hatte wohl recht: Wähle deine Freunde sorgfältig aus, denn du weißt nie, ob sie nicht eigentlich deine Feinde sind. Sei also bitte vorsichtig."

„Werde ich sein, Mr. Darwin. Und vielen Dank. Sie wissen nicht, wie sehr ich in Ihrer Schuld stehe."

„Ich dränge nur ungern zur Eile, aber wir müssen los", sagte Dr. Morison und schritt die Stufen voran in die Dunkelheit. Die anderen folgten ihm. Justin und Fanny drehten sich noch einmal um und wollten dem alten Mann zuwinken, doch sie hatten ihn bald aus den Augen verloren.

Als sie den leeren Bahnsteig erreichten, wehte ihnen ein kalter Wind um die Ohren. Ohne sich lange aufzuhalten, stieg Miss Abbadon über die Gleise und steuerte zielstrebig auf eine Nische beim hinteren Treppenaufgang zu, der später einmal auf die andere Straßenseite führen sollte, jetzt aber durch ein massives Eisentor versperrt war. Miss Abbadon holte etwas hervor, das entfernt einem PAD ähnelte, und gab einen Code ein.

Plötzlich begann es in der Nische zu knirschen, und ein fahler blauer Lichtschein fiel durch die Ritzen. Miss Abbadon trat einen Schritt beiseite, und die geheime Tür schwang vollends auf.

„Der Durchgang ist sehr niedrig, deswegen müssen wir alle kriechen." Nach einer leichten Biegung standen sie in dem Raum, der Tage zuvor Willi Gibson in den Wahnsinn getrieben hatte. Auch Fanny spürte die seltsamen Effekte, und ihr wurde plötzlich übel.

Miss Abbadon bemerkte, wie die temporale Verschiebung Fanny zu schaffen machte. „Es ist, als sei man seekrank. Am Anfang wird jedem schlecht. Doch dann passt man sich sehr schnell an."

Fanny setzte einen grimmigen Gesichtsausdruck auf und versuchte, sich nicht zu übergeben. „Wo sind wir hier?", fragte sie.

„Das ist einer von zwei Notausgängen, die sich in

London befinden. Einer ist im Tower, der andere in diesem römischen Tempel." Chester holte sein PAD hervor und richtete es auf das Relief. Als der Scanner seinen Daumenabdruck abgeglichen hatte, hob sich das Relief nach oben. Ein strahlend blaues Licht erleuchtete den engen Raum. Es war, als ob man in die Tiefe eines unergründlichen Sees blickte.

Chester warf Portitia Abbadon und Dr. Morison einen wütenden Blick zu. „Ich hoffe, dass wir uns nie wiedersehen werden."

Miss Abbadon lächelte dünn. „Man sollte niemals nie sagen."

Chester strich Justin über den Kopf. „Gute Reise, mein Junge." Dann trat er durch das Tor und verschwand lautlos im blauen Licht.

„Bist du bereit, Fanny?", fragte Justin leise und griff nach ihrer Hand, die er fest drückte. Fanny schluckte und nickte. „Was wartet auf der anderen Seite auf mich?"

„Ein besseres Leben. So viel kann ich dir versprechen. Und diesmal ist es die Wahrheit."

„Wer von uns macht den ersten Schritt?"

„Wir beide gehen gemeinsam hindurch."

Doch bevor sie durch das Tor schritten, drehte sich Justin noch einmal um. „Ich weiß nicht, was Ihr Anteil an dieser Geschichte ist. Aber wenn wir zurück sind, werde ich Dr. Janus genug Geld geben, damit Sie Ihre schäbigen hundert Pfund wiederbekommen. Leuten wie Ihnen will ich nichts schuldig bleiben!"

Sie schlossen beide die Augen und hielten die Luft an. Dann tauchten sie gemeinsam in das strahlende Blau ein.

Nachdem Dr. Morison den Notausgang wieder sorgfältig versiegelt hatte, trat er mit Miss Abbadon hinaus auf die Baker Street. Die Vögel zwitscherten, während im Osten die Sonne aufging.

„Was ist nur aus unseren Idealen geworden? Ging es uns nicht immer um eine bessere Welt für alle?“, fragte er müde, ohne darauf wirklich eine Antwort zu erwarten.

„Wir führen einen Krieg in der Zeit, größer und unvorstellbarer als alle bisherigen in unserer Geschichte.“ Miss Abbadon zuckte mit den Schultern. „Und wie in allen Kriegen werden die Ideale vom Sieger bestimmt.“

„Sie sind sehr zuversichtlich. Und wenn wir siegen, wie wird dann die Welt aussehen? Werden wir sie noch wiedererkennen?“

Miss Abbadon lächelte. „Wenn wir diesen Krieg gewinnen, wird er gar nicht stattgefunden haben. Außerdem haben Sie keinen Grund, sich zu beklagen: Denn egal, wer gewinnt – wir werden stets auf der richtigen Seite stehen.“

„Oder auf der falschen. Doppelagenten werden meist nicht sehr alt.“ Dr. Morison rieb sich müde die Augen. „Kann ich Sie noch ein Stück mitnehmen?“

„Danke, ich werde abgeholt."

„Eine neue Aufgabe?"

„Ich werde zunächst einige Tage am Meer verbringen. Am 12. August 1983 beginnen wir dann mit Phase II. Das Testgelände wird gerade vorbereitet. Ich bin für die Leitung des Transfers eingeteilt worden."

„Sie liefern sozusagen das Päckchen ab. Bravo, Sie haben Karriere gemacht. Und das, obwohl Sie nicht alle Fragen im Fall Babbage beantworten konnten?"

„Nein, den Grund für die temporale Anomalie konnte ich wie Chester auch nicht herausfinden. Ich habe immer noch keine Ahnung, wer in der Zeit herumpfuscht." Sie machte eine kurze Pause. „Was auch immer dieser Unbekannte vorhatte – der Junge und seine Freunde haben es verhindert. Es bleibt eine Tatsache, dass die Maschine letztlich nicht fertiggebaut wurde."

Morison nickte nachdenklich. „Was meinte der Junge übrigens mit den hundert Pfund?"

„Ich weiß es nicht. Bingfield hatte nach der Fabrik die Spur der beiden verloren."

„Merkwürdig. Offensichtlich muss ihm jemand geholfen haben."

„Das mag sein. Wie ich bereits sagte: Ich bin nicht im Besitz aller Informationen, die ich benötige. Es gibt einen Unbekannten in unserer Gleichung."

Dr. Morison grinste. „Schön, dass Sie nicht allwissend sind."

„Glauben Sie mir, auch das wird sich noch ändern." Portitia Abbadon nickte Dr. Morison knapp zu. „Wenn der Test positiv war, werden wir wieder voneinander hören." Sie winkte eine Droschke heran, stieg ein und fuhr davon, ohne sich noch einmal umzusehen.

IX.

Es war eine kleine Trauergesellschaft, die sich auf dem Gibraltar Row Burial Ground eingefunden hatte. Der größte Teil der alten Grabsteine war längst umgefallen und vom Zahn der Zeit zu Staub zermahlen worden. Nur einige wenige Monumente trotzten noch dem Verfall.

Es dämmerte bereits, als Justin neben Fanny an den Eingang zur Gruft trat. Fanny hielt einen Blumenstrauß in den Händen.

Gemeinsam schoben sie den Vorhang aus Efeu beiseite. Die Eisentür, die vor fünfhundert Jahren den Eingang versperrt hatte, war längst verschwunden. Aber trotzdem sah alles noch genauso aus, wie Justin es in Erinnerung hatte. Fast schien es, als müsste Davy jeden Moment auftauchen.

„Ist es nicht seltsam?“, sagte Fanny mit belegter Stimme. „Jetzt ist es im Grunde schon so lange her, dass er gestorben ist. Zu Asche zerfallen. Und trotzdem ist diese Gruft, in der er nie begraben worden ist, der Ort, an dem mein Bruder für mich noch immer am lebendigsten ist.“

Wortlos legte sie den Blumenstrauß in eine Ecke und wischte sich eine Träne aus dem Gesicht.

Justin trat einen Schritt zurück ins Freie, um ihr Gelegenheit zu geben, Abschied zu nehmen. Auch wenn sie recht damit hatte, dass Davy nach Jahren gemessen schon eine Ewigkeit tot war – für sie beide war es erst gestern gewesen, dass er im Feuer umgekommen war. Davy war Fannys einzige Familie gewesen, und was es hieß, seine Familie zu verlieren, das konnte niemand besser verstehen als Justin – obwohl sich die Dinge in den letzten Tagen geändert hatten. Vor einer Woche hätte er Fanny noch glühend darum beneidet, dass sie einen Ort hatte, an dem sie um ihren Bruder trauern konnte.

Heute jedoch war das anders.

„Woran denkst du?“, fragte Fanny. Justin blickte auf. Sie sah traurig aus, aber etwas von ihrer alten Entschlossenheit blitzte in ihren Augen auf.

„An meine Eltern“, erwiderte Justin.

„Du bist überzeugt davon, dass sie bei ihrer Zeitreise damals nicht ums Leben gekommen sind, oder?“

Justin nickte. „Nicht nach all dem, was passiert ist“, sagte er leise.

Seit Fanny und er gestern aus dem 19. Jahrhundert zurückgekehrt waren, hatten sie wenig Gelegenheit gehabt, über das Geschehene zu sprechen. Aber Justin hatte an kaum etwas anderes denken können.

Er war genauso erleichtert gewesen wie Onkel

Chester, dass es ihnen gelungen war, die Zeitlinie wiederherzustellen. Das war es schließlich, was er immer gewollt hatte. Er hatte verhindert, dass die Geschichte verändert wurde.

Doch das Abenteuer war alles andere als glimpflich verlaufen. Und bei aller Freude über ihre Rückkehr blieben zu viele Fragen.

Was war in der Vergangenheit geschehen, und welche Rolle spielten dabei die Agenten des Amtes für Zeitkontrolle? Auch wenn ihm Miss Abbadon mehr als unheimlich war, sie hatte Fanny, Chester und Justin aus einer prekären Lage befreit und damit erst das glückliche Ende ihrer Mission möglich gemacht. Von sich aus hätten sie wahrscheinlich schwerlich den Weg nach Hause gefunden, und Justin wollte sich nicht ausmalen, was passiert wäre, wenn sie in der Zeit gestrandet wären.

Blieb außerdem noch der große Unbekannte, der die Differenzmaschine hatte fertigbauen wollen. Wer hatte ihn geschickt, und warum wollte er die Zeit verändern?

Ob Chester die Antwort darauf kannte? Aber der hüllte sich beharrlich in Schweigen.

Justin suchte Fannys Blick. „All das, was geschehen ist, war kein Zufall", sagte er leise. „Ich habe das Gefühl, dass ich für jemanden eine wichtige Rolle spiele. Und es hat seinen Anfang genommen, als meine Eltern verschwunden sind."

Fanny schwieg für einen Moment, dann nickte sie. „Weißt du, was ich bedenklich finde?", fragte sie.

„Dass sich Leute aus dem 24. Jahrhundert in meiner Zeit aufhalten und dort offensichtlich sehr mächtig sind. Sonderemissärin der Königin! Ich meine, diese Portitia Abbadon war nicht eine Marktfrau von nebenan, sie war ein hohe Beamtin. Und sie hat die Macht, andere Menschen einfach verschwinden zu lassen." Sie schaute Justin ein wenig ängstlich an. „Vielleicht habe ich es ja falsch verstanden, aber ist nicht genau das mit deinen Eltern passiert? Dass sie beim ersten Lauf der Zeitmaschine spurlos verschwunden sind? Und wie kann es dann sein, dass dein Onkel Jahre später die Erlaubnis erhält, ein Zeitreisebüro zu eröffnen, obwohl nicht alle Probleme gelöst sind?"

Justin verlagerte sein Gewicht auf den anderen Fuß und stöhnte sofort auf. Sein Gelenk schmerzte immer noch heftig. „Genau das habe ich mich auch schon vor meiner Reise gefragt", sagte er. „Mir ist schleierhaft, weshalb ich überhaupt eine gefälschte Einladung nach London bekommen habe, und das für den Tag, an dem dieses Büro eröffnet wird."

Fanny überlegte. „Vielleicht hat Dr. Janus sie dir geschickt?"

Justin schüttelte den Kopf. „Das ergibt keinen Sinn. Wie auch der ganze Rest. Ich reise in die Vergangenheit und treffe dort plötzlich jede Menge Menschen aus meiner Gegenwart." Er legte die Stirn in Falten. „Dabei war ich immer überzeugt davon, dass nur Onkel Chester die Möglichkeit hat, jemand in die Zeit zu schicken." Justin ließ seinen Blick über die verfallenen Grabsteine schweifen. Gras und Unkraut überwucherten sie an einigen Stellen fast vollständig. „Ich bin sicher, dass hinter dem Geschehen in der Zeit mehr steckt, als wir ahnen. Das Ganze kommt mir wie ein Puzzle vor, bei dem die Hälfte der Teile fehlt."

Er suchte Fannys Blick, und einen Moment sahen sie sich wortlos an, bis sich schließlich ein Grinsen auf Fannys Gesicht breitmachte. „Das mag schon sein", stimmte sie zu. „Und ich gehe jede Wette ein, dass du schon einen Plan hast, dieses Rätsel zu lösen."

Justin gab sich einen Ruck und grinste zurück. „Worauf du dich verlassen kannst. Aber vorher müssen wir das hier noch zu Ende bringen. Bist du so weit?"

Fanny nickte. Sie warf noch einen letzten langen Blick auf den Eingang der Gruft, dann drehte sie sich entschlossen um. „Wir können."

Justin sah sich verstohlen um. Die untergehende Sonne tauchte den menschenleeren alten Friedhof in ein goldenes Licht. Er holte unter seiner Jacke eine Brechstange hervor. „Welche Gruft ist es?"

„Die linke", sagte Fanny.

Justin rammte das Stemmeisen in den Spalt und hob den Deckel ein Stück an. Sofort legte Fanny einen Keil unter die Platte, die sie schließlich mit gemeinsamen Kräften beiseiteschoben.

„Schau du nach", sagte Justin und trat einen Schritt zurück. Mit pochendem Herzen beugte sich

Fanny über den Rand des Sarges. Justin war ganz aufgeregt. „Ist er noch da?“

Mit der Geste eines Magiers, der gerade ein Kaninchen aus seinem Zylinder zaubert, drehte sich Fanny um und hielt den morschen Sack in die Höhe.

„Tada! Es ist nicht zu fassen! Nach all der Zeit! Ist es nicht unglaublich?“

Justin warf einen Blick hinein. Die Teile der Differenzmaschine glänzten, als wären sie erst gestern fabriziert worden. Fanny nahm eines der Zahnräder in die Hand.

„Unfassbar, dass so ein kleines Teil die Welt für immer verändert hätte.“ Die beiden verfielen in Schweigen.

Schließlich schnallte Fanny ihren Rucksack ab und packte die Zahnräder sorgfältig ein. Dann machten sie sich auf den Weg zum Friedhofstor.

Die kurze Strecke zur U-Bahn-Station sagte keiner ein Wort. Jeder von ihnen hing seinen eigenen Gedanken nach.

Für Fanny war die Stadt noch immer ein Wunder. Sie konnte sich nicht sattsehen an den sauberen Straßen, großzügigen Parks und dem Wohlstand, von dem in dieser Zeit offensichtlich alle profitierten. Sie erkannte zwar einige bekannte Gebäude wie St. Paul’s oder den Tower, doch die meisten Gebäude waren nach ihrer Zeit gebaut worden.

„Es ist seltsam“, sagte sie zu Justin, als sie in die

Bahn gestiegen waren. Glücklicherweise waren um diese Zeit wenig Leute unterwegs, und sie hatten sofort einen Platz gefunden. „Ich fühle mich gleichzeitig zu Hause und auch fremd.“ Sie schaute einige Minuten versonnen auf die Werbung, die im Display an der Rücklehne des Vordersitzes die Vorzüge eines neuartigen Abflussreinigers anpries. „Alles hier ist neu für mich, und doch ist es das London, in dem ich aufgewachsen bin.“

Justin ahnte, was in Fanny vor sich ging. Auch er war sich im London des 19. Jahrhunderts ganz und gar verloren vorgekommen.

„Aber weißt du“, Fanny setzte sich in ihrem Sitz auf, „trotz allem bin ich mir sicher, dass ich mich mit dem Jahr 2385 anfreunden werde.“

Justin grinste schief. „Freu dich nicht zu früh. Wenn wir in Brighton ankommen, wird uns erst einmal ein Donnerwetter erwarten. Ich habe vor unserem Besuch auf dem Friedhof noch im Internat angerufen. Die Direktorin war alles andere als begeistert, als sie heute Morgen die Geschichte aus der Zeitung erfahren hat. Sie bestand darauf, jemanden zu schicken, der uns abholt.“

Das Display vor ihnen wechselte das Bild und zeigte den Streckenplan. An der übernächsten Station würden sie aussteigen müssen.

„Was hast du jetzt vor? Was ist dein Plan?“, fragte Fanny.

„Erst einmal fahren wir zurück ins Internat“, erwiderte Justin. „Und dann besuchen wir eine Insel am Polarkreis. Dort lebt ein Professor, der Blumen züchtet. Und ich bin sicher, dass er Antworten auf viele unserer Fragen hat."

Als Justin Fannys irritierten Gesichtsausdruck bemerkte, lächelte er nur und schaute aus dem Fenster des Wagens. Er versuchte, etwas in der Dunkelheit zu erkennen, doch alles, was er sah, war sein eigenes Spiegelbild.

Justin Time reist zwischen den Zeiten. Im zweiten Band wird es ihn und Fanny hoch in den Norden Kanadas verschlagen. Dort erfahren die beiden zum ersten Mal von den Schwierigkeiten, mit denen das AION-Projekt von Anfang an zu kämpfen hatte. Als dann plötzlich auch noch Herbert Hanfstäckl auftaucht, nehmen die Ereignisse eine unerwartete Wendung: Ein Luftwaffenstützpunkt an der Ostküste der Vereinigten Staaten scheint auf geheimnisvolle Weise mit dem Verschwinden von Justins Eltern zu tun zu haben. So reisen die Kinder in die Achtzigerjahre des 20. Jahrhunderts und finden sich auf einmal inmitten einer Verschwörung wieder, bei der die Zukunft der Menschheit auf dem Spiel steht ...

Meinen Dank an: Thomas Hauschild und Ulla Illerhaus vom Westdeutschen Rundfunk, die mir halfen, Justin das erste Mal in die Vergangenheit reisen zu lassen; Petra Hermanns, die im richtigen Moment fairerweise „nein" sagte; Antonia Fritz, die nach einem Jahr noch „ja" sagte; Maren El Gammal für die durchwachte Nacht vor der Apfelkiste; Roland Würth für das Passepartout sowie allen anderen Kampfzwergen, Therapeuten und Überzeugungstätern von Münster über Siegen und Frankfurt bis München, die sich durch die verschiedenen Manuskriptfassungen kämpften, um mir dann gehörig den Kopf zu waschen.

Einen ganz speziellen Dank an Björn Pertoft, der den Figuren nicht nur ein Gesicht gab, sondern auch Justin ein ums andere Mal auf die Sprünge half. Ohne ihn wäre Justin nicht, was er heute ist. I nöden prövas vännen, *auf dich trifft das besonders zu. Deswegen:* Kasta inte yxan i sjön.

P. S.

Peter Schwindt wurde 1964 in Bonn geboren. Nach erfolgreichem Abbruch eines Germanistikstudiums arbeitete er als Volontär und Redakteur für verschiedene Verlage. Seit 1997 ist Peter Schwindt freiberuflich tätig und schreibt unter anderem als Hörspiel- und Drehbuchautor für Radio und Fernsehen. Er lebt mit Frau und Tochter im Siegerland. Mit *Justin Time* gelang ihm auf Anhieb der Durchbruch als Fantasy-Autor.